清工筆彩繪插圖《聊齋圖說》之〈成仙〉(一)

清工筆彩繪插圖《聊齋圖說》之〈成仙〉（二）

清工筆彩繪插圖《聊齋圖說》之〈成仙〉（三）

清工筆彩繪插圖《聊齋圖說》之〈翩翩〉（一）

清工筆彩繪插圖《聊齋圖說》之〈翩翩〉（二）

清工筆彩繪插圖《聊齋圖說》之〈道士〉

當代大師馬瑞芳

品讀聊齋志異

有意思的聊齋

神 卷

馬瑞芳——著

總序
中華傳統文化經典《聊齋志異》

二十一世紀，中華傳統文化大熱，中宣部及國家相關文化部門組織實施了多個傳統文化傳承發展重點項目，我有幸參與了其中兩個。一個是中國作家協會組織實施的《中國歷史文化名人傳》叢書出版工程，組織當代一百餘位作家給在中華文化發展史上產生過重大影響的一百餘位歷史文化名人撰寫傳記；另一個是由中宣部支持指導、文化和旅遊部委託國家圖書館組織實施的《中華傳統文化百部經典》編纂專案，從文學、歷史、哲學、科技、藝術五大門類挑選百部經典作品，深入淺出地進行解讀。這兩個重點專案中，有關蒲松齡和《聊齋志異》（以下簡稱《聊齋》）的分冊都由我承擔。

到二〇一七年年底為止，我出版的關於蒲松齡和《聊齋》的書已有二十多種。常有讀者問：「您是從什麼時候開始讀《聊齋》的？」十年前，易中天教授也問過這個問題。我當時半開玩笑地回答：「我在娘胎裡就開始讀。」因為母親的嫁妝書箱裡有《聊齋》，我小時候常聽母親講《聊齋》故事。母親告訴我們七兄妹：勤奮讀書，誠信做人，敬老愛幼，會有好報；耍奸取巧，損人利己，就會遭殃。我印象最深的是《聊齋》人物細柳，她的兩個兒子好逸惡勞，細柳便用「虎媽」的方式教育他們，結果一個兒子考中了進士，一個兒子成了富商。母親總結這個《聊齋》故事說：「自在不成材，成材不自在。」母親用這十個字教育我們七兄妹，一九六五年之前把她的七個子女都送進了全國重點大學。「自在不成材，成材不自在」這十個字，我一輩子都忘不了。

因為母親的影響，我對《聊齋》有特殊的情感，而《聊齋》對傳統文化的意義是我畢生研究的動力。廣大讀者對《聊齋》的瞭解可能多來自影視傳播的內容，其實，很多看似和《聊齋》無關的內容，也和《聊齋》有著千絲萬縷的聯繫。例如二〇一七年年底，日本作家夢枕獏的《妖貓傳》在中國大紅，而《妖貓傳》就是模仿《聊齋》寫成的。《聊齋》早在江戶時代（一六〇三－一八六八）就傳入日本，在日本可謂家喻戶曉，很多日本作家——例如芥川龍之介——都學過蒲松齡。其實，在世界範圍內，不僅暢銷書作家學《聊齋》，經典作家也學《聊齋》，馬奎斯、波赫士等拉丁美洲魔幻現實主義大師把蒲松齡當作榜樣，中國的諾貝爾文學獎得主莫言也自稱是蒲松齡的傳人。我認為蒲松齡最重量級的承傳者是曹雪芹，《紅樓夢》在小說主題、哲理內蘊、詩化形式、形象描寫等方面都受到《聊齋》的影響。

《聊齋》受到古今中外文學家的青睞，絕不僅僅是因為內容獵奇。過去，人們習慣性地認為《聊齋》是談鬼說狐的閒書，其實它是中國傳統文化的重要承襲者。世界各大百科全書介紹《聊齋》時都稱它為短篇小說集，法國大百科全書卻說《聊齋》達到中國古代散文的藝術高峰。為什麼這樣說？因為《聊齋》是用文言文寫成的。文言文是古代官方和民間約定俗成的書面語言，只有熟讀詩書的人才能運用自如。用文言文寫作，不僅要講究嚴格的古漢語語法，要有豐富的辭藻和飛揚的文采，而且要能把經史子集裡的典故信手拈來。《聊齋》引用上千種經典，近萬條典故，文字不僅典雅嚴整，而且生動活潑，清新自然，富有詩意，真正把文言文寫得出神入化，讀起來賞心悅目，聽起來音韻鏗鏘。所以，它既有小說的特點，同時兼具散文的特色，對於寫作的人群來說，是不可多得的借鑑佳品。

《聊齋》在課堂上有怎樣的地位？著名作家孫犁先生說過一句很有哲理的話：「文壇上的尺寸之地，文學史上的兩三行記載，都是不容易爭來的。」而在各種文學史上，不管是社科院主編的，還是教育部主編的，《聊齋》都占了整整一章。一九六〇年，我考進山東大學中文系，我們不僅要學《聊齋》的文學史必修課，也要學好幾門《聊齋》的選修課。《聊齋》也出現在初高中[1]語文課本必讀篇目裡，初中語文課本選取了〈狼〉、〈山市〉這種《聊齋》中精金美玉般的散文，高中語文讀本選取了《聊齋》中最好的故事之一〈嬰寧〉。而以前收錄在高中語文課本裡的〈促織〉，我認為選的版本並不好，值得探討。

《聊齋》對大眾讀者有什麼啟發呢？數百年來，《聊齋》在每個時代都有大量忠實粉絲，時至今日，讀者的熱情仍然高漲，既是因為《聊齋》談狐說鬼，構建起一個撲朔迷離

1 編者註：中等教育。中國學制稱為初中、高中。台灣為國中、高中。

的瑰麗世界，令人著迷，也是因為它的故事裡充滿發人深省的人文關懷。蒲松齡在講述一個一個引人入勝的故事時，用他的視角向讀者傳遞：在荊天棘地的社會中，人如何生存？在舉步維艱的情況下，人如何發展？怎樣面對人生逆境困境，怎樣置之死地而後生？怎樣把人的潛能發揮到最大限度？怎樣對待「愛情」、「財富」、「地位」這三個永恆的人生難題？總而言之，就是人為什麼活著？人生的路怎麼走？《聊齋》人物的人生閱歷、喜怒哀樂、悲歡離合，對我們現代人仍有啟發，仍能起到借鑑作用。這也是《聊齋》被選入初中、高中、大學課本的原因。無論是少年，還是而立之年，無論是到知天命，還是步入耄耋之年，每個人都可以從《聊齋》的虛幻世界找到對現實人生的種種解答。

北京大學吳組緗教授曾說：「對於《聊齋》，我們應當一篇一篇加以分析評論。因為每一篇作品都是一個有機的藝術整體，各有自己的生命；我們必須逐篇研究，探求其內在的精神和藝術特色。」二〇一八年，我在喜馬拉雅講《聊齋》，選講百餘篇膾炙人口的名篇，保持經典的原汁原味，一篇一篇細講，裡邊一些畫龍點睛的名言，其實是早就活在老百姓的日常生活中的。現在，我把所講的內容按照鬼、狐、妖、神、人的主題編為圖書，以饗讀者。感謝喜馬拉雅價值出版事業部負責人陳恒達，天地出版社副社長陳德，天喜文化公司總編輯董曦陽，以及各位編輯的辛勞。

*本書黑白插圖選自《詳注聊齋志異圖詠》；彩色插圖選自《聊齋圖說》，由蒲松齡故居提供，在此謹致謝忱。

序
夢幻神仙多奇趣

神仙夢幻是《聊齋》的重要「戲法」，佳作迭出。

仙界意味著永久的享樂、永恆的生命，實乃人們心中的海市蜃樓。古人求仙，世代作家寫遇仙，《聊齋》也有大批膾炙人口的遇仙故事。

〈**畫壁**〉是蒲松齡的早期作品，最重要的是，蒲松齡借〈畫壁〉創造了「幻由人生」哲學。簡單地說，只要你對生活中的美好事物熱切盼望，執著追求，你所期望的就有可能在你面前出現。「幻由人生」是整部《聊齋》的哲學理念。

遇仙故事不全是輕歌曼舞，也有深刻的哲學思考，尖銳的社會批判：

〈**種梨**〉，小氣者捨不得施捨一個梨，結果全車梨被散淨，一個世紀前這個故事就漂洋過海，美國「少男少女叢書」連印一百年。

〈**勞山道士**〉，婦孺皆知，懶惰取巧就會碰壁。

〈**雷曹**〉，樂雲鶴因幫助朋友遺屬並對人有一飯之恩，被帶到天上，觀察打雷下雨，還撿回個文曲星做兒子。

〈羅剎海市〉，美男子馬驥在邪惡的大羅剎國被看成妖怪，不得不易面求官，而後做上龍宮女婿，雄才得展，和美麗賢淑的龍女在龍宮玉樹下吟詩。這在那個社會只是「海市蜃樓」。

〈成仙〉，周生對官府抱有幻想，成生告訴他：強梁世界，不分黑白，官府的人不過是不拿刀槍的強盜。周生的親身經歷說明，連皇帝親自過問的冤案，官員都可以上下其手。成生和周生瞬息之間換了臉，透過換臉認識了社會，認識了身邊人。

〈翩翩〉，浮浪子弟羅子浮染上梅毒，仙女翩翩用山澗溪水為他治療，剪蕉葉為錦衣，收白雲為絲綿。羅子浮蕩心不改，調戲翩翩女友時，錦衣變蕉葉；翩翩以自己的人生態度感化羅子浮，使之收斂雜念，蕉葉重新變錦衣，最終成全了羅子浮。

〈菱角〉，胡大成與菱角相戀，卻因戰亂分離，觀世音菩薩來給胡大成做母親，洗衣做飯，關心病痛，促成二人團圓。

〈蕙芳〉，窮得娶不起民女的勞苦市民馬二混，卻娶了天上仙女為妻，屋子變成雕樑畫棟的宮殿，粗布衣變成貂裘綢緞。樸實木訥、以賣麵粉為生的馬二混為何有此好運？只因蒲松齡認為他跟自己一樣，是社會主流之外的「混混」，處於天真而元氣淋漓的狀態。

〈青娥〉，霍生與青娥相戀，青娥父親卻要女兒修仙，二人靠仙人送的神奇小鑱，衝破阻礙，終生相守。

〈神女〉，天外的神女也知道當時的學使衙門黑暗得不可以隨意出入，得金錢開道。

〈彭海秋〉，彭好古請有「隱惡」的丘生喝酒時，不速之客彭海秋來了。在景美如畫的西湖，他給了彭好古愛情的導航，同時對有「隱惡」的丘生，略施懲罰。丘生被彭海秋變成馬，讓彭好古一路騎回家……

〈織成〉，洞庭湖上失禮於仙姬的柳生，靠著跟洞庭湖主柳毅攀交情，竟然既逃脫了災難，又得到了仙女。

〈瑞雲〉，仙人手指點將，名妓變醜鬼，人心美醜立見。

〈鞏仙〉和**〈道士〉**，真人不露相的仙人幫助凡人，巧妙教訓奸佞者。

〈丐仙〉，寒冬時節，高玉成的後花園突然如春天般溫暖，異鳥成群，青鸞、黃鶴、鳳凰、巨蝶飛來飛去，一會兒，巨蝶變成舞姬，跳起很像芭蕾舞的舞蹈。心好人善的高玉成看到如此令人難以置信的景象，想親手摸摸，卻「殊無一物」，讓人捉摸不透，似乎三百多年前聊齋先生已懂得網路虛擬世界了。

在人神交往的故事裡，吉人天相、勸善懲惡的思想非常突出。如果你是一個好人、善良的人，上天就會幫助你，讓你得功名、富貴、子女；如果你有缺點、有毛病，但不是大奸大惡的人，上天就會讓你受到小懲戒，讓你歸正、向善，不再往邪路上走。

中國有優秀的「夢文學」傳統。蒲松齡處於從唐傳奇到《紅樓夢》的過渡階段，他擴大了「夢文學」的疆域，把夢變成凡人聯繫神鬼狐妖的最佳手段，把夢寫得像日常生活一樣可信、可感。

〈蓮花公主〉，夢中真能娶媳婦，以詠物的「暗點」手法將現實與夢境交替、美麗公主與蜜蜂相融，幻想出人與自然之物的情緣，寄託作家的情感。

〈鳳陽士人〉，其中的三人之夢是對唐傳奇夢境描寫的模仿。既細緻入微地描寫了日有所思夜有所夢，又增添如許市民文學滋味。

〈狐夢〉，遇狐仙的夢像日常生活中一群少女聚會，還有夢中之夢，此乃聊齋先生的自得之樂

〈夢狼〉，白某夢中看到貪官兒子變成猛虎，吃飯時還有惡狼叼人來「聊充庖廚」。最後貪官兒子被神靈砍下頭再安上，並故意安反，讓他「自顧其背」。因為，人必須知道作惡必有報應。

〈續黃粱〉，曾某夢中官至宰相，貪贓枉法，賣官鬻爵，結果遭到清算，貪污的銀子全部化成銀汁灌到嘴裡，真是生時患此物之少，此時患此物之多。小說家的道德審判比法

官還高明，還合乎民眾心理。

佛洛伊德說：夢是願望的達成。早於他兩個多世紀，蒲松齡就寫出了令人眼花繚亂的「夢文章」，聊齋夢做得新奇、巧妙、有哲理，情趣盎然，優美有趣。蒲松齡還在**〈阿寶〉**中別出心裁地寫出男子離魂，把千百年來總是女子離魂的設定顛倒過來。

《聊齋》故事不僅好看、耐看，還特別「實惠管用」。自稱「蒲松齡傳人」的莫言二〇一二年獲得諾貝爾文學獎，他在以《講故事的人》為名的致辭中說到三個故事，最後一個故事其實早有範本，就是《聊齋》中頗不起眼的仙界小故事〈孫必振〉。

目錄

繁體版體例說明

1.《當代大師馬瑞芳品讀聊齋志異》，當篇行文提及《聊齋志異》原文時，以標楷體特別標示。

2.本套書註釋，若無特別標註，皆為原版註釋，繁體版註釋則標明「編者註」。

01 畫壁

「幻由人生」的藝術哲學

〈畫壁〉是《聊齋》神鬼狐妖故事的真正開始，我也把它放到前面解讀。

一個書生看到寺院牆壁上畫著美麗的梳著少女髮型的散花天女，便對拈花微笑、眼波欲流的她產生興趣，而後飄然入畫，和散花天女成了恩恩愛愛的情人。等他回到人間，畫上的散花天女已改成已婚婦人髮型。凡人到天上去，和仙女產生一段情，再輕而易舉回到人間，豈不是太不可思議？蒲松齡在故事結尾告訴我們：「幻由人生」，只要你殷切地盼望，再加以努力，你所嚮往的美好事物就可能出現。

「幻由人生」是〈畫壁〉的哲理金句，是浪漫主義的奇想，也是整個《聊齋》故事構思的藝術精髓，是神鬼狐妖故事創作的「葵花寶典」。這種「幻由人生」的觀念徹底改變了中國古代作家的求仙、遇仙模式。先秦作家就開始寫仙界，仙界意味著永久的享樂、永恆的生命，是人們心中的海市蜃樓。古代人求仙，一代代作家寫遇仙。在蒲松齡之前，求仙和遇仙都比較困難。凡人求仙要到天上去，到深山去，而《聊齋》則把求仙和遇仙變容易了，人隨時可以遇到仙人，隨時能夠得到仙人的指點和幫助。靠什麼途徑？幻由人生。

你只要大膽想像，一切都可能迎刃而解。

江西孟龍潭和朱孝廉在京城居住，他們「偶涉一蘭若」。蘭若是梵語「阿蘭若」的簡稱，也是寺院的通稱，意味著這個地方是寂靜的、沒有煩惱的。蘭若本身就是寺院的意思，所以不能做寺名，「寺」的前面得加上別的修飾詞，例如「靈岩寺」、「佛光寺」。

兩人進了寺院，看到寺院的殿堂、禪房都不是很寬敞，只有一個老和尚在裡面。老和尚帶他們參觀。殿堂供著南朝高僧寶志的神像，東側牆上畫著散花天女，其中有一個梳著少女髮型的天女，手拿鮮花，面帶微笑，櫻桃般紅紅的小嘴巴好像要張開說話，水靈靈的眼睛像泉水流動。朱孝廉目不轉睛地看著散花天女，看了好久，一邊看一邊想入非非，他覺得自己輕飄飄地飛了起來，騰雲駕霧，降落到牆壁上，只見殿閣重重，樓台層層，不像人間。有個老和尚坐在佛殿上講經，很多披著袈裟、袒露著右肩的和尚團團環繞著聽講，朱孝廉也站到聽眾裡面。過了一會兒，有人悄悄拉他的衣襟，他回頭一看，正是那位讓人著迷的散花天女。

這個散花天女和傳說中的散花天女不太一樣。在佛經傳說中，散花天女的地位非常崇高，負責考察西天諸佛的道心是不是堅定。當如來佛講經說法時，散花天女把天花撒在聽講的菩薩身上，道心堅定的，花不著身；道心不堅定的，花落在身上不去。按說散花天女應該是道心最堅定的，但是這個散花天女，卻癡迷男女之情，大膽、主動、熱情。

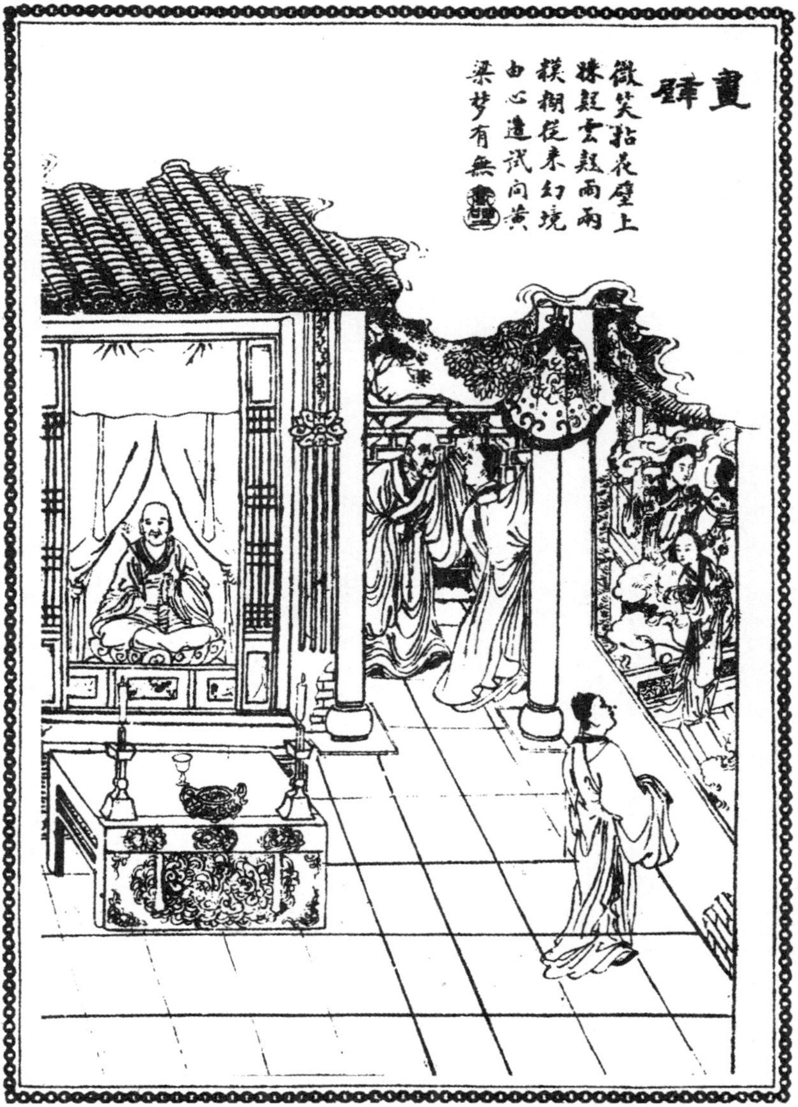

〈畫壁〉

散花天女對朱孝廉嫵媚地一笑，轉身就走。朱孝廉趕快跟上，經過曲曲折折的回廊，散花天女走進一個小房間。朱孝廉不敢進去，散花天女回過頭來，舉起手中的花示意：「趕快過來吧！」這就叫「花為媒」，考驗菩薩道心是否堅定的花，成了散花天女的媒人。

朱孝廉進入房間，迫不及待地和散花天女歡愛，如膠似漆。事後散花天女關上房門走了，囑咐他不要咳嗽出聲，以免被人聽到。晚上她又過來與朱孝廉幽會。

過了幾天，散花天女的同伴發現了這個秘密，她們跑到房裡，把朱孝廉搜出來，對散花天女說：「**腹內小郎已許大，尚發蓬蓬學處子耶？**」口齒伶俐，說得親熱、誇張、有趣。天女們捧著髮簪和耳環，催促散花天女把少女垂髮挽成少婦髮髻，按人間規矩「上鬟」。散花天女含羞不說話。其中一個天女說：「姐妹們，咱們不要在這兒待太長時間，人家不高興呢。」天女們都為同伴的豔遇而高興，邊說邊笑地走了。朱孝廉再看梳著婦人髮型的散花天女，髮髻高高地盤在頭上，鳳釵輕輕地低垂到額前，比少女時更加豔麗。兩人又親熱起來，朱孝廉感受著散花天女芳香柔美的軀體，如醉如癡。

朱孝廉和散花天女二人，沒有思想交流，連姓名都不問，更沒有長相守的打算，是不是有點兒像「三言二拍」中的某些世俗故事？給散花天女改梳髮型的天女，哪有一點兒「神仙」的味道？她們對男女相悅好像一點兒都不大驚小怪，甚至有點兒像哪家青樓紅粉為自家姐妹遇到如意情郎而歡欣。

不過，《聊齋》畢竟不是「三言二拍」，因為，天神來巡查了。天神巡查天宮的場面實在太有趣了。朱孝廉和散花天女正在親熱，忽然聽到「咚咚咚」的皮靴聲，伴隨著皮靴聲的是「嘩啦啦」的鐵鍊聲，接著聽到外面一片喧鬧聲和爭辯聲。散花天女驚慌地從床上爬起來，和情人悄悄地往外面看，只見一個穿著金色鎧甲的武士，面似鍋底，一手握銅錘，一手提鐵鍊，很多天女圍繞著他。金甲武士問：「所有散花天女都到了？」天女們回答：「都到啦！」金甲武士說：「哪一個藏匿了下界人，趕快告發！免得惹麻煩！」天女齊聲回答：「沒有。」天女們不僅成全同伴的豔遇，給她改梳少婦髮型，還冒著危險保護散花天女和她的情人。金甲武士目露凶光，像獵鷹一樣惡狠狠地四處巡視，好像要搜查臥室。散花天女嚇得面如死灰，慌慌張張地對朱孝廉說：「你趕快藏到床底下吧！」說完，她就打開房門跑出去了。朱孝廉趴在床下，待了很長時間，大氣不敢喘。過了一會兒，他聽到金甲武士進了房間，不過轉了一圈兒就出去了。看來，天神沒有密約偷期的經驗，如果是世間的人巡查，往床底下瞅一眼，不就把朱孝廉揪出來了？

金甲武士的皮靴聲遠去，朱孝廉心安不少，但他聽到窗外還是有人在來回走動。他在床底下趴的時間太長，覺得耳朵嗡嗡響，眼睛火燒火燎，很狼狽，又不敢輕舉妄動，只好專心等待散花天女回來。他竟然想不起自己是怎麼到這兒來的了。

朱孝廉在床底下著急，和他同遊的孟龍潭發現他轉眼之間不見了，便奇怪地問老和尚。老和尚說：「他離開這兒去聽人講經說法呢。」孟龍潭問：「他到哪兒聽啊？」老和尚說：「不遠啊！」然後用手指敲敲牆壁，說，「朱施主，逛這麼長時間還不回來？」聽老和尚這麼一說，孟龍潭才發現朱孝廉正側耳呆呆地站在壁畫中，好像在聽講。老和尚又喊：「你的同伴等了你很長時間啦！」朱孝廉這才應聲從壁畫上飄忽而下，目瞪口呆，兩腿發軟，灰心喪氣，像木偶一樣站著。

朱孝廉飄然入畫時，自己感覺是去聽高僧講法；將要出畫時，他的朋友看到他在畫中呆呆站立，這一進一出，蒲松齡編得何等合情合理。朱孝廉透過入畫，和散花天女成了愛侶，多麼不可思議，但是蒲松齡寫得又是那樣真切。朱孝廉不管是飄然入畫還是飄然出畫，那種懵懵懂懂的感覺多麼實在。他看到畫上天女的髮型改變了時，驚奇地拜問老和尚：「這是怎麼回事？」老和尚說：「幻由人生！」幻想是由你的心底發出的，我這個老和尚怎麼能解？

在〈畫壁〉故事中，散花天女的髮型起著關鍵作用。朱孝廉開始看到畫上的天女是垂髫，短髮覆額，不束髮，是少女髮型；後來的髮型則是螺髻，少婦髮型。人間書生能到畫上跟天女相愛，是多麼玄妙的「曇花記」，但是散花天女又確實經過人間儀式「上鬟」，或者說「上頭」，從少女的髮型改梳少婦髮型。蒲松齡的藝術魔杖就是使讀者把自己認為絕對不可能發生的事當成是確實發生的。正如荷馬所說，把謊話說得圓是作家最大的本領。

最重要的是，〈畫壁〉創造了蒲松齡最常採用的富有哲理意味的構思模式——幻由人生，只要你殷切盼望，並加以努力，你所嚮往的一切美好事物都可能出現。

這是浪漫主義奇想，也是《聊齋》故事的構思藝術精髓。只要你敢想，什麼奇跡都能出現！

天上、海底、深山的神仙可以到人間來和人相愛。自然界的花花草草、飛鳥蟲魚也可以和人相愛。

幾百年的冤鬼沉魂，也可以因為愛情而復活，回到人間，終成連理。

「幻由人生」是《聊齋》故事的「葵花寶典」，是蒲松齡取之不盡的構思來源。

〈畫壁〉是什麼時間寫的？因為蒲松齡三十歲之前的詩歌沒有傳下來，我在寫《蒲松齡傳》時，主要從他最好的朋友張篤慶的詩裡追索他的創作足跡。我查到，清康熙三年（一六六四），蒲松齡二十五歲時，張篤慶在淄川龍興寺讀書，邀請蒲松齡到寺裡小聚。幾位秀才步入龍興寺，走進殿堂，觀看壁畫上飄逸的散花天女，似乎能聽到散花天女環佩叮噹的聲音。張篤慶的詩這樣寫道：「天女散文傳妙意，辟支環佩動聲聞。」我認為這首詩洩露了〈畫壁〉的寫作時間和背景，也就是說，〈畫壁〉可能是蒲松齡二十五歲時所寫，他在淄川龍興寺看到壁畫上的散花天女，回到家裡，展開想像的翅膀，創作了〈畫壁〉。

蒲松齡從二十五歲開始寫作《聊齋》，一直寫到將近七十歲，終生磨一書，才創造了中華文化的經典。

02 種梨

最早傳入西方的《聊齋》故事

〈種梨〉是西方人最早瞭解的《聊齋》故事。譯文發表在一八四八年英文刊物《中國報導》上，譯者是傳教士衛三畏[2]。〈種梨〉帶有明顯的訓誡性質，諷刺和教育吝嗇鬼。

蒲松齡對吝嗇鬼的精彩描寫和巧妙諷刺，早於世界著名作家如吳敬梓、巴爾札克。世界文學中諷刺吝嗇鬼較早的是十八世紀中國的《儒林外史》。嚴監生臨終時一直不咽氣，伸著兩個手指頭，誰都猜不出是怎麼回事。有的說是有兩個親人沒見到，有的說是有兩筆錢財沒交代，最後他的妾說，我知道他是看到點了兩個燈芯，不放心。於是大家挑掉一個燈芯，嚴監生就咽氣了。這是中國文學中有關吝嗇鬼的著名情節。十七世紀和十九世紀歐洲文學有兩個吝嗇鬼典型。莫里哀喜劇《吝嗇鬼》中的阿巴貢愛財如命，明明知道兒子和女兒各有所愛，還要逼迫兒子娶有錢的寡婦、女兒嫁給有錢的老爺。巴爾札克的小說《歐也妮·葛朗台》也創造了一個吝嗇鬼典型。葛朗台將一塊方糖切成四塊用，是著名的情

2 衛三畏：Samuel Wells Williams（一八一二－一八八四），是最早來華的美國傳教士之一，也是美國早期漢學研究的先驅者，是美國第一位漢學教授。

節。阿巴貢和葛朗台由此成為吝嗇鬼的代指或統稱。而不管是中國的嚴監生還是歐洲的葛朗台，都是蒲松齡的後來者。蒲松齡借〈種梨〉這個有趣的小故事勸誡大家，一個人，不管多有錢，多有地位，只要心存吝嗇之念，就會像這個昏頭昏腦的人一樣愚蠢可笑，最後難免家財散盡，竹籃打水一場空。

〈種梨〉寫一個鄉下人在集市上賣梨，「**頗甘芳，價騰貴**」。梨好吃，賣得貴，可以理解，但是「**價騰貴**」，就說明賣梨人有點兒財迷。這時來了個道士——《聊齋》中經常出現真人不露相的仙人，他們破衣爛衫、蓬頭垢面，卻擔負著道德教化的任務，這裡的道士也是這樣的人物。他「**破巾絮衣**」，戴個破頭巾，梨都成熟了，還穿著破棉襖。道士在賣梨人的車前請求：「給我個梨吧。」賣梨人是什麼表現呢？他對道士說：「走開！」道士不走，賣梨人就斥罵他。這樣更不好了，不給梨也就算了，這麼可憐的窮道士，怎麼還忍心罵他？道士說：「你一車幾百個梨，我只要一個，並沒損害到你，你生什麼氣呀？」圍觀的人說：「你把最小的、最不好的給他。」賣梨人仍然不願意。這時有個店鋪夥計看到吵得太不像樣，便拿了一文錢交給道士買梨。道士拜謝，對圍觀的人說：「出家人不知道吝嗇，我有很好的梨要拿出來請大家吃。」圍觀的人說：「你有梨，為什麼不自己吃？」道士說：「我需要種子。」說完捧著梨三口兩口吃完了，然後從肩上解下小鐵鏟，在地上挖了一個幾寸深的坑，把梨核放到裡面敷上土。道士對圍觀的人說：「誰能幫我取點兒水來澆一下？」這時候出來個好事者，跑到旁邊的店裡端了一碗開水過來。按說用開水澆灌，豈不得將梨種燙死？道士卻只管接過來，澆到他挖的坑裡，「**萬目攢視**」，會有什麼奇跡發生呢？只見一株梨芽破土而出，漸漸長大，一會兒工夫就長成了梨樹，枝葉扶疏，轉眼開了花，轉眼又結了果。「**碩大芳馥，累累滿樹**」，滿樹都是又大又香的梨。道士把樹上的梨子一個個摘下來。你們不是圍觀嗎？請你們吃梨！一會兒工夫道士就把梨子分光了，然後又用他的小鏟子叮叮噹噹地砍梨樹，砍了好一會兒，梨樹斷了，他把帶著枝葉的樹幹扛到肩頭，徐步而去。

道士作法時，賣梨人也很好奇：怎麼能種出梨樹來？他伸著脖子看，忘了自己的梨。等道士把樹上的梨全部分光，賣梨人回頭看自己的梨車，啊，一個梨也沒有了。他才恍然大悟：哦，剛才道士所分的梨，竟然都是我的梨呀。再仔細一看，車把也斷了一個，是剛剛被鑿斷的。賣梨人憤恨不已，趕快去追道士，轉過牆角，只見那個斷車把被扔在牆角下，唉，這就是那棵梨樹了！道士則早不知道哪去了。整個集市的人看到這麼有趣、這麼好玩的事情，都放聲大笑。

蒲松齡寫這個故事，是為了諷刺和教育吝嗇成性的人。他似乎覺得僅僅寫一個故事，大家可能還沒有理解得很透澈，於是又在「異史氏曰」發表了很長一段議論，大意是：這個鄉下人昏頭昏腦，財迷心竅，憨態可笑。他受到集市上人們的嘲弄是有道理的。我們經常看到那些在鄉裡被稱作「土財主」的人，好朋友向他借點兒米，他就滿臉不高興，說：「這可是我好幾天的口糧呀。」有人勸他：「你去救濟一下街上那些身處危難、沒飯吃的人吧。」他又憤憤不平，說：「這可是夠五個人、十個人吃的了。」甚至父子兄弟之間也要計較到分

〈種梨〉

毫不差的地步。這種人等到被賭博、嫖娼迷了心竅，就會揮金如土，毫不吝惜；等到他犯了罪，面臨殺頭的時候，又會立即交出所有錢來贖命。像這樣的人，實在是說也說不完啊！這個賣梨的人，這樣愚蠢糊塗，又有什麼可奇怪的呢？

「異史氏曰」進一步闡述了這個故事中蘊含的道德教育，所以說《聊齋》並不僅僅是收集奇異古怪的故事，而是借一個個生動有趣的故事，一個個鮮活的人物，宣揚蒲松齡所鍾愛的傳統美德，弘揚真善美，鞭笞假惡醜，懲惡揚善。

值得注意的是，〈種梨〉是蒲松齡借鑑前人的進一步創作。蒲松齡曾說「才非干寶，雅愛搜神」，我沒有干寶的才氣，但也喜歡寫像《搜神記》那樣的文章。干寶是東晉史學家、文學家，他的《搜神記》是六朝志怪小說的代表。干寶成為蒲松齡創作《聊齋》時的借鑑對象。他也把《搜神記》中的一些簡要故事進一步加工，甚至是脫胎換骨地加工。《搜神記》中有一篇〈徐光種瓜〉，寫徐光在集市向人要瓜吃，賣瓜的人不給他，他要了瓜種後，種到地上，一會兒工夫就長出來瓜苗，蔓延開花結瓜，徐光把瓜一個個摘下來給圍觀的人吃。賣瓜的人回頭一看，自己的瓜全都沒了。原文非常簡練：

「吳時有徐光者，嘗行術於市里，從人乞瓜，其主勿與，便從索瓣，杖地種之，俄而瓜生，蔓延，生花，成實；乃取食之，因賜觀者。鬻者反視所出賣，皆亡耗矣。」這個故事的情節內容幾乎和〈種梨〉完全一樣，但蒲松齡學習經典，超越經典，青出於藍而勝於藍，他所寫的〈種梨〉妙趣橫生，對吝嗇鬼的挖苦諷刺巧妙至極。一個偉大的作家不僅要站在前人肩上，學習前人，還要不拘泥於前人，這就是蒲松齡能夠後來居上的原因。

我在許多地方講《聊齋》，聽眾對《聊齋》故事爭議最多的就是〈種梨〉。有不少聽眾認為，道士把賣梨人的梨子全部分掉，有點兒過分，有點兒「道德綁架」的意味。對經典作品我們可以見仁見智，而〈種梨〉確實有趣的描寫，才成為最早傳入西方的《聊齋》故事。

03 勞山道士

嬌惰必然碰壁

〈勞山[3]道士〉說明了懶惰取巧必然碰壁的道理。勞山道士對前來求道的王生說「**恐嬌惰不能作苦**」，這句話一語道破人生的重要關口是：人要認準目標，鍥而不捨，金石可鏤。不想吃苦，不知道「吃得苦中苦，方為人上人」，是所有空懷壯志，最後卻一事無成的人難以逾越的屏障。蒲松齡透過一篇精巧優美又深邃生動的小說，引導大家思考這個問題，這就是他的藝術魅力。古代短篇小說像〈勞山道士〉這樣精粹、美妙，又有思想內涵的，真是不太多。〈勞山道士〉是《聊齋》中膾炙人口的名篇。

小說開頭：「**邑有王生，行七，故家子。**」邑，是縣，淄川縣。我們淄川縣有個王生，是故家子弟。故家子弟是世代官宦或者富貴人家的子弟。蒲松齡對故家子弟深有體會。他從二十五歲開始做家庭教師，東家有三個有名的官宦人家，他待過三十年的西鋪畢家，號稱「白陽尚書」，和王士禛等朝廷大員聯絡有親。這些人家的子弟當然都是故家子弟，蒲松齡深知「**嬌惰不能作苦**」，是故家子弟不能成才的關鍵。王生是故家子弟，排行

3 勞山：現在一般作「嶗山」，位於山東省青島市嶗山區。

第七。一個家庭的第七個兒子，是所謂的「老兒子」。山東有句俗話「天下爺娘偏向小兒」，小兒子總會受到偏愛和嬌慣，總會多受一份父母疼愛。「**邑有王生，行七，故家子。**」短短幾個字就能讓讀者意識到，這樣一個人很可能從小就享受父母疼愛，享受榮華富貴，不懂得勞動，不懂得吃苦。接著小說說他「**少慕道**」，從小仰慕道術，很想學道。但是他學道的目的是什麼呢？蒲松齡沒交代。中國古代有很多人慕道，秦始皇慕道，漢武帝慕道，唐明皇也慕道，他們慕道是想幹麼呢？長生不老，享受更長時間的人生幸福。王生慕道，一定程度上和秦始皇、漢武帝、唐明皇相似，只是羨慕仙人，想透過學道求得長生不老，求得更長久的富貴榮華。王生聽說勞山仙人很多，就「**負笈往遊**」，背著書箱到勞山去了，看來他想到有很多仙人的勞山那兒去過過神仙過的日子。

他到了勞山，「**登一頂，有觀宇，甚幽**」，登上勞山的山頂，發現有一座道觀，很是幽靜。一個「幽」字，說明這個地方特別適合修行。王生進了道觀，看到「**一道士坐蒲團上，素髮垂領，而神觀爽邁**」。一個道士坐在蒲團上，銀髮披肩，神采奕奕，超凡脫俗。《聊齋》中經常出現瘋癲骯髒的和尚、道士來給人們指點迷津，勞山道士卻一點兒也不瘋癲骯髒，而是仙風道骨。跟著這樣的師父不是可以很好地學道嗎？王生向道士叩頭請教，道士講的道理精深奧妙。王生請求拜道士為師。道士說：「**恐嬌惰不能作苦。**」王生趕緊回答：「弟子能吃苦。」勞山道士是神仙，能預知未來，他很清楚王生是世家子弟，是官宦人家、富貴人家的老兒子，不能吃苦，所以就直接跟王生說「我怕你又嬌氣又懶惰，不能吃苦」，說得多麼中肯。王生卻信誓旦旦地表示「弟子能吃苦」，於是就留下來了。

道士徒弟很多，傍晚聚集在一塊兒，王生恭恭敬敬地向他們行禮，稱他們為「師兄」，晚上就和師兄們住在一起。第二天早上，道士把王生叫去，不給他講修仙學道，更不教給他長生不老的秘訣，只交給他一把斧頭，讓他跟著師兄們上山砍柴。這是道士要考驗他：你要學道，能吃苦嗎？而王生對學道還存有幻想，雖然砍柴很辛苦，也姑且砍之吧，可能砍一砍，師父就教長生不老法術了。沒想到這一砍就砍了一個多月，王生的手腳都磨出了厚繭，他再也忍受不了這樣的勞苦了。本少爺在淄川，飯來張口，衣來伸手，喝喝茶，看看花，優哉遊哉，哪吃過這樣的苦？於是，「**陰有歸志**」。但他想回家的念頭很快又打消了。為什麼？勞山道士的神奇魔力突然表現出來了。

一天晚上，王生砍完柴，回到道觀，看到師父和兩個客人在喝酒。天黑了，還沒掌燈。師父拿張紙，剪成圓形，像鏡子一樣把它貼到牆上。一會兒，那張紙變成了一輪明月，照亮了整個房間，連毫毛都看得清。多神奇呀！徒弟們都在師父周圍，聽從吩咐，出出進進。剪個紙月亮照亮房間，是蒲松齡的發明創造嗎？不是。

蒲松齡在達官顯宦家做家庭教師，這些人家都有很多書。特別是他四十歲後到畢家，畢家是中國北方著名藏書家，萬卷樓藏書數萬卷，經史子集、詩詞文賦、雜史小說，無所不有。這些藏書給了蒲松齡豐厚的滋養，他在教書之餘，手不釋卷，並且善於從前人的作品中找素材：〈種梨〉有原型，〈勞山道士〉也有故事原型——〈紙月〉、〈取月〉、〈留月〉，這三個簡短的故事來源於唐傳奇《宣室志》和《三水小牘》。〈紙月〉、〈取月〉、

〈勞山道士〉

〈留月〉簡略描寫三件逸人逸事。〈紙月〉寫一個人用紙剪了個月亮，貼到牆上，整個屋子被照得亮亮堂堂。〈取月〉寫一個人把月亮取到自己懷裡，隨時拿出來照明。〈留月〉寫一個人能把月光保存在籃子裡，沒有月亮的時候拿出來照明。

這三個簡短的故事都是所謂斷簡殘篇，沒有什麼豐富的社會內容，而蒲松齡汲取了其中的故事情節，賦予了〈勞山道士〉豐富的社會內容、深刻的思想內涵，從而使得這個神奇的故事幾百年來深受老百姓喜歡。

王生本是慕道到勞山來的，現在勞山道士剪了個紙月亮貼到牆上，就光華滿室，他非常羨慕。更叫王生感到驚奇和羨慕的是，勞山道士的神仙面目更進一步表現出來了。師父和客人喝酒，一個客人說：「這麼美好的夜晚，應該和大家共享。」說完從桌上取了一小壺酒，賞給道士的徒弟，說：「你們都要一醉方休啊！」王生想：這麼多師兄師弟，一小壺酒怎麼分？他的師兄弟們看來也跟他想法一樣，爭先恐後地尋找酒杯倒酒，都怕這麼小的一壺酒，一人倒一杯就喝光了。結果沒想到，他們倒了一杯又一杯，酒壺裡的美酒卻總是滿滿的。王生覺得太不可思議了，卻沒想到更加不可思議的事還在後面。一位客人說：「道長今天賞賜我們明月清輝，這樣喝悶酒沒意思，為什麼不把嫦娥請來給大家助興啊？」說完拿起一根筷子擲向牆上的紙月亮，接著，有個美人從月亮上飄飄搖搖，姍姍而下，起初身高不到一尺，到地面後就像平常人一樣高，腰肢纖細，玉頸秀美，輕盈地跳起了《霓裳羽衣舞》，並唱道：「**仙仙乎，而還乎，而幽我於廣寒乎！**」大概意思是：「跳起來呀，舞起來呀，跳著舞著回家去呀，為什麼把我幽禁在這冷冷清清的廣寒宮裡啊？」原來她真是嫦娥！她不僅有嫦娥的美麗情態，還有著傳說中嫦娥的幽怨情緒。嫦娥的歌聲清亮悠揚，像簫聲那樣清脆美妙。唱完後，嫦娥轉著圈輕輕一跳，跳到桌子上。大家驚奇地去看嫦娥，只見她變成了一根筷子。王生覺得這太神奇啦。師父和客人大笑。客人說：「今天晚上太開心了，喝多了，再也喝不下去了。道長，你到月宮給我們送行，可以嗎？」王生的師父就和兩個客人移動席位，漸漸進入月亮當中。王生看到師父和他的朋友繼續在月亮上飲酒，鬍子、眉毛都看得清清楚楚，就好像人影照在鏡子裡面一樣。過了一會兒，月色漸暗，有個徒弟點了燈來。王生驚奇地發現，只有師父一個人坐在房裡，客人不知哪兒去了，桌子上還留著剩下的飯菜，牆上的月亮呢，只不過是像鏡子一樣的圓紙片而已。真是太奇妙了！這一晚上的見聞紛至沓來，使王生目不暇接，大開眼界。第一步是紙月亮變成真月亮；第二步是小酒壺的美酒怎麼倒也倒不完；第三步是筷子變成嫦娥跳舞、唱歌，還表達了月宮嫦娥常有的幽怨；第四步是道士和客人進月宮喝酒。這不就是神仙過的日子嗎？王生太羨慕了，太嚮往了，太想學了。

嶗山道士的幻術天馬行空，令人目不暇接。蒲松齡不是崇拜唐代詩人李賀嗎？這段描寫就頗有李賀詩歌的意味。這叫設幻為文，實際上是用寓言形式巧妙地說出一些人生道理。

嶗山道士點化仙境，給道徒上了一次特殊課，深層含義就是你們想獲得這樣的仙術，首先要腳踏實地，努力勞動。道士問：「你們都喝夠了嗎？」大家回答：「喝夠了。」道士說：「喝夠了就早點兒回去睡覺吧，不要耽誤了明天砍柴。」大家答應著退下去了。王生一看道士的法術這麼神奇，就打消了回家的念頭。又過了一個月，王生實在沒法忍受每天砍柴的辛苦了，而道士也始終不教給他任何法術。

王生不想再等待了，就向道士告辭說：「弟子跋涉幾百里，來向仙師學道，即使不能學得長生之術，您教我一點兒小法術，也能安慰我求師問道的誠心。現在我來這裡兩三個月了，每天不過是早出晚歸打柴，弟子在家裡可從來沒吃過這樣的苦。」王生說實話了，他沒吃過這樣的苦。道士笑了：「我本來就說你下不了苦功夫，果然不差。明天早上你回家吧！」王生說：「弟子幹了這麼多天活兒，求師父略微教我一點兒法術，也算沒白來啊！」道士問：「你想學什麼法術？」王生說：「我經常看到仙師行走，連牆壁也不能阻擋，只要能學會這一招，就心滿意足了。」道士一聽就笑了，告訴王生怎樣念口訣。他叫王生面對牆壁默默地念誦口訣，等王生念完了，便說：「進去！」王生面對牆壁，不敢動。道士說：「你試著進進看。」王生不緊不慢地往前走，到了牆邊，卻被擋住了。道士說：「你低下頭猛然往前衝，不要猶豫，不要遲疑。」王生便後退幾步，飛快地向牆壁奔去，堅硬的牆壁竟然虛若無物，回頭一看，已經到牆外面了。王生喜出望外，向道士表示感謝。道士說：「回家要潔身自好，否則法術就不會靈驗了。」道士的話是至理名言，潔身自好就是把本領用到正當地方，但是王生記住了嗎？

道士給了王生路費，叫他回家。王生回到淄川家中就吹牛：「我遇到仙人，學到了仙人的法術，堅硬的牆壁也擋不住我了。」他的妻子不相信。王生說：「我穿個牆給你看看！」他仿效勞山道士的辦法，先離開牆壁幾步遠，念動咒語，猛然向牆壁直衝過去，不料「砰」的一聲，腦袋撞到牆上，栽倒在地。妻子連忙把他扶起來，一看，額頭上起了一個雞蛋大小的包。妻子嘲笑王生吹牛。王生又羞愧又氣憤，卻沒別的辦法，只好罵老道士惡作劇捉弄人。

〈勞山道士〉不僅在中國家喻戶曉，而且早就傳到西方，成為中國文化在西方的代表。這個故事太有趣、太好玩，也太有思想意義了。王生去學道，本應為了提高修養，他卻偏偏要學穿牆。道士為什麼穿牆？為了迅速地濟世救人。為什麼師父那麼多濟世救人的妙法王生都不學，就是想學穿牆？顯然動機不純。所以道士要懲罰他。當然，道士對他的懲罰，也不過是小小懲戒而已，只是叫他腦袋上腫起個大包。

〈勞山道士〉篇末蒲松齡又透過「異史氏曰」把這個故事要講的道理做進一步闡述：「聽到這件事的人沒有不大笑的，卻不知世界上像王生這樣的人多得很。現在有些粗俗的笨蛋，喜歡毒藥，討厭良藥，於是就有喜歡拍馬屁的傢伙向他進獻顯威風、逞暴力的計策，以迎合他橫行霸道的心思，還騙他說，按照這個辦法就可以橫行無阻。開始可能有點兒小小的效果，於是他就以為普天之下都可以照此辦理。這種人不到頭碰硬牆，栽一個大跟頭，是不會甘休的。」

今天，這段「異史氏曰」，不管是對機關、學校、新聞界，還是對經濟界都有效。現在社會風氣浮躁，有些人不好好下力氣，想走捷徑獲得成功。有的人，例如說堂堂教授，居然霸占學生的研究成果，他們都應從〈勞山道士〉中獲得道德的教益。

〈勞山道士〉是蒲松齡讀萬卷書，學唐傳奇〈紙月〉、〈取月〉、〈留月〉的結果，也是他行萬里路的結果。清康熙十一年（一六七二）農曆四月，蒲松齡有勞山十日行。參加這次旅行的還有兩位退休高官——侍郎高珩和御史唐夢賚，他們都是熱心支持蒲松齡撰寫《聊齋》的淄川同鄉，也最早給《聊齋》寫序。蒲松齡這次勞山之行，創作了〈勞山道士〉、〈香玉〉〈成仙〉、〈安期島〉、〈金和尚〉等名作。

04 雷曹

世界航太先驅

〈雷曹〉充滿浪漫幻想，又寄寓獎掖良善思想。說它充滿浪漫幻想，是因為蒲松齡生活的時代連自行車都沒有，而他卻想像出普通人的航太情節。樂雲鶴在雲中行走，很像太空人在太空行走，體驗失重的感覺；他從太空俯瞰下面城郭，也符合太空人從太空觀察地球的描述，實在太超前，也太奇妙了。說它獎掖良善，主要是指樂雲鶴關懷亡友夏平子的遺屬，給偶然相遇的飢餓的陌生人飯菜吃，而且本來都不指望得到報答，最後卻得到了厚報。飢餓的陌生人，也就是天上的雷曹，不僅在危難關頭救下了樂雲鶴，還把他帶上天，讓他觀察行雨，並向乾旱的家鄉降雨。更妙的是，沒有兒子的樂雲鶴，居然從天上摘了顆小星星，給妻子咽下，生出一個光宗耀祖的兒子，而這顆小星星恰好又是亡友夏平子變成的文曲星。不知道蒲松齡是怎麼構思出這樣環環相扣的巧妙情節的。這篇《聊齋》美文，人物栩栩如生，場面瑰麗奇妙，語言精準形象，值得好好欣賞。

〈雷曹〉在敘述奇妙動人故事的同時，向現代讀者傳遞了三個古代文化知識點：雷曹的稱呼；一飯之恩；文曲星，或者說少微星。讀《聊齋》長知識，何樂而不為？

首先要知道什麼叫雷曹。所謂雷曹就是雷公，或者說雷神，傳說中掌管打雷下雨的天上神靈。雷神是什麼樣的？《山海經．海內東經》有描寫：「雷澤中有雷神，龍身而人頭，鼓其腹。」雷神半人半神，長著人頭龍身，鼓動自己的肚子，就會帶來雷聲。蒲松齡的偶像干寶在《搜神記》中描寫的雷公則完全沒有人樣：農夫楊道和夏天下雨時躲到桑樹底下，雷神下來擊打他，他就用鋤頭跟雷神搏鬥，折斷了雷神的大腿，雷神飛不起來了。落在地上的雷神是什麼樣子呢？血盆大口，眼睛又大又亮，像兩面鏡子，身上的毛髮和腦袋上的角都有三寸多長，模樣像牲畜，頭像獼猴。這副尊容不僅不雅觀，還有點兒可怕。蒲松齡把傳說中介於動物和人之間的雷神描寫成正常人，並且有了人間官員的稱呼，不叫雷公、雷神、霹靂，而是叫雷曹。曹，是對管某事的官員的稱呼。官員稱「曹」，見於《三國志．杜瓊傳》：「古者名官職不言曹，始自漢已來，名官盡言曹，吏言屬曹，卒言侍曹。」蒲松齡筆下的雷曹，形象像普通人，卻有普通人沒有的奇特能力。例如，他能像潛水夫一樣潛水，能騰雲駕霧，在天上行雨。而一個普通百姓又怎麼能和天上的雷曹發生聯繫呢？因為為人善良，因為一飯之恩。

樂雲鶴和夏平子是同鄉，又是同學，相交莫逆。夏平子聰慧，十歲知名，樂雲鶴虛心向他學習，他則耐心幫助。樂雲鶴文思日進，文章寫得越來越好，不幸的是，他與夏平子每次參加科舉考試都名落孫山。不久，夏平子生病死了，家貧不能安葬，樂雲鶴就幫忙料理夏平子的後事，並且經常接濟夏平子留下的妻子和孩子，自己有一斗米必定分夏家一半。人們都讚揚樂雲鶴。樂雲鶴，一個窮苦的讀書人，本就沒有多少財產，還要接濟夏平子的妻兒，結果一天比一天窮。他慨歎道：「像平子那樣文章寫得好的才子，都無所作為而死，何況我這樣的平凡人物？人生應在壯年獲得富貴，像這樣一年到頭愁吃愁穿，恐怕還沒脫離貧困就死了，那一輩子就白活了。我得另謀活路。」於是，他果斷地放棄讀書，改做買賣，半年時間，就家資小康。蒲松齡在這個地方埋下了伏筆：樂雲鶴不計報酬地照應亡友的妻兒，做善良之事的人，總會有好結果。

樂雲鶴到金陵經商，在旅店休息，看見一個又高又瘦的人，愁眉苦臉，神色黯然，在他旁邊徘徊，好像很餓卻沒錢吃飯。樂雲鶴問他：「你想吃飯嗎？」那人不回答。樂雲鶴把自己點的飯菜推給他，他用手抓起來，一會兒就吃完了；樂雲鶴又給他要了兩人份的飯菜，那人又吃光了；樂雲鶴叫旅店主人割一大塊豬肘肉，外加一大堆饅頭，那人才吃飽肚子，向樂雲鶴道謝：「我三年沒有吃上這麼一頓飽飯了。」樂雲鶴問：「你是位壯士，為什麼會落到飯也吃不飽的地步？」壯士回答：「我有罪，受到上天的懲罰，沒法說出口。」樂雲鶴問：「你是什麼地方的人？」壯士回答：「**陸無屋，水無舟，朝村而暮郭耳**。」陸地無房，水面無船，早晚在村莊和城市中，居無定所。壯士的話透露出的資訊是：天上來人。

樂雲鶴整裝要走，壯士跟著他，戀戀不去。樂雲鶴說：「咱們分手吧。」壯士說：「您將有大難，我不忍心忘一飯之德。」

「一飯之德」是關於人際關係的著名命題，出自《史記．淮陰侯列傳》。韓信貧賤時在護城河邊釣不到魚，肚子餓得咕咕叫，有一位在河邊洗東西的老婦人，即所謂「漂

母」，看到他餓了，便給他飯吃。後來韓信被封為楚王，便送給漂母一千兩黃金，創造了

「一飯千金」的典故。壯士不忘樂雲鶴的一飯之德，他會怎麼報答呢？看後面的情節就知道了。樂雲鶴很驚奇，便叫壯士跟他一起走，中途休息時又請他吃飯，壯士卻說：「我一年只吃幾頓飯。」樂雲鶴更感到奇怪了。

第二天樂雲鶴渡江，「**風濤暴作**」，很多船都翻了，他和壯士一起掉到江裡。過了一會兒，壯士背著樂雲鶴踏著波濤浮出水面，搭上一隻客船，把樂雲鶴放下，又踏波逐浪而去。不久，他便拉回一隻船來，扶著樂雲鶴坐上船，告訴樂雲鶴：「趴在那兒別動！等我回來。」然後就又跳進江裡，兩條胳臂夾著樂雲鶴的貨物浮出水面，丟到船中，幾進幾出，硬是把所有貨物都撈了上來。樂雲鶴非常感謝他，說：「你把我救上來就足夠了，我哪還敢指望貨物失而復得？」說完檢查了一下貨物，並無丟失。樂雲鶴更加喜歡壯士，覺得他真是神人。一切收拾妥當後，樂雲鶴準備啟程，壯士卻向他告辭。樂雲鶴苦苦挽留，他才答應一起走。樂雲鶴為了表示對壯士的感激之情，笑著說：「這麼大一場災禍，就丟了支金簪，真是幸運。」壯士一聽馬上要下江尋找，樂雲鶴急忙制止，說話工夫，他已投入江中不見了。樂雲鶴驚愕良久，忽見壯士含笑從水裡出來，把金簪交給他說：「**幸不辱命**。」在這麼大的江裡尋找一支小小金簪，壯士易如反掌，江上人卻沒有不驚奇的。壯士對樂雲鶴一飯之德的報答，已經遠遠超過韓信，韓信送給漂母的是金子，壯士則救了樂雲鶴的命。不過這還不是壯士對樂雲鶴的最大報答呢。

〈雷曹〉

樂雲鶴和壯士回到家，抵足而眠。壯士每隔十幾天才吃一次飯，不過食量驚人。有一天，壯士又要走，樂雲鶴一再挽留。恰好天陰要下雨，聽到雷聲隆隆，樂雲鶴順口說：「雲間不知是什麼樣子，雷又是什麼東西，如果能到天上看一看，就能知道了。」

壯士問：「您想到雲中遨遊嗎？」過了一會兒，樂雲鶴感到疲倦得很，就伏在床上打盹兒。接著，現在太空人在太空中感受到的，蒲松齡提前三百年就替他們寫了出來：「**既醒，覺身搖搖然，不似榻上，開目，則在雲氣中，周身如絮。驚而起，暈如舟上。踏之，耎無地。仰視星斗，在眉目間。**」樂雲鶴醒來，發現身子搖搖晃晃的，不像在床上，睜眼一看，已在雲霧之中，周圍的雲朵像一團團棉絮。神不神奇？這就是太空人失重的感覺。樂雲鶴驚奇地爬起來，頭暈暈乎乎的，像坐在船上一般，腳下也好像沒有踏著土地一樣。這是太空人出艙時的感覺。樂雲鶴仰起頭，看見星斗就在自己眼前。他懷疑是在做夢，仔細看看，星星嵌在天上，像蓮子長在蓮蓬裡，大的如甕，中等的如罈，小的則像碗、像茶盅，用手搖撼，大星星堅固不可動，小星星動搖，好像可以摘下來。他摘了顆小星星，藏在袖中。我們再看看最早的「太空人」是怎麼看地球的：「**撥雲下視，則銀河蒼茫，見城郭如豆。**」跟太空人從太空船觀察的地球、長城一樣，虧蒲松齡怎麼想出來的。樂雲鶴先是打盹兒、入夢，他的朋友走後，他醒了，卻已被朋友帶到天上了，描寫得多麼有層次。

蒲松齡幻想人到天上去，是他的發明創造嗎？不是。六朝小說早就有這類描寫，最著名的有王嘉的《拾遺記》、張華的《博物志》，還有唐傳奇的《洞天記》。這些小說都提出了非常有趣的推論，認為中國「宇宙航行」發生在堯的時代，中國人可以從海上直通天河。中國人航太用仙槎[4]，但似乎比現代的不鏽鋼、合金都厲害；人也不需要任何防護措施，不用穿航太服，直接坐到竹筏上，就能到達別的星球。王嘉《拾遺記》還寫了外星熙熙攘攘，有城郭，有房舍，有人類活動，女的織布，男的放牛。鄧拓《燕山夜話‧宇宙航行的最古傳說》中引用王嘉《拾遺記》，說明浪漫奇想可以先於科技發生。而〈雷曹〉描繪中國古代航太最優哉遊哉，最賞心悅目。樂雲鶴感受到二十一世紀太空人的失重後，又看到了怎樣下雨。

不一會兒，樂雲鶴看到兩條舒展自如的蛟龍，拉著一輛掛著簾子的車過來，蛟龍尾巴一甩，像牛鞭一樣發出清脆的響聲。車上載著巨大的容器，周長有好幾丈，貯著滿滿的水。還有幾十個人，用各種容器盛水，往雲彩裡灑。灑水的人忽然看到樂雲鶴，感到很奇怪：「你從哪兒來？」樂雲鶴沒回答，卻發現那位壯士也在這夥人裡面。壯士告訴大家：「他是我的朋友。」壯士取來一個容器給樂雲鶴，讓他跟著他們一起灑水。樂雲鶴產生了偏袒家鄉的私念，當時他的家鄉已好久沒有下雨，於是他接過容器，推開雲彩，朝著故鄉的方位盡情傾注。這時，壯士對樂雲鶴說明自己的身分：「我本是天宮雷神，此前因為下錯了雨，上帝罰我到人間受苦三年，今天期限已滿，咱們就此告別吧。」

說完，雷神就把駕車用的萬尺長的繩子丟到樂雲鶴腳下，讓他抓住繩子向人間降落。

4 仙槎：神話中能來往於海上和天河之間的竹木筏。

樂雲鶴說：「這太可怕啦。」壯士笑道：「沒事沒事。」樂雲鶴聽了他的話，便抓住繩子，只覺得風颼颼地吹，瞬息及地，環顧四周，原來正好降落在村外。那條天繩漸漸被收入雲中，看不見了。這種返回，可比楊利偉他們方便得多、舒服得多了。當時天氣乾旱很久，十里外的地方只下了一指多深的雨，只有樂雲鶴的村子下得大河溢小河滿。

樂雲鶴摸摸袖子，摘下的小星星還在，拿出來放到桌上，像塊深黑色石頭，到了晚上就「**光明煥發，映照四壁**」。樂雲鶴非常珍愛這顆小星星，把它一層層地包好珍藏起來，有佳客來訪，才拿出來照著喝酒。如果從正面看，星星的光芒直射人眼。有一天晚上，樂雲鶴的妻子坐在星星前面梳理頭髮，忽然看見星星越來越小，最後變成螢火蟲般大小，在房間內流動橫飛。樂雲鶴的妻子驚奇得不得了，這時那顆小星星忽然鑽到她嘴裡，咳也咳不出來，只好咽下肚去。樂雲鶴的妻子驚奇地跑去告訴他。樂雲鶴也很奇怪。等他睡著，夢到好朋友夏平子來了，說：「我是天上的少微星，您對我家的恩惠，銘記不忘。又蒙您把我從天上帶到人間，可算有緣。現在我要做您的兒子，以報大德。」

少微星，又名處士星，據《史記．天官書》記載，是象徵士大夫的星。樂雲鶴三十歲還沒有兒子，得了這個夢很高興，一方面高興自己將要有兒子，另一方面高興好朋友跟自己成了一家。之後他的妻子果然懷孕了，臨產時，光輝滿室，好像星星放在桌子上一樣。孩子出生後，取名「星兒」，聰明機警，書也讀得好，十六歲就考中了進士。

「異史氏曰」明確說明，樂雲鶴因為擅長寫文章而著名，卻忽然覺得上天給自己安排的位置不在這裡，於是就像脫去舊鞋一樣放棄讀書做官而去經商，這和當年班超投筆從戎、立功封侯相比，又有多少不同呢？至於雷神因為一飯之恩報答他，夏平子酬謝好友的情誼，難道是神和人在報答私恩嗎？並不是，這是造物主在公正地報答賢德而又卓越的人啊！

實際上，雷曹感一飯之德，報答良友，仍然是小說要害，也是小說結構的主線。樂雲鶴雲中行走，是古代小說前所未有的創造，特別細膩、生動、好玩。小說筆調明麗優美，比喻形象生動，天上的美景與凡人的心思結合得天衣無縫。

05 羅剎海市

美男子海外奇遇

〈羅剎海市〉論思想和藝術都算《聊齋》代表作。小說講出蒲松齡對封建社會最著名的經典判斷：「**花面逢迎，世情如鬼。**」這個判斷是透過血肉豐滿的人物、生動精彩的故事、妙趣橫生的場景令人信服地說出來的。

小說創造了兩個迥然不同的地方——大羅剎國和海底龍宮，透過美男子馬驥的海外遊歷，把它們連綴起來，表現同樣一個人物在不同國度有著天差地別的遭遇。馬驥到大羅剎國，這個國家不重文章，以面貌取人，而且以醜為美，越醜的人地位越高。馬驥長相俊秀，於是被看成和妖怪一樣；他把臉抹成黑的，所謂「**塗面作張飛**」，又被認為很美，還做了官。

「羅剎」本來是佛教對「惡鬼」的通稱，用「羅剎」做國家的名字，前面還加個「大」字——「大羅剎國」，這個國家的制度、政局、人情有多險惡，就可以想像了。蒲松齡的描寫帶著濃郁的寓言色彩。他想說明，在惡鬼當道的社會，有才學的人總是由目不識丁、心存鄙見的人掌控著，決定著命運；品格高尚的人總是被蠅營狗苟的人左右著，操縱著前途。在這樣的社會，正直的人想求得發展，只能去海市蜃樓裡尋找。之後，馬驥進入透明的、耀眼的龍宮，才能得到充分施展。

龍宮是蒲松齡理想的烏托邦，是有志「致君堯舜上」者的伊甸園。馬驥在這裡，既當上了駙馬，又寫出了流傳四海的美文章，他和妻子龍女過著夫唱婦隨、詩情畫意的日子。大羅剎國和龍宮是醜惡現實和美好理想的對比，是假、惡、醜和真、善、美的對比。美男子馬驥在大羅剎國被看成妖怪，在龍宮則成了駙馬，很像現實生活中，同一個人在不同的單位分別遇到嫉賢妒能的上司和任人唯賢的領導，從而有了完全不同的際遇。〈羅剎海市〉這個神異故事，不過是把現實人生放到哈哈鏡裡而已。

小說一開頭，先介紹：「**馬驥，字龍媒，賈人子。美丰姿。少倜儻，喜歌舞，輒從梨園子弟，以錦帕纏頭，美如好女，因復有『俊人』之號。**」這段文字提供了影響小說情節的幾個特點。第一，馬驥異常俊美、風度翩翩，喜歡歌舞，常跟梨園子弟在一起，綽號「俊人」，很像現在影視舞台上的「小鮮肉」。他的美將使他在兩個國家享受完全不同的待遇。馬驥是《聊齋》中首屈一指的美男子。他的美不是陽剛雄渾、赳赳武夫之美，而是文弱書生之美。〈羅剎海市〉的構思中心是指斥以醜為美的世道，馬驥的美就不單純是為了描寫外貌，而對整個小說起到了關鍵作用。如果馬驥不是美男子，就不能顯露美醜顛倒的大羅剎國；如果他不是美男子，就做不了龍宮駙馬。美男子馬驥的海外奇遇，既諷刺了以醜為美、黑白顛倒的社會，又表現了蒲松齡對人生和愛情的浪漫幻想。

〈羅刹海市〉

第二，馬驥是商人的兒子，雖然文章寫得好，十四歲就考中秀才，卻要學做生意。父親對馬驥說：「就憑這幾本書，餓了不能煮來吃，冷了不能穿身上，還是繼承爹的事業做生意吧。」馬驥學做生意，跟人出海，被狂風刮跑，漂泊幾晝夜，來到一座都市。那裡的人非常醜，看見俊人馬驥，反而以為來了妖怪，一邊叫嚷一邊逃走。馬驥剛開始遇到這種情況時很害怕，等他知道這裡的人害怕自己，反而就棍打狗，欺負起當地人，遇到有人吃東西，他就故意跑過去，吃東西的人逃走，他就吃剩下的食物。馬驥流浪到一個山村，村人比起城裡人好看點兒。這一點很有趣，越是窮鄉僻壤，越是比大都市的人漂亮。馬驥發現一個規律：凡是醜的都穿得漂亮，像有錢人；凡是多少像點兒人樣的，都是破衣爛衫，像乞丐。馬驥在樹下歇息，村人不敢靠近，遠遠地望著他。時間長了，村人覺得馬驥不像是吃人的妖怪，便稍微靠近點兒。馬驥笑盈盈地跟他們搭話，語言雖然不同，但仍能聽懂一半。馬驥表明他是從中國來的，村人奔相走告：客人既不打人，也不吃人。不過，長得很醜的人還是不敢靠近馬驥，多少像點兒人樣的人才敢靠近他，給他送來酒水、食物。馬驥問：「你們為什麼怕我？」村人回答：「聽祖父說，西去二萬六千里，有一個中國，人們相貌奇形怪狀。現在看到你，我們才信了。」馬驥又問：「你們為什麼這麼窮？」村人回答：「我們國家不看重文章，只看重形貌。長得最漂亮的，為上卿；差一點兒的，做地方官；再差一點兒的，還可得到貴人寵愛，得到殘羹冷炙，養活妻子兒女。像我們這樣長得醜的，剛生下來時，父母都認為不吉祥，常常被丟棄，那些不忍心丟棄的，都只是為了傳宗接代。」

馬驥恍然大悟：原來這個國家以醜為美，以美為醜！馬驥接著問：「你們這是什麼國家？」「大羅剎國。」多麼有意思的國家名字！「羅剎」是佛經對「惡鬼」的稱呼，既然以「大惡鬼」為國名，看來這個地方的行事就完全按魔鬼章法來啦。

馬驥請求村人帶他到都城看一看。村人於是把他帶到大羅剎國的首都。這裡的建築物都用黑石做牆，顏色像濃墨染成。請注意，這色彩不是隨便寫的：黑色意味著黑暗。大羅剎國可真是兩眼一抹黑！適值大羅剎國百官退朝，王宮裡有打著羅傘的車子出來，村人指點說：「這是宰相。」馬驥一看，宰相的兩隻耳朵像驢馬一樣背著長，三個鼻孔，睫毛像厚簾子覆蓋在眼睛上。簡直醜得登峰造極！又有幾個官員騎著馬從宮中出來，村人說：「這是大夫。」對所有出宮的官員，村人都一一指明官職，個個長得猙獰古怪，規律是：官位稍低一點兒，醜惡程度就好一點兒。蒲松齡這是在幹麼？當然是在諷刺他所處的社會：越是醜惡的人，越能得到高官厚祿。

馬驥在大羅剎國的首都看了一會兒，街上的人看見他，嚇得又嚷又叫，連滾帶爬，好像看見怪物一樣。村人向這些人百般解釋，他們才敢在遠處停下，驚疑不定地看著馬驥。美男子成了妖怪，這就是大羅剎國的風俗。馬驥回到山村，大羅剎國上上下下都知道山村來了異人。地方紳士和官員都想長長見識，便讓村人邀請馬驥前去做客。村人邀請了，他們卻認為馬驥太醜，不放他進門。馬驥每到一家，看門人就關起門戶，男人和女人都偷偷地從門縫窺視他，悄悄議論。馬驥跑了一整天，沒有一家肯放他進門。村人說：「這地方有個執戟郎，曾代表先王出使異國，他見的人多，或許不會怕你。」執戟郎是秦漢時宮廷侍衛官的稱呼，手中執戟，所以叫執戟郎。村人帶馬驥去拜訪執戟郎。執戟郎果然很高興，把馬驥奉為貴客。馬驥「**視其貌，如八九十歲人。目睛突出，鬚卷如蝟**」。執戟郎說：「我年輕時奉國王命令出使過很多國家，唯獨沒有到過中國。現在我已一百二十多歲，又榮幸地看到上國人物，這事不能不奏明國王。不過我退休回鄉，已十多年沒有踏進朝廷。明天一早，我為您走一趟。」說完，設宴招待馬驥。喝過幾杯酒後，執戟郎喊出十幾個歌姬舞女，輪番歌舞助興。歌姬舞女白綢包頭，紅舞衣拖到地面。她們唱的什麼曲兒，扮的什麼戲，馬驥一概不明白，只覺得腔調古怪，節奏離奇。執戟郎卻看得很高興，問馬驥：「中國也有樂曲嗎？」馬驥說：「有。」執戟郎請馬驥表演中國樂曲，馬驥便敲著桌子，打著節拍，唱了一支曲子。執戟郎歡喜地說：「真新奇啊！像是鳳鳥啼鳴，我從來沒聽過這麼好聽的曲子。」

大羅剎國資深外交官執戟郎的模樣像癩蛤蟆，家裡的歌舞場面極度誇張和怪異，歌舞者面貌醜陋，扮唱嗚嗚啞啞，亂七八糟，醜惡至極、滑稽至極！可貴的是，資深外交官畢竟見多識廣，對外界的事物還能兼收並蓄，算是大羅剎國官員中的另類。

第二天，執戟郎急忙上朝，向國王推薦馬驥。國王欣然下詔，召見馬驥，卻有兩三個大臣向國王彙報：馬驥相貌古怪，恐驚龍體。國王只好作罷。執戟郎出來告訴馬驥，替他惋惜。馬驥準備以本來面貌，也就是中華美男子的面貌朝見大羅剎國皇帝的想法失敗了。

有一天，馬驥和執戟郎喝醉了，馬驥把煤灰抹到臉上扮作張飛，舞起劍來，執戟郎認為太美了，說：「請扮作張飛的樣子去見宰相。宰相必定重用你，高官厚祿不難到手。」馬驥說：「哈哈！我鬧著玩兒假扮張飛可以，一個正派的人怎麼能改變面貌去謀取高官厚祿呢？」這話多有哲理。執戟郎卻堅持要馬驥這樣做，馬驥只好答應。

這個情節說明什麼？說明在奸佞當道、以醜為美的社會，「**易面目圖榮顯**」，也就是戴上面具，隱藏起自己的真實面貌，是想往上爬的人必走之路，正人君子也不得不裝出小人鬼面，才能適應時世。瑞士心理學家榮格提出「人格面具說」，人為了求得社會認同，必須戴上隱藏本來面目的面具。〈畫皮〉裡的惡鬼，披上美女畫皮；〈羅剎海市〉裡的美男子把自己變得醜陋，才能獲得重用。蒲松齡非常擅長在面具上做文章。

執戟郎設宴，請當權大官喝酒，叫馬驥畫好黑臉等著。不一會兒，客人來了，執戟郎喊馬驥出來見客。客人驚訝地說：「太奇怪了！怎麼原來那麼醜，現在這麼俊？」我看到原文（「**異哉！何前媸而今妍也！**」）時幾乎笑得噴飯。作者太辛辣了，怎麼想出這麼有趣的情節、這麼好玩的對話的？大官和馬驥一起喝酒，喝得很高興。「**馬婆娑歌弋陽曲，一座無不傾倒**」，馬驥一邊翩翩起舞，一邊唱江西的弋陽曲——崑曲的前身，在座的人無不欣賞、佩服。

第二天，達官貴人紛紛向國王推薦馬驥。國王以隆重禮節召見馬驥，向馬驥詢問中國治理國家的經驗。馬驥做了細緻稟報，國王大加讚賞，下令在行宮設宴招待。快要喝醉時，國王問：「聽說你擅長高雅的音樂，可以讓寡人聽一聽嗎？」馬驥立刻起來舞蹈，模仿大羅剎國歌女，白綢纏頭，唱靡靡之音。國王非常喜歡，封他為下大夫，此後經常請他到宮廷赴宴，給他很高待遇。時間長了，文武百官漸漸發現馬驥的面貌是假的，馬驥所到之處，人們竊竊私語，不喜歡跟他打交道。馬驥感到自己被孤立了，便給國王上書請求退職，國王不同意；要求休假，國王便給他三個月假。馬驥用驛站車馬載滿金銀財寶，回到山村。村人跪地迎接馬驥。馬驥把帶回來的東西分給過去跟他關係好的人。村人歡聲雷動，說：「我們受了大夫的賞賜，下次趕海市，弄些珍奇玩物來報答大夫。」馬驥問：「海市在什麼地方？」村人說：「海市就是海中集市。四海鮫人聚集在海市出售珍寶。」

鮫人，是神話傳說中的人魚。據《博物志》記載，南海有鮫人，善於織鮫綃，流出的淚水變成珍珠。村人說：「海市上四方十二國都來貿易，神仙也遊戲其間。那裡雲霞遮天，波濤滾滾，貴人不敢冒生命危險親自去海市，就把錢交給我們，讓我們代買奇珍異寶。現在趕海市的日子快到了。」馬驥問：「你怎麼判斷趕海市的日子快到了？」村人說：「每當海上有紅色鸞鳥飛來飛去，七天後便有海市。」鸞鳥是中國古代的吉祥鳥。馬驥說：「我跟你們一起去玩玩。」村人勸說：「您是貴人，應該保重自己，不要去。」馬驥說：「我本來就是航海經商的人，怕什麼風濤！」

沒多久，果然有人到村人家送錢，委託其到海市代購。馬驥和村人一起裝貨下船。那船可以容納數十人，平船底，高欄杆，十人搖櫓，劈波斬浪，飛駛如箭。三天後，遠遠看見雲霧繚繞、水波蕩漾中，亭台層層疊疊，貿易的船隻紛紛聚集，像螞蟻般密密麻麻。不一會兒，船到城下，城牆上的磚都是一人長短，城門樓高接雲天。村人把船繫好後領馬驥進入海市，只見海市上所陳列的都是奇珍異寶，光明耀眼，人世罕見。

這時，有個少年騎著駿馬來到，人們紛紛躲避，喊著「東洋三世子來了」。所謂世子，就是龍王正妻生的兒子。三世子經過馬驥身邊，問：「這位是外國人吧？」為三世子騎馬開道的人立即過來詢問馬驥是哪裡人，馬驥在路旁向世子施禮，說出自己的國籍和姓名。三世子高興地說：「承蒙您屈駕光臨，咱們緣分不淺。」說完給馬驥一匹馬，請他與自己並馬同行。他們出了西城門，來到海岸邊，坐騎嘶叫著向水裡跳去，嚇得馬驥「哎呀」一聲，只見海水從中間分開，變成兩堵高高的水牆。不一會兒，馬驥看到一座龍宮，用玳瑁裝飾房樑，以魴魚的鱗做瓦，四壁透明鋥亮，能照見人影，光彩耀眼。

大羅剎國以黑石為牆，龍宮卻光明耀眼，對比鮮明。「海市」雖然出現在小說標題中，實際上僅是馬驥從大羅剎國到龍宮的過渡。

《聊齋》寫人進入龍宮和《西遊記》不一樣，《西遊記》中孫猴子進龍宮得念避水咒，馬驥不用念避水咒——他也不會念，龍宮自己擺開歡迎的陣勢：海水見了世子和馬驥變成水牆，凡人馬驥輕而易舉地進入了亮堂堂的龍宮。世子下馬，恭敬地請馬驥進殿。馬驥進入宮殿，抬頭看到龍王坐在寶座上。三世子啟奏：「兒臣到海市閒遊，遇到中華大國賢士，特引來見大王。」馬驥向前，朝龍王行過大禮。龍王說：「先生是文學之士，文才必定高過屈原、宋玉，我打算請先生用如椽之筆寫一篇〈海市賦〉，希望先生不要吝惜您的珠玉妙筆。」龍王怎麼一見面就知道馬驥是文學之士呢？大概未卜先知吧。龍王的這段話需要看原文，更需要知道引用的是什麼典故：「**先生文學士，必能衙官屈宋，欲煩椽筆賦〈海市〉，幸無吝珠玉。**」

衙官，是唐代刺史的屬官。「衙官屈宋」，是中國古代文學常用典故，就是文采高明得叫屈原和宋玉來做自己的屬官。這牛皮是杜甫的爺爺杜審言吹的。《舊唐書・杜審言傳》記載，杜審言曾對人說，我寫文章，應該叫屈原和宋玉來做我的下屬，我的書法在王羲之之上。原文是：「（杜審言）又嘗謂人曰：『吾之文章，合得屈宋作衙官；吾之書跡，合得王羲之北面。』」杜審言最著名的詩是《和晉陵陸丞早春遊望》：「獨有宦遊人，偏驚物候新。雲霞出海曙，梅柳渡江春。淑氣催黃鳥，晴光轉綠蘋。忽聞歌古調，歸思欲沾巾。」杜審言是唐代近體詩的奠基人之一，明代胡應麟說《和晉陵陸丞早春遊望》是初唐五律第一篇。但杜審言說他的文章好到叫屈原和宋玉拜到名下，恐怕有點兒過頭。杜審言創造的「衙官屈宋」典故，文人很喜歡用，或者自己吹牛，或者恭維朋友。海底龍王恰如其分地運用中國文人典故，當然是蒲松齡賦予他的特點。

馬驥叩頭接受了任務。龍王下令給馬驥拿來水晶硯、龍鬣筆。紙色如雪，墨香似蘭。馬驥不假思索，寫出一千多字的文章，獻給龍王。龍王看了，大加讚賞：「先生雄才大略，增光水國。」隨即召集龍族在采霞宮歡宴。酒過數巡，龍王對馬驥說：「寡人愛女還沒有如意郎君，想託先生照顧她，先生有意嗎？」馬驥離席，又慚愧，又感激，只能答應下來。其實馬驥家裡已有妻子，不過到了龍宮，已是另外一個世界——海底世界，只能特事特辦。龍王和身邊人說了幾句話，不一會兒，宮女便扶著龍女出來了，環佩叮噹，簫鼓轟鳴，婚禮開始。拜完天地父母，二人互拜，馬驥偷眼一看，龍女美得像天仙。龍女拜完堂就走了。酒席結束，兩個丫鬟挑著華麗的宮燈，把馬驥引入旁宮。龍女盛裝坐在宮裡等候。洞房裡珊瑚床上裝飾著金銀珠寶，床帳外墜著斗大的珍珠，床上被褥又香又軟。天剛剛放亮，一群漂亮的小丫鬟便跑進來，站滿兩旁，精心伺候。馬驥起來，急忙到龍王駕前朝拜、致謝。龍王封他為駙馬都尉。駙馬都尉是漢武帝時設置的官職，為皇帝掌副車之馬。魏晉後，皇帝女婿照例加封，雖然不是實職，但屬於一種很高的榮譽，看來龍宮也是照人世間規矩行事。龍王把馬驥的〈海市賦〉傳到四海。四海龍王都派人來祝賀，爭先恐後地請駙馬喝酒。馬驥穿著錦繡服裝，駕著青龍拉的車，前呼後擁地從宮殿出來。幾十名武士騎著高頭大馬，身背雕弓，肩扛白杖，金光閃閃，耀武揚威。一路上馬上有人彈古箏，車中有人吹玉笛，三天之內，遊遍四海，「龍媒」美名，到處傳揚。馬驥的字是龍媒，現在又是龍王的女婿，真是珠聯璧合。在天才小說家蒲松齡的筆下，有時候人物的名字就預示了他的發展。

馬驥和龍女優美的愛情描寫沁人心脾，龍宮中的環境也是優美如畫。龍宮中有株玉樹，粗約合圍；樹枝晶瑩明澈，像白玻璃；中間有芯，淡黃色，稍微比手臂細一點兒；葉子像碧玉，厚一錢多，細碎的樹葉，遮出一片濃蔭。馬驥常和龍女在樹下吟詩誦文，紅紅的花朵開滿樹，樣子頗像梔子花。每當一瓣花落下來，就會鏗然作響，拾起來一看，花瓣像紅色瑪瑙雕成的，「光明可愛」。樹上常有神奇的小鳥啼鳴。鳥兒的羽毛是金碧色的，尾巴比身子還長，啼叫起來，聲音像是玉笛吹出來的哀傷曲子，令人鼻酸。我非常欣賞這段原文：

宮中有玉樹一株：圍可合抱；本瑩澈，如白琉璃；中有心，淡黃色，稍細於臂；葉類碧玉，厚一錢許，細碎有濃陰。常與女嘯詠其下。花開滿樹，狀類薝蔔。每一瓣落，鏘然作響，拾視之，如赤瑙雕鏤，光明可愛。時有異鳥來鳴，毛金碧色，尾長於身，聲等哀玉，惻人肺腑。

龍宮玉樹是何科、何類、何種植物？寫過《農桑經》的蒲松齡也未必說得清。我看，龍宮玉樹是蒲松齡根據美學理想培育出來的特殊物種，只有小說裡才有。它給人透明、純潔、高雅的感覺，馬驥和龍女在玉樹下吟詠，表現二人詩意化的愛情。我研究《聊齋》幾十年，一直琢磨不出蒲松齡是根據什麼創造出這樣的樹的，後來有一次，大概二十年前，我冒雨到山東大學校園散步，看到綠樹、草坪鬱鬱蔥蔥。校園雨如煙，柳如煙，細雨霏霏，水汽洇洇，蟬聲悠悠，鳥鳴嚶嚶。雨落到花上，花朵紅洇洇，水洗胭脂一樣的豔美；雨落到樹葉上，樹葉兒綠汪汪，像碧玉琢成一樣亮麗。山東大學校園那棵最美麗的雪松，樹身直直的，十幾公尺高，碧綠的枝條向四周伸展著，有十幾公尺寬，亭亭玉立。雨中松樹含煙籠翠，鮮嫩鮮嫩的松針上掛滿了小雨點兒。小雨點兒好像長在樹上似的，真像童話中的一棵樹，晶瑩剔透，沁人心脾。蒲松齡寫龍宮玉樹，樹葉是碧玉雕成，薄薄的、亮亮的，我之前奇怪老夫子是怎麼想像出來的，經過這次雨中行，我相信，這是蒲松齡雨中觀察樹木並加以想像的結果。蒲松齡經常住在尚書府的後花園，那裡的花草樹木給了他很多靈感。這是我這個當代作家的一點兒淺見。

馬驥常念家鄉，對龍女說：「我離家三年，遠離父母，不能孝養，每當想到這個，就傷心落淚，你能隨我回鄉嗎？」龍女說：「仙界和人間不是一條路，我不能隨你回去。我也不忍心因夫妻之愛，奪去你承歡父母膝下的幸福，請容許我慢慢想辦法。」馬驥聽後，不禁流下眼淚。龍女感歎：「這是怎麼也沒辦法兩全的。」第二天，馬驥從外面回來，龍王說：「聽說都尉想家，明天早上收拾行裝起程，可以吧？」馬驥拜謝道：「我這孤身在異鄉為客的臣子，承蒙大王給了那麼優厚的待遇和恩寵，報答大王的心思深深地凝結在肺腑中，請容許我暫時回去看望父母，我會設法回來重新歡聚。」

晚上，龍女設宴跟馬驥話別。馬驥跟龍女約定日後相聚的時間，龍女說：「咱們的緣分到頭了。」馬驥非常悲痛。龍女的回答很有哲理，尤其是「**人生聚散，百年猶旦暮耳**」，簡直可以算得上哲理金句。龍女的話用白話來說就是：「你回去孝養雙親，可見你的孝心。人生有聚必有散，一百年眨眼就過去了，何必像小孩子一樣悲傷哭泣？從此以後，我為你守貞，你為我守義，縱然遠隔萬里，只要心心相印，就是恩愛夫妻，何必認為早早晚晚都守在一塊兒才叫白頭偕老？還有一件事，自結婚以來，我似乎有了身孕，請你給孩子起個名字吧。」馬驥說：「生女孩叫龍宮，生男孩叫福海。」龍女讓馬驥留下一件信物，作為孩子以後跟父親見面的憑證。馬驥在大羅剎國得到過一對紅玉蓮花，便拿出來交給龍女。龍女說：「三年後的四月八日，請你泛舟南海，到時我把孩子還給你。」說完拿出一個魚皮口袋，裝滿珠寶，交給馬驥說：「好好收藏，幾代人吃穿都用不完的。」

天剛剛放亮，龍王設宴為馬驥送行，送給他很多珍貴的禮物。馬驥拜別龍王出宮，龍女坐著白羊拉的車子，把馬驥送到海濱。馬驥上岸下馬，龍女說了一句「珍重」，回車便走，一會兒就走遠了。海水重新合起來，遮擋住馬驥的視線，龍女美麗的身影再也看不到了，馬驥於是返回家鄉。

自從馬驥離家航海，久久不歸，人們都傳說他死了。等馬驥到家，家人無不感到詫異。幸好父母安然無恙，只有妻子改嫁了。馬驥這才醒悟到龍女所說「守義」的含義，原來，龍女早就知道他的妻子改嫁了。

馬驥牢記三年約定，回家後第三年的四月八日，他泛舟南海小島，看到兩個小孩兒浮坐海面上，嘻嘻哈哈地拍水玩耍，卻不隨海水漂流而移動，也不下沉。馬驥到孩子跟前逗引他們，一個孩子笑著抓住馬驥的胳膊跳到他懷裡，另一個孩子卻大哭起來，像是在生馬驥的氣，怪他不抱自己，馬驥便把他也抱起來。仔細一看，孩子是一男一女，都非常俊美清秀，頭上戴著花冠，綴著寶玉，就是那對紅玉蓮花，馬驥留給龍女的信物。孩子的背上有個錦袋，打開一看，有一封信，上面寫道：

翁姑計各無恙。忽忽三年，紅塵永隔；盈盈一水，青鳥難通。結想為夢，引領成勞；茫茫藍蔚，有恨如何也！顧念奔月姮娥，且虛桂府；投梭織女，猶悵銀河。我何人斯，而能永好？與思及此，輒復破涕為笑。別後兩月，竟得孿生。今已啁啾懷抱，頗解笑言；覓棗抓梨，不母可活。敬以還君。所貽赤玉蓮花，飾冠作信。膝頭抱兒時，猶妾在左右也。聞君克踐舊盟，意願斯慰。妾此生不二，之死靡他。奩中珍物，不蓄蘭膏；鏡裡新妝，久辭粉黛。君似征人，妾作蕩婦，即置而不御，亦何得謂非琴瑟哉？獨計翁姑亦既抱孫，曾未一覿新婦，揆之情理，亦屬缺然。歲後阿姑窀穸，當往臨穴，一盡婦職。過此以往，則「龍宮」無恙，不少把握之期；「福海」長生，或有往還之路。伏惟珍重，不盡欲言。

大意是：「公公婆婆都安好吧。匆匆三年，仙凡界限使我們永遠隔絕，分手後兩個月竟生了一對雙胞胎，現在離開母親也能生活了，所以我特地把他們還給你。你留下的紅玉蓮花，裝飾在孩子的花冠上作為憑證。當你把孩子抱在膝上時，就像我在你身邊一樣。想到公婆已抱了孫子，卻還沒見過兒媳婦，按照情理也算缺憾。一年後婆婆安葬，我會趕到墳前，盡一盡兒媳婦的職責。」古代文學研究者常把唐傳奇中崔鶯鶯的信看作古代女性內心獨白的最佳篇章，可以和普希金筆下達吉雅娜的信媲美。龍女的信以如泣如訴的詩歌般的語言，表達了她忠於愛情的心聲，與崔鶯鶯、達吉雅娜的信相比，毫不遜色。龍女美而深明大義，與俊男馬驥珠聯璧合。馬驥和龍女體現的為國效力、孝親育雛、夫妻貞義，是千百年來維繫中華民族人與人之間關係的準則。龍女是忠心的妻子、慈愛的母親、孝順的兒媳，有賢妻良母的柔美，又有學者的深沉。當然，龍女之美，是封建道德之美，具有明顯的男性中心色彩。龍女提出，丈夫「**中饋乏人，納婢可耳**」，如果沒人料理家務，可以納通房丫鬟，馬驥果然納婢，龍女則在龍宮單方面「**克踐舊盟**」。在相當優美的愛情故事裡，蒲松齡的男權思想強烈而酸腐地表現著。

馬驥拿著信看了又看，眼淚止不住地流。兩個孩子抱著他的脖子說：「回家吧！回家吧！」馬驥悲痛欲絕，撫摸著孩子的頭說：「兒知道家在哪裡？」兩個孩子哭著、鬧著：「回家，回家！」馬驥淚水盈盈，抬眼看去，海水茫茫，遠接天邊，綰著烏雲似的髮髻的龍女渺無蹤影。無邊無涯的海水，沒有路可以到達心上人身邊。

馬驥抱著孩子，調轉船頭，滿懷惆悵地回家。馬驥知道母親的壽限快到了，就預先給母親置辦好送終物品，並在祖墳植上松樹和楸樹。過了一年，母親果然去世了。母親的靈柩到達墓地時，有一個披麻戴孝的女子來到墳前啼哭。眾人吃驚地看著她時，狂風大作，雷電交加，暴雨傾盆。轉眼之間，穿孝服的女子就不見了。墓地新栽的松柏多半已枯死，這場大雨後，全部變得綠油油的。龍女實現了諾言，給婆婆送葬來了。

男孩兒福海長大後，有時會跳進大海找母親，幾天後再回來。龍宮是女孩兒，不能去看母親，便常常關上門哭泣。有一天，龍宮又因思念母親而啼哭，天色突然變暗，龍女走進來，對女兒說：「孩子，你快到成家年紀了，還哭什麼？」說完，送給龍宮珊瑚、夜明珠、八寶嵌金盒，說是女兒的陪嫁。馬驥聽說龍女來了，急忙跑來看她，兩人握手對泣。不一會兒，巨雷轟鳴，擊穿屋頂，龍女已無影無蹤。

《羅剎海市》之所以寫得好，是因為作者寄託了深刻的人生感慨。蒲松齡終生拚搏於科舉卻不得志，便借馬驥在大羅剎國的遭遇對現實做了漫畫式的強烈抨擊。蒲松齡好像擔心讀者看不透「羅剎國」的寓意，又借異史氏之口說出：

> 花面逢迎，世情如鬼。嗜痂之癖，舉世一轍。「小慚小好，大慚大好」，若公然帶鬚眉以游都市，其不駭而走者，蓋幾希矣！彼陵陽癡子，將抱連城玉向何處哭也？嗚呼！顯榮富貴，當於蜃樓海市中求之耳！

蒲松齡用了兩個著名典故：一個是「**小慚小好，大慚大好**」，一個是「**陵陽癡子**」。先看「**小慚小好，大慚大好**」。唐代韓愈《與馮宿論文書》：「時時應事作俗下文字，下筆令人慚。及示人，則人以為好矣。小慚者，亦蒙謂之小好；大慚者，即必以為大好矣。」意思是：時人喜逢迎，曲意迎合，違背自己心意，結果文章寫得越不好，越被說成好。

再看「**陵陽癡子**」。春秋時卞和曾向楚厲王、楚武王獻璞，言為玉，卻被認為是石頭。卞和被砍去雙腳，於是抱璞玉哭於荊山下。後來楚文王使人剖璞，得「和氏璧」，便封卞和為陵陽侯。知道這兩個典故後，我們可以大體用白話講一下這段「異史氏曰」：「裝出一副假面孔迎合世人，世情像鬼一樣醜惡。把瘡痂當成美味的嗜好，整個社會都一樣。自己感到慚愧的文章，別人會略加欣賞；自己感到慚愧得不可見人的文章，別人就大加讚賞。如果你公然以正人君子的面貌在社會上行走，那麼不被你嚇得逃走的恐怕很少。那個被封為陵陽侯的傻子卞和，將抱著價值連城的美玉到哪兒哭呢？嗚呼！榮華富貴只能從海市蜃樓裡尋找罷了。」

至於馬驥在龍宮做了駙馬，文章傳遍四海，這只不過是他替懷才不遇的柳泉居士在海市蜃樓中做的一個富貴神仙的白日夢。當然，〈羅剎海市〉後半部分描寫的夫妻之情、兒女之情相當感人。妻子龍女的賢慧忠貞、通情達理，兒女的天真可愛，蒲松齡都寫得句句動情，語語傳神。天才作家真是寫人的鐵筆聖手。

06 成仙
換臉認清了社會

〈成仙〉寫出了《聊齋》最有思想力度的話：「**強梁世界，原無皂白。況今日官宰半強寇不操矛弧者耶？**」強權橫行的社會，就是黑白顛倒，何況官員多半是手裡不拿刀槍的強盜？這是蒲松齡對整個黑暗社會的經典性總結。

成仙，成仙，從凡人變成神仙。為什麼要成仙？因為現實太黑暗。在兩個好友成仙的過程中，蒲松齡創造了兩人兩次輕而易舉換臉的情節。這一換臉奇觀，兩個多世紀後才在好萊塢出現。一九九七年好萊塢高票房影片《變臉》，著名導演吳宇森執導，奧斯卡金像獎得主尼可拉斯·凱吉和約翰·屈伏塔主演，劇中罪犯和員警透過高科技手段換了臉，然後發生了一系列驚心動魄的故事。誰能想到，早在三百多年前，中國小說家蒲松齡就完成了天衣無縫的換臉。《聊齋》人物換臉，換得快速，換得俐落，換得神不知鬼不覺，哪需要什麼好萊塢高科技？而換臉是為了重新認識社會，認識自己最親愛的人。蒲松齡在天馬行空的奇妙故事裡，寄寓了對社會現實的深刻認識。

〈成仙〉寫的是兩個書生先後成仙的奇聞。故事發生在山東文登，周生和成生從小是同學，於是結為不論貧富的至交好友。成家比較貧困，常年依靠周家救濟。周生年紀大一點兒，成生喊他「哥哥」，喊周生妻「嫂子」，逢年過節總要到周家拜見問候，像一家人。後來，周生的妻子因為生孩子死了，周生又續娶了一個年輕妻子王氏。成生因這個嫂子太年輕，就一直沒有拜見過她。

有一天，王氏的弟弟來看姐姐，周生在內宅設宴招待內弟。這時成生來了，家人通報，周生說：「請進來一塊兒坐！」成生卻堅決不進內宅，告辭走了。成生對周生既是肝膽相照的朋友，又是講究禮儀的君子。他為了避嫌，不去拜見比自己年輕的嫂子。而且成生是不是一開始就對周生的年輕妻子有點兒警惕呢？這很有可能是蒲松齡埋下的伏筆。成生堅決不進內宅，周生就把宴會搬到客廳，把成生請回來。兩人剛坐下，就有人來向周生報告說家裡出事了，鄉下田莊的僕人被縣官狠狠揍了一頓。為什麼呢？原來縣裡有家姓黃的，因為家裡有人在京城吏部做官，於是橫行霸道。黃家僕人牽著牛踩了周家的田地，周家僕人就和黃家僕人辯論。黃家僕人告訴主人後，黃家就把周家僕人抓起來送到縣衙。縣官不問青紅皂白，就把周家僕人揍了一頓。周生一聽，大怒，說：「黃家這些無賴的傢伙，他們家上一輩人還跟著我祖父服役，剛剛小人得志，就目中無人！」幾句話交代了社會變遷中人事關係的變化。周生是世家子弟，現在已沒什麼勢力，而黃家有人在京城做官，且是在吏部做官。黃家的上一輩人原來在周生祖父手下服役，後來利用賭徒手段爬上去，竟然開始對本來有地位的周家無禮。

周生非常生氣，要去黃家理論。成生趕緊制止他，並且說了一段《聊齋》中經常被研究者引用和解釋的話：「**強梁世界，原無皂白，況今日官宰半強寇不操矛弧者耶？**」真是針針見血的金玉良言。強權橫行的社會，就是黑白顛倒，政府官員多半是不拿刀槍的強盜。成生對社會的認識太深刻了。周生是有錢人家子弟，沒有多少社會經驗，所以不聽成生勸告。成生反覆勸他，勸得自己都哭了，周生才沒出去，但他還是忍不下這口氣。他想，你們黃家原來比我們家地位低得多，現在小人得志，就欺負我們，總得講點兒王法，講點兒是非黑白吧。

他跟家裡人說：「黃家人欺負我，算是仇人了，暫時先把他放一邊。縣官是朝廷命官，不是有錢人家的官，就是兩家發生爭執，他也應該聽聽兩邊的意見，何至於像狗一樣，聽到主人的指揮，就去咬人？我也寫封告狀信，狀告黃家的奴僕，看看縣官怎麼處理。」周生天真地認為，以他世家的身分，縣官不能不理；以兩家發生爭鬥，縣官應該兩邊兼聽的基本道理，他狀告黃家，縣官應該聽一聽原委。周家的家人說：「對呀，就得這麼做！」周生於是寫了狀紙，到縣衙告狀。縣官接到狀紙，看都不看，問也不問，直接一把撕個粉碎，扔給周生。周生很生氣，拿話諷刺縣官，縣官惱羞成怒，乾脆把周生抓了起來。

文登縣官為什麼如此偏袒有人在吏部做官的黃家？因為吏部恰好管著他。朝廷有六部，吏部主管官員任免、考察、升降、調動等。縣官偏袒黃家，就是向在吏部做官的黃某

〈成仙〉

獻媚。這點兒人情世故，公子哥兒周生居然不懂。蒲松齡寫到兩家矛盾，始終不用「黃家」，而是寫「黃吏部」，就是暗示在這場爭鬥中起重要作用的，是一直沒有露面的姓黃的吏部官員。

周生去告狀是上午的事。午後，成生到周家找他，才知道周生不聽自己的勸告，進城告狀去了。成生趕快跑去制止他，可是周生已被抓進了監獄。成生急得直跺腳。如果僅僅是抓進監獄，一般情況下，關幾天可能就放出來了，可是黃吏部落井下石，恰好縣裡抓住三個海盜，他就勾結縣官，買通三個海盜，叫他們捏造周生是同黨。海盜一告周生，縣官就有了整倒周生的所謂正當理由：周生，身為秀才，居然和海盜是一夥。於是先申報上級革去周生的生員功名，再對他濫用酷刑。

黃吏部第一次誣良為盜，周生就沒了秀才功名，這還不過是欺負良善牛刀小試，以後還會有更黑心的花招。成生進監獄去看望好朋友，兩人淒慘地對著哭泣，卻沒有辦法。周生說：「我得到皇帝那兒告御狀，但是我現在關在監獄，像鳥兒關在籠子裡，雖然有個小弟弟，但他只能來監獄給我送送飯。」成生說：「告狀的事我去幹！解困扶危是我的責任，遇到困難不出面，還要朋友有什麼用？」成生說完，就動身到京城告御狀。周生的弟弟想給他送點兒路費，他已走了。

成生到了京城，找不到告御狀的門路，聽說皇帝要出去打獵，就預先埋藏在皇帝必經之路上。等到皇帝的車駕經過，他立刻出來大聲喊冤，拜完皇帝，呈上狀紙。皇帝看完狀紙，下令：成生的狀紙照准！命令山東巡撫審案。這時，周生已被抓進監獄十個多月，屈打成招，判處了死罪。山東巡撫接到皇帝御批，大吃一驚，趕緊親自審案。黃吏部害怕了，想殺人滅口。他在監獄行賄，叫獄卒不給周生吃飯，想餓死他。周生的弟弟來送飯，獄卒也不讓進。成生又跑到省城，向都察院喊冤。山東巡撫提審時，周生已快餓死了。巡撫一看，大怒，下令把文登監獄獄卒拿來，亂棒打死。黃吏部非常恐慌：皇帝欽命審案，巡撫親自審案，怎麼辦？這時金錢又發揮了作用，他給山東巡撫送了幾千兩銀子。接受皇帝命令，親自審案的山東巡撫見錢眼開，便稀裡糊塗地結了案，判決如下：縣官瀆職，流放邊疆；對黃家在吏部做官的人，含含糊糊地呈請皇帝免去官職，對黃家的罪行免於追究。皇帝欽命的大案、要案就這樣落下了帷幕，應該接受懲罰的黃家啥事也沒有。

周生被釋放回家，更加敬重成生。成生經過這次官司則把社會現實看透了，他想叫周生和自己一起歸隱，但周生留戀年輕的媳婦，笑對成生說：「你太迂腐了。」成生便決心自己去修道。周生好幾天沒見到成生，便派人去成家打聽：「他到哪兒去了？」成家的人卻說：「不是在你家嗎？」周家、成家兩邊都找不到人，周生才發現成生真的歸隱修道去了。寺院、道觀、深山、峽谷，他哪兒都去找了，就是找不到人，只好經常幫助一下成生的兒子。

八、九年後的一天，成生忽然回來了，「**黃巾氅服，岸然道貌**」。周生很高興，拉住成生的胳膊問：「你到哪兒去啦，叫我找了個遍？」成生說：「我是孤雲野鶴，到處漂泊，幸虧身體還健康。」周生擺酒，兩人互相說了些分別之後的事情。周生說：「你還是把這一身道士服裝換下來，回家好好過日子吧。」成生只是笑，不說話。周生說：「你太愚蠢了，你怎麼能把妻子兒女像丟一雙破鞋一樣拋棄呢？」成生笑了，說：「不是啊，是他們拋棄我，不是我拋棄他們。」成生這句話是在提醒周生，你那個年輕的妻子要拋棄你。但是周生沒有聽懂，又問：「你現在在哪兒修行啊？」成生說：「我在勞山上清宮。」兩個老朋友八、九年沒見面，晚上就睡在一張床上。周生夢到成生趴在他的胸膛上，壓得他氣都喘不過來。周生問：「你幹麼？」成生不回答，周生卻自己驚醒了，再喊：「成生！」還是沒人答應。周生坐起身一看，成生不見了，床上空空的。他定了定神，才發現自己睡在給成生準備的床上，不由驚奇地自語：「我昨天沒喝醉，怎麼這樣神魂顛倒？」周生趕緊喊家人過來。家人拿了燈來一照，發現坐在這裡的明明是成生。周生聽到家人喊他「成先生」，用手一摸自己的下巴頦，咦，我濃密的大鬍子哪兒去了？他拿鏡子一照，馬上大叫起來：「成生在這裡，我上哪兒去了？」

《聊齋》的構思太巧妙了，兩個朋友鬼使神差地就把臉換過來了。周生想了想，恍然大悟：哦，成生這是變戲法，叫我跟他去歸隱呢。但是周生還是想找妻子。他要進內室，他弟弟一看，你是成生，怎麼能進我嫂子的房間？就不讓他進。周生也沒法說自己雖然是成生的樣子，實際上卻是他哥哥，只好叫僕人備馬到勞山去找成生。

走了幾天，到了勞山，周生騎著馬走得快，僕人趕不上他，他便勒馬到樹下休息，看到勞山上有很多道士來來往往，看來在這裡修行的人很多。其中有個道士不住地看周生。周生問他：「你知道成生在哪兒嗎？」道人笑著說：「他好像在上清宮。」說完就離開了。周生覺得這個人很面熟，他是誰呢？周生一直看著這個人，只見他到一箭地外，又和另外一個人說話，也是沒說幾句就離開了。和他說話的那個人走了過來。周生一看，這不是一起讀書時的朋友嗎？朋友一見周生，就驚奇地說：「我好幾年沒看到你啦，人家都說你學道名山，你現在還在人間遊戲啊？」周生知道他把自己看成成生了，因為他現在的臉就是成生的臉。周生告訴這個朋友：「我和成生把臉給換了，現在要去找成生，換回我的臉。」朋友說：「我剛才碰到的那個人，以為就是你呢。他走了沒多遠啊，你怎麼會不認識你自己呢？」周生非常驚訝：剛才那個人就是我嗎？我怎麼連我自己都不認識了？這一段太有趣、太好玩了。周生當面看到自己，卻不認識，這裡是不是有點兒哲學意味？咱們現在不是經常說，一個人最難認識的就是他自己嗎？

這時周生的僕人找來了，周生趕快騎上馬往前追，還是找不到那個有著自己面目的成生，只看到勞山一望無際。周生進退兩難，心想，我現在有家難回，不管怎麼樣，都得去找回我的臉，於是決定對成生窮追到底。山勢越來越險峻，不能騎馬了，他便把馬交給僕人，說：「你回家吧。我自己走著去。」他遠遠看到一個道童在那兒坐著，就上前問道：「去上清宮怎麼走啊？」道童告訴了他怎麼走，又說：「我就是成先生的弟子，我替你背著行李吧。」兩人風餐露宿地走了三天才到，但是看這個地方，又不像是成生所說的上清宮，而且這時已是十月中旬，應該秋風秋雨秋葉飄零，這個地方卻山花滿路，滿山翠綠，不像深秋。周生進了這個不像上清宮的上清宮，道童進去報告，成生出來了。周生一看出來的成生，哎，果然長著我那張臉，一臉大鬍子。哎呀，我總算認識我自己啦，總算找到我那張臉了。兩個好朋友手拉著手進了房間，成生擺下酒，兩人邊喝邊聊。周生看到院子裡面有各種各樣美麗的鳥兒，身上披著奇光異彩的羽毛，一點兒也不怕人，叫起來聲音非常好聽，好像笙簧彈奏出的美妙樂聲。但是周生一心惦記著妻子，不想留在勞山，只想和成生趕快把臉換過來回家。成生的房間地上有兩個蒲團，成生拉周生一起盤腿坐下，待到半夜，周生覺得自己的腦子越來越寂靜，什麼思慮也沒有，什麼都不想了，突然他一打盹兒，發現和成生換了位。周生想：是不是我們已經把臉換過來了？一抹下巴頦，大鬍子果然回來了，噢，我的臉又回到我的身上來了，太好了！

天一亮，他就對成生說：「我得回家了。」成生說：「你不要回去。」又留他住了三天。三天後，成生說：「你再休息休息，我就送你走。」他剛剛休息了一會兒，就聽見成生喊他：「你可以走了，我和你一塊兒回去。」周生急忙起來，跟著成生往回走。他覺得所走之路不像是來時的那條路，沒走多久，已經可以看到家了。成生說：「你自己回去吧，我在路邊等你。」成生和周生形貌互換，也就是換臉，起了什麼作用呢？就是為了把周生引到勞山，帶他觀察一下上清宮優雅的修道環境。但是周生塵緣未斷。成生為什麼帶著周生快速回家呢？因為成生預先知道周生的年輕妻子和僕人私通，他要讓周生自己發現。所以到周生家門口時，成生就坐在路邊等，讓周生自己去看看家裡是怎麼回事。

周生回到自己的家，叫了半天門，也沒人開，他剛想要爬牆，忽然覺得自己的身子輕得像一片樹葉，一下子就跳過了自己家很高的牆頭。這樣連跳了好幾道牆，終於到了臥室外，只見裡面燈還亮著，妻子還沒休息，而且在和人說話。周生舔破窗紙一看，氣暈了。妻子正和一個僕人共用一個杯子喝酒，十分親熱，顯然早就是情人。周生怒火中燒，想把他們抓起來送到官府，又怕一個人辦不了這事，於是悄悄地跑回去告訴成生，並請他幫忙。成生答應了。兩人一起回到周生的臥室外面。周生舉起一塊大石頭砸門，聽到裡面的人很慌張。周生像擂鼓一樣砸門，裡面的人卻把門頂得更牢。成生拔出劍來，把門閂「嘩啦」一聲挑開，周生衝進去，僕人奪門而逃，成生在外面拿寶劍一砍，砍斷了他的一條胳膊。周生把妻子抓起來拷問，妻子交代，早在周生被黃吏部陷害，抓進監獄時，她就和這個僕人勾搭成奸了。周生借來成生的劍，把妻子砍死了，然後和成生一塊兒出來，找路回勞山。

這麼重大的一件事是怎麼發生的呢？是周生在勞山做夢發生的。他忽然醒了過來，發現自己還躺在床上。他告訴成生：「我做了一個可怕的夢！」成生笑了，說：「老兄，夢中的事，你以為是真事；真事，你又以為是做夢。」這句話太有哲理了。周生問：「到底是怎麼回事？」成生拿出劍來，說：「你看，上面有血。」周生很害怕，懷疑成生是在使魔法。成生說：「你自己回家看看吧。」他們很快又到了周家門口，成生停下說：「那天晚上，我拿著劍等你，不就是在這個地方嗎？你們家的事，我看著噁心，還是在這裡等你吧。如果你中午還不來，我就自己走了。」

周生到家，發現門戶蕭索，好像沒人居住。他到弟弟家，弟弟淚流滿面地說：「哥哥呀，你走後，有強盜夜裡殺了嫂子，把腸子都掏出來了，太殘忍了，現在殺人犯還沒抓到。」周生如夢初醒，把夢中殺妻的真實情況告訴弟弟，囑咐他不要追究嫂子被殺的事了。他問：「我兒子呢？」弟弟叫老媽子把孩子抱過來。周生說：「這小娃娃是咱家後代，弟弟好好照看。哥哥要離開凡世了。」周生說完就走，弟弟一邊哭一邊追。周生笑著不肯回頭，弟弟追到野外，看到了成生。周生回頭對弟弟說：「**忍事最樂**。」這句話的意思是，做事能夠忍讓，是人生最大的快樂。弟弟剛想說話，成生肥大的袖子一舉，兩人就都不見了。弟弟只得哭著回家了。

周生的弟弟不善於管理家人和產業，家裡越來越窮，周生的兒子長大，也沒有錢請老師教他讀書。有一天，周生的弟弟看到桌上有一封信，上面寫著「弟弟收」，撕開，裡面什麼也沒有，只有一片兩指長的指甲。他覺得奇怪，便把指甲放在硯台上，出來問家人：「是什麼人送的信？」家人不知道。他回到房間再一看，硯台變成了光燦燦的黃金。弟弟大驚，用指甲試銅鐵，也變成了黃金，從此周家大富。周生的弟弟拿出一千兩銀子送給成生的兒子。因此當地的人傳說，他們兩家都會點金術。

看後面這些描寫，蒲松齡真夠複雜的。清代《聊齋》點評家但明倫說，〈成仙〉「前幅寫成生肝膽照人，真誠磊落；後幅寫成生幻形度友，委曲周旋」，對小說評價很準確。可我不太滿意小說的結尾。受盡社會磨難的周生居然說出「**忍事最樂**」，是他意識到自己和黃吏部的爭執太沒必要，還是他認為，如果當初採取忍讓態度，就不會家破人亡，他也不必出家？既然周生已經出家，看破紅塵，就該什麼人間事也不管，怎麼又會給弟弟送點金指甲？這是蒲松齡好人好報的思想作祟，還是有點兒酸腐呢？我們常說蒲松齡繼承了前輩志怪作家，其實從〈成仙〉也能明顯看出他對白話小說的繼承。從縣官誣周生為海盜的情節，我聯想到明代短篇小說集《石點頭．侯官縣烈女殲仇》。這部小說曾被改編為京劇青衣戲《青霜劍》，是非常有名的白話小說，主要情節就是秀才被誣陷和海盜勾結。從周生夢中殺妻的情節，我又聯想到《水滸傳》中楊雄殺潘巧雲的情節，二者太相似了。

07 翩翩

仙女感化浪子

〈翩翩〉是《聊齋》中著名的仙女感化浪子的故事，蒲松齡借遇仙闡述人生在世什麼最可貴。

浪蕩子羅子浮在民間嫖娼，金錢花光，長了惡瘡，有家難回，快要凍餓而死時，遇到了仙女翩翩。翩翩幫他治好了惡瘡，還跟他結婚。羅子浮卻惡習不改，調戲翩翩的女性朋友花城。翩翩和花城巧妙地教育他。羅子浮從此心生愧悔，改過自新，變成一個有責任心的男人。小說給人印象最深的是一個情節和四句歌詞：一個情節是以芭蕉葉做衣服，且隨著人的品質變換而變幻，一會兒是溫暖的錦繡，一會兒是冷颼颼的樹葉；四句歌詞是女主角翩翩唱的：「**我有佳兒，不羨貴官。我有佳婦，不羨綺紈。**」這四句歌詞，充分表現了蒲松齡處理仙界題材時與前輩作家的不同，或者說蒲松齡對前輩作家的超越。

「幻由人生」是《聊齋》故事構思的「葵花寶典」，但《聊齋》故事不完全是蒲松齡自己想出來的，他得站在前輩作家的肩膀上，所以，在講仙界故事之前，先要知道前輩作家關於仙界的基本構思和常用詞。中國古代作家至少到漢代已在小說裡創造出了三個虛擬世界：仙界、鬼界和妖界。漢代《列仙傳》寫了七十一個神仙，少則幾十字，多則數百字。神仙餐風飲露、長生不老，過著令凡人豔羨不已的生活。《列仙傳‧蕭史》寫凡人因音樂愛好而成仙，《漢武故事》寫西王母和漢武帝相會，漢武帝向西王母求不死之藥。仙界在什麼地方？在天宮，在海底，在深山洞府，是不老不死的樂園。那裡有奇樹珍果，香花瑤草，美人仙樂，玉液瓊漿金丹，有永遠的享樂和永恆的生命。而在古代作家描寫的人仙交往中，仙和人戀愛漸漸成為主題，干寶《搜神記‧董永》是較早的人仙戀愛，至今《天仙配》的故事都盛演不衰。「願作鴛鴦不羨仙」是仙凡戀愛最常見的模式。而這種人仙戀愛，《聊齋》故事賦予了新的內涵。

仙界題材最常用的幾個典故是：「不知有漢，無論魏晉」、「爛柯」或「斧柯爛盡」、「劉晨阮肇」。不懂得這幾個典故，根本沒法看中國古代仙界故事。

所謂「不知有漢，無論魏晉」，出自大詩人陶淵明的《桃花源記》，後人用其比喻不知道外面發生了什麼事。「爛柯」，或者說「斧柯爛盡」，是表示時間概念的常用詞，這個典故也出自六朝小說，形容仙界一瞬間，人間若千年，也就是人們經常說的「洞中方七日，世上已千年」。影響最大，而且可以跟《聊齋》故事〈翩翩〉對照來看的是仙界故事《劉晨阮肇》。劉晨、阮肇是兩個人名，後世用來代指和仙女結婚、感受過仙界之後又回到人世的人，其事蹟，干寶《搜神記》與劉義慶《幽明錄》都描述過，與之類似的還有《袁相根碩》。

劉晨、阮肇入天台山的故事對後世影響很大，不僅小說，還有戲劇、繪畫。元代畫家趙蒼雲用紙本水墨畫了一幅《劉晨阮肇入天台山圖》，是中國早期連環畫。而「劉晨阮肇」這四個字，成了傳統遇仙題材的代表。蒲松齡再寫劉晨阮肇式遇仙故事，是照貓畫虎，還是另有創造，就讓我們看看吧——

〈翩翩〉的男主角羅子浮是陝西邠州人，父母死得早，八、九歲被叔父羅大業收養。羅大業在朝廷做官到從四品，擔任國子監左廂，即國子監祭酒，是那個時代的最高學官，掌管訓教之政和祭孔典禮。羅大業高官厚祿，有金銀財寶、綾羅綢緞，唯獨沒有兒子。他把羅子浮當親生兒子看待，家中錢財隨便羅子浮揮霍。羅子浮不好好念書，倒把嫖娼、賭博全套本事學到手了。

有個金陵妓女僑居邠州，羅子浮被她迷住了。妓女返回金陵時，他偷偷跟過去，在妓女家住了半年，錢全部花光了。沒了錢，妓女們都冷言冷語地嘲笑他，他卻仍不離開。沒多久，他身上長滿了梅毒瘡，潰爛發臭，沾染得床鋪上膿血斑斑，妓女們把他轟出門，他只好去討飯，誰見了他都躲得遠遠的。羅子浮擔心自己死在異鄉，便一邊討飯一邊往陝西走，每天走三四十里，漸漸接近邠州時，他想到自己破衣爛衫、膿血淋漓，有什麼臉面進家門？於是就在邠州城郊徘徊、遊走。天色已晚，羅子浮想找個寺院住下，這時，有個模樣像天仙的女子走近問道：「你到哪兒去？」羅子浮告訴她自己想找個寺院住。女子說：「我是出家人，住的地方有山洞，你可以住下，躲避虎狼。」羅子浮非常高興，就跟著她走了。「**入深山中，見一洞府，入則門橫溪水，石樑駕之。又數武，有石室二，光明徹照，無須燈燭。**」深夜不點燈，卻亮堂堂。這是什麼地方？神仙住的地方。女子領羅子浮進屋，叫他把破衣服脫掉，到溪水中洗個澡：「洗一洗，你的毒瘡就好啦。」羅子浮洗完，女子又掀開帷帳，鋪好被褥，叫他早點兒休息，說：「請睡吧，我還要給你做衣服呢。」

羅子浮躺在床上好奇地觀看，只見女子取來大片芭蕉葉裁剪成衣服，一會兒就縫好了，折起來放到床頭，說：「你明天早晨就穿它吧。」說完，女子就在羅子浮對面的床上躺下睡了。

羅子浮在溪水中洗浴後，身上潰爛的毒瘡不再疼了，半夜醒來，摸摸創傷處，都結了厚痂。第二天早上，羅子浮起床，心裡疑惑：芭蕉葉衣服能穿嗎？他從床頭把衣服取過來一看，哪裡是蕉葉，分明是綠色錦緞，柔軟光滑，穿在身上，舒服極了。

過了一會兒，女子來準備飯菜，取些山葉，剪成圓圓的形狀，說：「這是餅。」吃起來，果然是香甜的餅。女子又把山葉剪成雞、魚的樣子，放到鍋裡燒製，果然是鮮美異常的雞肉和魚肉。石室的角落有個罈子盛著美酒，女子從罈裡倒酒給羅子浮喝，喝完了，就提些溪水灌滿，奇怪的是再取出來時，仍是美酒。看來，這個地方雖然是深山洞府，卻跟天上宮闕一樣，有著神仙才有的一切神奇力量。

女子叫羅子浮把討飯時穿的沾染了膿血的破衣爛衫脫掉，到溪水裡洗浴，意味著叫羅子浮和過去的浪蕩生活徹底告別。然後女子用芭蕉葉給羅子浮做衣服，這種非常普通的芭蕉葉，被蒲松齡巧奪天工地處理成了小說的重要構成因素，衍化出好幾個非常有哲理的情節。羅子浮的家鄉邠州，即今天的陝西彬縣，位於咸陽市西北部，而芭蕉生長在秦嶺淮河以南地區，小說家硬是把它移栽到黃河以北，接近苦寒之地。這是為什麼呢？為了能夠使用芭蕉葉。芭蕉葉幾乎是草本植物當中長得最大的，長至兩、三公尺，寬至二、三十公分，於是就成了女子做衣服的最佳選擇。芭蕉葉除了被用來做衣服，後面還有更妙的用處，成為考察羅子浮道德品質的試金石。

幾天後，羅子浮身上的瘡痂全部脫落了，就要求跟女子同宿。女子說：「輕薄傢伙，剛能安身，就胡思亂想。」羅子浮說：「我這是報答您的恩德呢。」於是兩人便住到一起，如膠似漆。

直到羅子浮跟女子睡到一張床上，這位女子的名字，蒲松齡都沒寫出來。那麼女子的名字是怎麼出來的呢？是她的朋友花城來祝賀新婚時講出來的。在這之前，文中對救助羅子浮的女子的稱呼一直是「女」。小說家的構思多巧妙，就這樣透過花城開玩笑般地叫出女子的名字，給人留下了特別深刻的印象。蒲松齡處理人名的這種手段，後來被曹雪芹學去了：《紅樓夢》中，小紅與賈芸在賈寶玉書房裡相遇，之後小紅向賈寶玉匯報廊下二爺來的事，不管是在賈芸還是在賈寶玉眼裡，她都是「那丫頭」、「這丫頭」、「俏麗白淨的丫頭」，直到碧痕和秋紋抬了水回來，小紅出來迎接，她的名字才透過碧痕和秋紋的口點出來：原來是小紅。透過怡紅院大丫鬟說出怡紅院小丫鬟的名字，意味深長。

花城出現時的這段文字，是整篇小說的中心，寫得太巧妙、太精彩了。我們用白話大體說一說花城出現時的情景：有一天，一個少婦笑嘻嘻地走進洞門，說：「翩翩，你這個小鬼頭可要快活死啦！你一個仙女，卻像偷情的薛姑子一樣跟凡人做成男歡女愛的好事啦！」翩翩起來迎接，笑著說：「花城娘子，貴足久不踏賤地，今天一定是熏人的愛情西南風吹得緊，把你吹來了！生下小公子了嗎？」花城說：「又是個小丫頭！」翩翩笑了，說：「花城娘子莫非是專生女孩的瓦窯？怎麼不把她抱來瞧瞧？」花城說：「剛才哄了一會兒，已經睡下了。」

花城出現時的這段文字，需要再三推敲，先看《聊齋》原文多麼生動，多麼精彩：

一日，有少婦笑入，曰：「翩翩小鬼頭快活死！薛姑子好夢，幾時做得？」女迎笑曰：「花城娘子，貴趾久弗涉，今日西南風緊，吹送來也！小哥子抱得未？」曰：「又一小婢子。」女笑曰：「花娘子瓦窯哉！那弗將來？」曰：「方嗚之，睡卻矣。」

這段非常短的人物對話裡埋藏了三個文學典故：第一，薛姑子好夢；第二，西南風；第三，瓦窯。

先看「薛姑子好夢」。丁耀亢《續金瓶梅》寫了個薛尼姑，她叫自己的舊相好男扮女裝進準提庵鬼混。山東俗話稱呼尼姑是「姑子」。「薛姑子好夢」是花城借薛尼姑不守清規偷情，調侃仙女翩翩和凡人相愛。《續金瓶梅》書成於清順治十七年（一六六〇），蒲松齡對《金瓶梅》和《續金瓶梅》都很熟悉，於是信手拈來放到人物對話裡了。

再看「西南風」。翩翩說花城是西南風吹送過來的，「西南風」，字面意思是西南方向刮來的風，實際則是暗示男女偷情。「西南風」典故出自曹植《七哀詩》：「願為西南風，長逝入君懷。」後人常以「西南風」借指男女私情。翩翩說花城被西南風吹送過來，是調侃花城想和羅子浮密約偷期，這是她對花城「薛姑子好夢」之語的調侃和回敬。兩個仙女的對話純粹是開玩笑。

再看「瓦窯」，燒瓦的窯。這是調侃總生女孩兒的婦人。古人生男為「弄璋之喜」，生女為「弄瓦之喜」，這是重男輕女的觀念。清代褚人獲《堅瓠三集》收過一首《弄瓦詩》：「無錫鄒光大連年生女，俱召翟永齡飲。翟作詩云：『去歲相招云弄瓦，今年弄瓦又相招。作詩上覆鄒光大，令正原來是瓦窯。』」令正，意為「您的妻子」。這裡翩翩是在調侃花城總生女孩兒，成了瓦窯。兩個仙女的對話裡竟然蘊含這麼多的文化資訊。《聊齋》有時候確實比較難讀，曲高和寡，但真正讀懂，又確實很有意思。

翩翩和花城的這段對話很妙，但更妙的還在後頭。翩翩請花城入座喝酒。花城看看羅子浮，說：「小郎君，你可燒了高香啦。」這是真心話，羅子浮這樣的浪蕩子能跟翩翩結合，確實是燒了高香。羅子浮看花城，二十三、四歲，姿容姣美，風采動人，頓生愛慕之心。剝果子時，果子不小心落到桌案下，他假裝俯身撿果子，偷偷在花城的小腳上捏了一把。

捏女人的腳是西門慶的「招牌」動作。不管是《水滸傳》還是《金瓶梅》，西門慶在王婆茶房捏潘金蓮的腳，都是他們勾搭成奸的前奏。在中國古代，女人的三寸金蓮是性的重要組成部分。羅子浮做出這個非常輕浮的動作後，花城像沒事人兒似的，看著別的地方說笑。羅子浮越加恍惚，心蕩神馳，正在那兒飄飄然，忽然發現身上冷颼颼的，好像衣褲都擋不住寒氣了，低頭一看，哪兒還有什麼衣褲，全都變成了秋天枯乾的芭蕉葉！羅子浮差點兒嚇死，趕緊收斂邪念，戰戰兢兢地正襟危坐老半天，身上的枯葉才重新變成衣服。他暗暗慶幸：幸好她們倆都沒發現！過了一會兒，羅子浮向花城勸酒，又悄悄用手指撓花城白嫩柔軟的手心，花城照舊和翩翩說說笑笑，好像根本沒有察覺。羅子浮心懷鬼胎，驚恐不安，再一看，身上的衣服又變成了黃葉。羅子浮羞紅了臉，又急忙收斂邪念，再也不敢輕舉妄動。過了好一陣子，衣服才又變回來。錦衣變秋葉，是《聊齋》仙界故事中最有代表性的情節。神奇的「衣葉互易」法術是帶有哲理性的細節：邪念產生，錦衣變秋葉；邪念消失，秋葉變錦衣。善惡一念間，境界各不同。

花城笑著對翩翩說：「你家小郎君太不老實啦。假如不是家裡有個醋葫蘆娘子，恐怕他就鬧騰到天上去了。」翩翩挖苦道：「薄情寡義的小子，活該讓他凍死！」說罷，和花城一起鼓掌大笑。花城站起來說：「小丫頭快醒了，大概哭得腸子都斷啦。」翩翩站起來

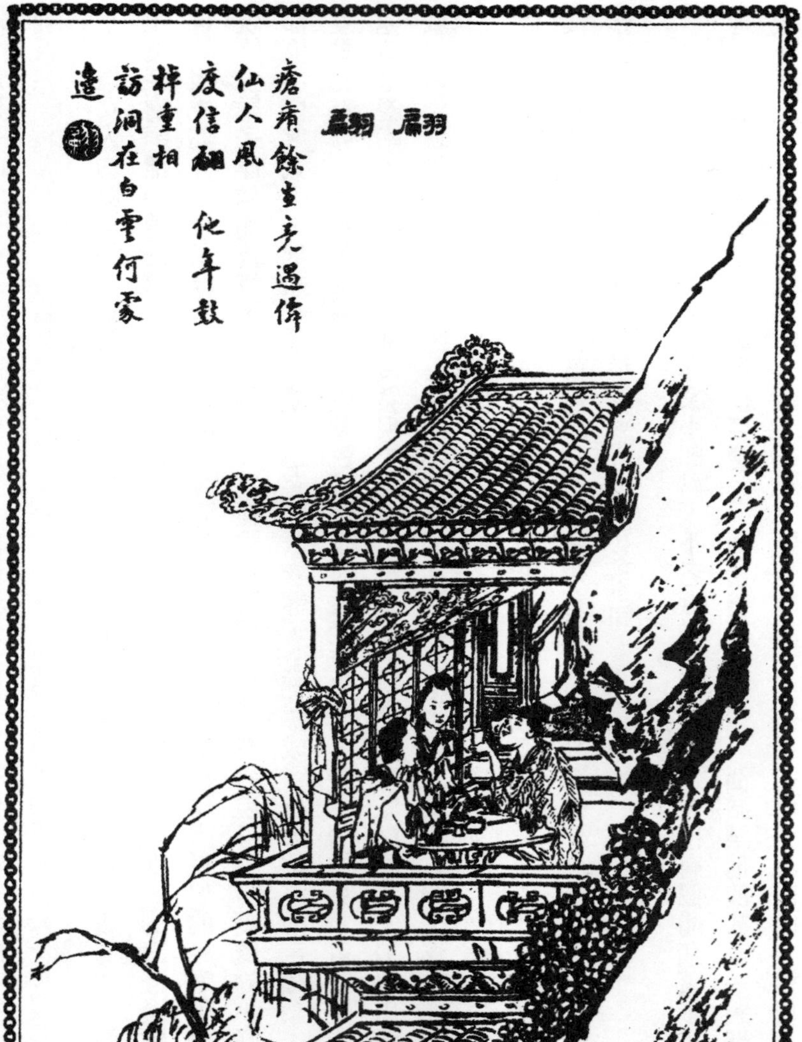

〈翩翩〉

送客，說：「貪圖勾引人家的男人，都不記得女兒小江城要哭壞啦！」翩翩說「**貪引他家男兒，不憶得小江城啼絕矣**」，和前面的「**今日西南風緊，吹送來也**」前後呼應，仍然是在和花城開玩笑。

花城走後，羅子浮怕翩翩指責他行為不端，結果翩翩好像沒事人兒似的，對他和平日一樣。這是什麼？這是雅量。夫妻之間也需要雅量，不要動不動打翻醋甕，有些事點到為止就成。何況翩翩讓綠色錦緞變成枯葉，比點到為止厲害多了。

沒多久，秋意越來越濃，冷風陣陣，霜降，葉落。翩翩收起落葉，儲存食物，準備過冬。這是仙女嗎？多像日常生活中能幹的家庭主婦！看到羅子浮凍得縮頭縮腦，翩翩便拿著包袱皮，到洞口撿拾白雲，給羅子浮絮在夾衣裡。羅子浮穿上，溫暖得像穿了厚棉衣，而且輕軟蓬鬆，好像絮的都是新棉花一樣。芭蕉葉裡面絮上白雲，比羽絨外套還輕、還暖和，不知蒲松齡是怎麼想像出來的。

過了一年，翩翩生了個兒子，取名「保兒」。保兒聰明俊美，翩翩和羅子浮每天在山洞裡逗弄兒子取樂。不過羅子浮還是常常想家，便乞求翩翩跟自己回老家。翩翩說：「我不能跟你回去。不然，你自己回去吧。」保兒漸漸長大，翩翩便跟花城結為了親家。羅子浮總惦記年邁的叔叔。翩翩說：「叔父雖高壽，身體卻健康，你不必掛念他。等保兒結婚，回家還是留在這裡，隨便你啦。」翩翩在山洞收集芭蕉葉，在上面寫字，教保兒讀書。保兒過目成誦。翩翩說：「我兒子一臉福相，叫他到人間去，不愁出將入相。」

保兒十四歲，花城親自把女兒送來完婚。小江城身著盛裝，光彩照人，羅子浮夫妻高興得不得了。全家聚到一起歡宴，翩翩用金釵打著拍子唱道：「**我有佳兒，不羨貴官。我有佳婦，不羨綺紈。今夕聚首，皆當喜歡。為君行酒，勸君加餐。**」翩翩叩釵而歌，詩意翩翩，表現出超然物外的生活態度。翩翩高雅的人生態度教育和感化了羅子浮。一個本來因嫖娼得了梅毒的浪蕩公子，成了在深山居住十幾年，老老實實過平靜日子的人。

翩翩讓保兒和江城住在對面的石室裡。新娘子很孝順，對翩翩依戀親熱，像親生女兒一樣。羅子浮又提起回家的事。翩翩說：「你長了一身俗骨，終究不是做神仙的料。兒子也是富貴場中人，你可以領他回去，我不耽誤兒子前程。」新娘子正想跟母親告別，花城已經來了。保兒和江城戀戀不捨，眼淚汪汪，兩位母親勸慰道：「暫時去一下，可以再回來。」翩翩把芭蕉葉剪成三頭驢子，讓三人騎著回家。蒲松齡一再寫到「山葉」，據考察，應是可以剪裁衣服的芭蕉葉。在這篇小說中，芭蕉葉起了多少作用呢？做衣服、做雞魚、做孩子的書本，現在又變成了驢子，騎著回家。

這時，羅大業已退休在家，因侄兒多年沒有消息，以為他早就死了，忽然看到侄兒帶著一表人才的孫子和美麗溫柔的孫媳回來，如獲至寶。三人一進家門，便覺得身上有些異樣，細看，各自的衣服都變成了芭蕉葉，用手扯破，裡面的棉絮變成了朵朵白雲，飄飄搖搖地飛上了天。這個情節太奇妙了。回到人間，仙界物品就不起作用了。他們要在塵世間過日子，就都換上了人間新裝，開始了人間的拚搏。後來，羅子浮想念翩翩，帶著兒子一起去探尋，走進深山，只見黃葉滿路，雲霧瀰漫，再也找不到洞口，父子二人只好灑淚而歸。

前人創造了星光燦爛的神仙世界，蒲松齡讓神仙向人間回歸。《聊齋》中的仙女多有平民色彩，她們與凡人成親，養兒育女，還為夫君的道德完善盡心盡力，〈翩翩〉是其中代表。翩翩清高淡泊的生活態度教育和感化了羅子浮，使紈褲子弟變成了有責任心的男子。小說寫仙女對話，像侯寶林學上海女性對話那樣溫和、自然、婉轉。仙女全然無飄然世外之態，反倒像凡間女子那樣開玩笑。蒲松齡把仙女凡俗化了。篇末「異史氏曰」：「翩翩和花城大概就是神仙吧？吃樹葉、穿白雲，多稀奇呀！可是深閨夫婦嬉笑，交歡生子，跟人世又沒有區別。羅子浮在山裡住了十五年，雖然沒有『城郭如故人民非』，可是再回到山裡尋找妻子，卻雲迷洞口，一點兒痕跡都找不到了。這情景，真和劉晨、阮肇重回天台山訪問仙女的情況一樣啊！」

蒲松齡自豪地把自己的仙界小說和前輩作家的作品相比，其實，不管是劉義慶的《幽明錄》還是干寶的《搜神記》，不管是《劉晨阮肇》還是《袁相根碩》，都比不了《聊齋》中的仙界故事。干寶等的仙界故事，是寫仙境之美、仙境之奇，表現出世的想法；蒲松齡雖然也寫仙界的神異，但體現的卻是入世的思想，是給人提供道德教益，而這種道德教益又是透過活靈活現的人物、美妙奇異的情節、靈動精彩的語言表現出來的。

08 菱角

神仙為愛侶護航

〈菱角〉，如果篇名叫〈觀世音和菱角〉更好。因為〈菱角〉既是稚男少女的愛情故事，也是天人感應、誠則通神的神話。小說人物生動，最妙的是似乎處於配角地位的觀世音，救苦救難的菩薩，以及女主角菱角，結髮之盟不可背的菱角。

相不相信菩薩也有分工？大肚子彌勒佛算辦公廳主任，韋陀算警政署署長，觀世音菩薩該算內政部部長，救苦救難、普渡眾生。唐僧多次遇妖，都靠觀世音搭救。孫悟空吃了泰山不謝土[5]，有一次竟咒觀世音「該她一世無夫」。其實猴兒的話有幾分道理。佛界袞袞諸公，哪個不是獨身？誰見過菩薩拖兒帶女？佛界講四大皆空，色即是空。奇怪的是，觀世音菩薩進了《聊齋》，竟管起兒女私情，脫掉神佛外衣，披上慈母的舊衣裳，給一對愛侶護航。這是不是胡謅？不，蒲松齡就是這麼寫的。

菱角年齡很小，在這個別緻的愛情故事裡出現，有點兒名角登場「挑簾紅」意味。雖然男主角胡大成的顛沛流離在小說裡占主要篇幅，但在兩人的愛情關係中處於主導地位的

5 此句指把泰山吃光了，卻不感謝土地公，不知感恩。

始終是菱角。胡大成和菱角的愛情純潔無瑕，一雙小兒女被蒲松齡描繪成稚氣、誠摯、執著的形象。大成上學路上路過觀世音祠，看到一個風姿秀美的少女領著小孩兒在裡面玩兒。因為她「**風致娟然**」，胡大成「**心好之**」，馬上問其姓名，知道是焦畫工的女兒菱角；再問「**有婿家無**」，菱角「**酡然曰：『無也』**」。「酡然」是少女羞紅臉的樣子，反映出菱角燕婉、羞澀。大成接著說：「**我為若婿，好否？**」菱角答覆：「**我不能自主。**」但是菱角已用眼睛「自主」：「**眉目澄澄，上下睨成。**」八個字形神兼備、逼真活跳。菱角嘴裡說著「我不能自己做主」，一雙明亮清純的眼睛卻上下打量胡大成，顯然對胡大成也很欣賞。蒲松齡沒用多少筆墨寫菱角如何「娟然」，而是描寫她的眼睛。眼為心之苗也，畫眼睛即畫出心靈。菱角雖自稱「不能自主」，她明亮的眼睛卻透露出「**意似欣屬焉**」。胡大成向菱角求婚，結果得到「不能自主」的答覆，掃興地準備離去，菱角「**追而遙告曰：『崔爾誠，吾父所善，用為媒，無不諧』**」，提醒胡大成求婚的最佳途徑是找父親的好朋友做媒。胡大成立刻答應，覺得菱角聰明又多情，更喜歡她了。

回到家，胡大成跟母親實話實說。胡母只有這麼一個兒子，常怕兒子不順心，便立即請崔爾誠前去說媒，結果焦畫工要的聘禮很多，事情眼看辦不成了。崔爾誠向焦畫工極力誇讚胡家是名門，胡大成是出色的人才，焦畫工這才同意婚事。如果不是請菱角父親的好友出來做媒，菱角父親必然不會同意。小小菱角料事如神，無怪乎胡大成對她的印象是「**慧而多情**」。智慧超人又溫柔多情是菱角的性格主調。

蒲松齡寫天真少男少女純真的愛情，救苦救難、仁愛助人的觀世音也為之助力。胡大成之母素來信佛，特別是信觀世音，囑咐兒子經過觀世音祠「必入叩」，這個舉動感動了觀世音，多次給予胡家幫助。胡大成和菱角在觀世音祠一見鍾情，就不是巧合。清代《聊齋》點評家但明倫說，這是觀世音菩薩「分來一滴楊枝水，灑作人間並蒂蓮」。

女主角菱角在小說開頭露了一面就杳如黃鶴，接著是胡大成戰亂中的經歷。胡大成的伯父在湖北任教官，妻子在任所死了，胡母派胡大成前去奔喪。胡大成在湖北住了幾個月後想回家，偏偏伯父也生病死了。胡大成在湖北滯留了很久，正值強盜占據湖南，家裡音訊就斷絕了。胡大成流落鄉下，孤苦伶仃，惶惶不安。一天，有位老婦在村裡轉悠，太陽偏西了還不走，她跟人說：「遭受離亂，無家可歸，自賣自身。」有人問：「你要賣什麼價錢？」老婦說：「不屑給人做奴，不願給人做妻，誰願意認我為母，我就跟他走，不管給不給錢。」聽到這番話人們都笑了：自賣自身，卻要當母親?!胡大成聽說後，跑過來看，發現老婦有幾分像自己的母親，便一頭撞到她懷裡大哭，然後邀請老婦一塊兒回家。這一段特別有趣，一個賣身者，一不做奴，二不做妻，偏要給買主做至高無上的母親，自古未有，天下奇聞。思母心切的胡大成卻發現老婦和自己的母親有幾分相似，便把她帶回家像親生母親一樣孝敬。

其實老婦是觀世音大士，她果然當起母親來十分認真，相當稱職，不僅盡母親之職，還盡母親之心，給胡大成做飯、洗衣、織草鞋，辛勞得像親生母親一樣。如果違背她的意

〈菱角〉

願，她也會像責備親生兒子一樣責備胡大成。胡大成身體略有不適，她的關懷和照顧比親生母親還周到。這段描寫是非常溫馨的。觀世音在〈菱角〉中救苦救難，與《西遊記》中動不動就替孫悟空解憂排難相比，另有一番風采。〈菱角〉中的觀世音，平易、溫柔，沒有展現降妖鬥法的神力，而有著溫情、諧趣的另樣美感。《聊齋》中的觀世音不再是《西遊記》中那位手執楊柳枝，優雅而輕巧地拋灑幾滴聖水，救活人參果樹的菩薩，而成了給人做母親的貧苦老婦，在人間吃苦，而且不是一天一時。觀世音化身「母親」，如春風化雨，溫煦祥和。自從有了觀世音菩薩的傳說故事，直到清代，神話小說、野史雜錄中，她為哪位平民百姓煮過飯、做過衣、編過鞋？只有聊齋先生——這位窮秀才——才會派給至高無上的菩薩如此苦差，也只有他這樣的文學大家，才能獨闢蹊徑。

有一天，老婦對胡大成說：「你已經長大了，婚姻倫常不能廢，三兩天內，我要給你娶媳婦。」胡大成哭著說：「兒子已經定了媳婦，只是南北隔絕。」老婦說：「現在兵荒馬亂的，為什麼要傻等呢？」胡大成又哭著說：「不說結髮盟約不可背棄，現在誰又肯把嬌女交給我這浮萍一樣的外鄉流浪人呢？」老婦不回答，只管給胡大成準備婚事用品，門簾、床帳、被褥、枕頭，十分完備，不知道她是從哪兒弄來的。一天，太陽已經落山，老婦對胡大成說：「點著燈不要睡覺，我去看看新媳婦來了沒有。」說完出門。三更天已過，老婦還沒回來，胡大成心中十分疑惑。過了一會兒，他聽到門外有吵鬧聲，出門一看，有個女子正坐在院子裡小聲哭泣，頭髮也沒梳，亂蓬蓬的。胡大成驚奇地問：「你是什麼人？」女子不回答，繼續哭，過了好一會兒，才說：「你娶我來，不是你的福氣，我要一死了之。」胡大成大吃一驚，不知是什麼緣故。女子又說：「我小時許配胡大成，沒想到胡大成去了湖北，一直沒有音信。父母強迫我嫁到你家，我的人可以被你們弄來，我跟隨胡大成的心志，誰也沒辦法改變！」胡大成聽後也哭起來，說：「我就是胡大成。你是菱角嗎？」女子聽罷止住哭泣，非常吃驚，不敢相信這是真的。兩人進入房內，在燈下細看，女子說：「這不是做夢吧？」於是轉悲為喜，說起分手後的遭遇和相思之苦。原來戰亂後，湖南百里荒無人煙。焦畫工帶著全家逃難，跑到長沙東面，又接受了周家的聘禮，約定當晚把菱角送到周家。可菱角只是哭，不肯梳妝打扮，家人便硬把她塞到周家迎親的車子裡。中途，菱角從車上摔了下來，就有四個人抬著轎子過來，說是周家前來迎親的，讓菱角上轎，抬起來飛跑，到了胡大成家才停下來。有位老太太拉著菱角說：「這就是你丈夫的家，只管進去，不要哭啦。你家婆婆，早晚也能過來跟你們團聚。」說完就走了。胡大成問明白事情原委，猛然醒悟：我認的母親原來是神仙啊！

確實，菱角和胡大成團圓，完全是化成「媼」的觀世音一手促成的。「媼」首先考驗兒子是否忠於愛情，就提出要給胡大成娶親：「**兒長矣，雖在羈旅，大倫不可廢。三兩日，當為兒娶之。**」胡大成老老實實回答：「**兒自有婦，但間阻南北耳。**」「媼」聽了心中暗喜，但還要看看兒子的心性是否堅定，就又說：「**大亂時，人事翻覆，何可株待？**」胡大成哭著表示「**結髮之盟不可背**」。胡大成幸好禁得起考驗。觀世音試出胡大成的誠意後，慧眼又看到菱角被父逼嫁，誓死不從，於是就用分身法活動起來：一方面是「母」或「媼」的身分；一方面是菩薩的身分。作為母親，她認真為兒子準備婚禮，貧窮家庭中原來沒有的「**簾幌衾枕**」一下子冒了出來，這是菩薩的法力；千里之外的菱角突然被抬來拜堂，更是神力。菱角被人「**強置車中**」，又「**顛墜車下**」，觀世音便點化出「**四人荷肩輿**」接走她，然後又以「**老姥**」，也就是老太太的身分出現，親手把菱角推進胡大成的居所，還叮囑道：「**此汝夫家，但入勿哭。汝家婆婆，旦晚將至矣。**」這兩句話多像慈祥的母親為受盡苦難的孩子拭淚。多麼細心、善良的觀世音！觀世音還有另一種菩薩心腸：她一方面為青年男女的愛情幸福奔波操勞；另一方面還故意不告訴這對青年男女事情的來龍去脈，留一份意外驚喜給他們享用，讓戀人們品嘗失而復得的愛情美酒的醇香。多麼富有人情味的菩薩！

菱角和胡大成團圓後，焚香祝願母子早日團聚。胡母從戰亂開始，就跑到深山躲藏起來。有天夜裡，有人說強盜來了，胡母驚慌失措地亂跑時，遇到一個小童，小童把自己騎的馬交給她。胡母顧不上細問，就扶著小童上了馬。馬跑起來像風一樣，瞬息之間到了洞庭湖上。馬踏著水面繼續奔騰，蹄下湖水波瀾不興。不一會兒，小童把胡母扶下馬，指著一戶人家說：「這裡可以居住。」胡母正想感謝小童，回頭一看，那匹馬變成了一丈多高的金毛犼。小童跳上金毛犼，絕塵而去。胡母敲門，大門豁然洞開，有人出來問：「什麼人？」胡母覺得聲音很熟悉，一看，原來是兒子胡大成。母子抱頭痛哭。菱角也被驚醒了，闔家團圓，高高興興。他們都懷疑老婦是觀世音菩薩化身，從此念觀世音經更為虔誠。胡大成一家就這樣在湖北買房置地安了家。

《聊齋》塑造平民觀世音的世俗形象後，翻空出奇，寫出了胡大成母親被救的神奇場面。胡母戰亂中有「**童子以騎授母**」，這馬轉眼間就到了湖北、湖南交界的洞庭湖上，如履平地，「**踏水奔騰，蹄下不波**」。胡母下馬，馬化為金毛犼，而金毛犼就是傳說中觀世音的坐騎。蒲松齡似乎特別細心地保持觀世音的平民形象，不讓觀世音像在《西遊記》中那樣搖身一變成為安坐蓮花，手執楊柳、玉瓶的白衣大士，只讓觀世音的坐騎出現，暗點「媼」即觀世音。蒲松齡寫觀世音故事當然是「佛法無邊」思想的體現，但他精心刻畫的平民觀世音形象在中國古代志怪小說中卻桂枝一芳。

菱角這個人物雖然著墨不多，但相當精彩。她在小說開頭像彗星一樣閃過，再出現在胡大成和讀者面前時，是個不知姓名、來路的「**蓬首啜泣**」少女。「媼」要為胡大成娶婦，胡大成聲明自己已有未婚妻，「媼」卻硬是給他拉來一個新娘。這新娘說「**娶我來，即亦非福，但有死耳**」，聲明自己是胡大成的未婚妻，「**身可致，志不可奪**」。蒲松齡有意和讀者捉迷藏，不說觀世音救了菱角，並將她送來與胡大成團聚，而是讓菱角用自己的語言和行動展現她忠於愛情、寧死不肯背盟的個性。陸游《書齋壁》有這樣兩句詩：「平生憂患苦縈纏，菱刺磨成芡實圓。」他自注：「俗謂困折多者謂菱角磨作雞頭。」可見女主角名曰「菱角」，有受盡磨難始團圓之意。從小說中可以看出，菱角正是在磨難中顯示了不凡的個性。

〈菱角〉是男女忠貞的愛情故事，也是天人感應、誠則通神的神話。我甚至懷疑，蒲松齡主要是想為觀世音的慈悲胸懷、仁愛助人寫頌歌。觀世音向一對愛侶家庭伸出四次援手，並給予關鍵性的救助：第一次，安排胡大成和菱角見面，「分來一滴楊枝水，灑作人間並蒂蓮」；第二次，給胡大成做母親；第三次，施展法術讓離散情人團圓；第四次，派坐騎把胡母迎來，全家團聚。蒲松齡精心塑造的平民觀世音形象在古代小說中前無古人。我把《聊齋》中的觀世音解讀成「跟黎民大眾共甘苦的平民觀世音」。二〇〇八年我在台灣佛光山向當代大德高僧星雲大師請教：「大師，我講《聊齋》時，說觀世音是跟黎民大眾共甘苦的平民觀世音，您看可以嗎？」以「人間佛教」學說聞名於世的高僧點點頭，說：「可以。」一語褒獎九鼎賜，我高興得幾乎找不到北了。

09 蕙芳
仙女貴樸訥誠篤

〈蕙芳〉是人仙婚姻的有趣故事。為什麼不是人仙戀愛而是人仙婚姻？因為男女主角雖然成就了婚姻，卻一點兒也看不出追求愛情的波折，以及愛情的甜蜜。蒲松齡好像在故意迴避或淡化婚姻故事中的愛情因素，奇不奇怪？尤其奇怪的是，仙女蕙芳跑到人間，竟然是為了一個似乎很不值得愛的男人，一個社會地位低，沒有文化，沒有情趣，大概相貌也普通的人。蒲松齡構思這篇故事是想說明什麼哲理呢？

小說結束時，蕙芳出來送大名鼎鼎的織女，順路探看她同居數年的丈夫，與她同行的是同樣大名鼎鼎的王母侍女雙成。可見，在仙女群中，蕙芳也不是無名之輩。但她找的人間男子從外表、身分來看，實在不怎麼樣，連我這個地道的同鄉都不敢恭維。此人既貧苦，又沒文化，幹著最低下的工作，以「貨麵為業」，名叫「馬二混」。這個名字，會不會讓你想起《水滸傳》中的牛二和《紅樓夢》中的倪二？但馬二混的「混」不是通常意義上的小混混的「混」，而蘊藏了深刻的哲理。就是這樣一個沒文化、沒財產的小商販馬二混，天上的仙女蕙芳偏偏就認定了他，不屈不撓，非嫁不可。她先是自己跑到馬家給自己做媒，被馬二混的母親堅決拒絕後，又點化出呂老太太做媒，才如願嫁給這位賣麵小販。

高貴的仙女為什麼苦苦追求卑賤的小販呢？蒲松齡用「異史氏曰」點破迷津：因為仙人看重「**樸訥誠篤**」的品格。「樸訥誠篤」的字面意思是質樸木訥，不善言辭，為人誠實，品性篤厚。其實仙女因為凡人「樸訥誠篤」而來到人世跟他成親，是中國志怪小說的傳統。而且多數時間，仙女都是奉命而來，並不是為了愛情，而是這個人的品行、為人值得幫助。我們簡單回顧一下：

干寶《搜神記・董永》對後世戲劇影響很大，但並不是後來黃梅戲《天仙配》那種仙女思凡、天帝棒打鴛鴦的故事，而是貧窮孝子得天帝派仙女幫助：董永喪父，沒錢安葬，自賣為奴葬父。主人知道他誠懇，便給他一萬文錢，讓他先回家守喪。董永守孝三年回來完成奴僕職責，路遇一女子願意做他的妻子，兩人便一起來到主人家。主人問：「這女子能做什麼？」董永說：「能紡織。」主人說：「那就讓你的妻子給我織一百匹雙絲細絹吧。」董永妻十天就把一百匹雙絲細絹織好了。兩人走出織布間的門，董永妻告訴董永：「我是天上的織女，因為你孝順，所以天帝派我下凡來幫你償債。」說完頭也不回地凌空飛走了。

陶淵明《搜神後記・白水素女》：謝端幼年時父母去世，被好心的鄰居撫養，到了十七、八歲，就自己搭間小屋子獨立生活，因為一貧如洗，所以還沒有娶妻。他每天日出耕作，日落回家，辛勤勞動，忠厚老實。後來他在村外撿到一隻大田螺，就帶回家，放進水缸養著。謝端每天早上去地裡勞動，回家看到灶上有米飯、魚肉、蔬菜，茶壺裡有熱水，以為是鄰居在幫他燒火煮飯。結果天天如此，謝端過意不去，就去鄰居家道謝。鄰居卻表示沒有做過這些事，然後笑著說：「你一定娶了妻子，把她藏在家裡給你燒火煮飯。」謝端想探個究竟，觀察了兩天，終於看到一個年輕美麗的姑娘從水缸中緩緩走出，身上的衣裳卻是乾的。姑娘來到灶前，開始燒火做菜煮飯。謝端飛快地跑進門，到水缸前一看，大田螺只剩下個空殼。他拿著空殼看了又看，然後走到灶前，對姑娘說：「請問姑娘，你是從什麼地方來的？為什麼幫我燒飯？」姑娘想回到水缸裡去，卻被謝端擋住去路，只好把實情告訴他。她說：「我是天上的白水素女，天帝派我下凡為你料理家務，讓你富裕起來，成家立業，娶個好妻子，我再回天上覆命。現在你知道了天機，我的身分已經暴露，必須回天庭去。」又說，「我走後，你的日子會艱苦些，不過只要好好幹，日子就會變好的。我把田螺殼留給你，殼裡的稻穀永遠不會用完。」說完，狂風大作，細雨濛濛中白水素女飄然而去。謝端感激白水素女，便為她立了個神座，逢年過節燒香拜謝。他依靠勤勞的雙手和白水素女留下來的田螺殼，日子過得一天比一天好，娶了妻子，還當上了縣令。

這是六朝小說中最著名的兩個人仙戀故事，嚴格地說，根本談不上人仙戀。董永的故事有婚姻沒愛情，白水素女的故事連婚姻都沒有，只是因為凡人貧窮而忠厚老實，上天便派遣仙女幫助他們。而這樣的構思被蒲松齡全盤吸納，寫出了〈蕙芳〉。

青州東門的馬二混以賣麵為生，家窮無妻，跟著母親辛勤勞作。有一天，馬老太太在家，有個美人來了，梳貧家少女的錐形髮髻，穿粗布衣服，容貌俊美，光彩照人。馬老太太驚奇地打量少女，細問來歷。少女笑道：「因為您兒子誠懇忠實，我願意到您家做媳婦。」馬老太太越發吃驚，說：「小娘子天仙般的人，你這句話得折我們母子幾年壽命！」少女再三請求。馬老太太忖度她可能是從哪個有錢人家跑出來的，拒絕得更加堅決，少女只好走了。過了三天少女又來了，不肯離去。問她姓名，她說：「媽媽留下我，我才說。」馬老太太說：「我們娘兒倆貧窮卑賤，給人使喚，得到你這樣的媳婦，既不相稱，也不吉利。」少女微微一笑，坐到床頭，捨不得離開。馬老太太催她說：「姑娘快走！不要禍害我們。」少女這才走了，馬老太太看她出門後往西邊去了。

馬老太太和少女的這兩段對話，我把它叫作「貧老太兩拒天仙女」，寫得極其合乎人物的身分、年齡。我們聽聽原話：「**女笑曰：『我以賢郎誠篤，願委身母家。』嫗益驚曰：『娘子天人，有此一言，則折我母子數年壽。』**」少女第二次來，馬老太太問她姓氏，「**曰：『母肯納我，我乃言；不然，固無庸問。』嫗曰：『貧賤傭保骨，得婦如此，不稱亦不祥。』『娘子宜速去，勿相禍。』**」馬老太太對送上門的媳婦客氣而堅決地加以拒絕。馬二混的誠篤小說還沒有多少描寫，馬老太太的誠篤已寫得力透紙背。馬老太太的語言是典型的貧婦語言，誠篤守分。同時，馬老太太又很精明，她拒絕少女的請求，還注意她離開馬家到什麼方向去，這是為了推測她的來歷。馬老太太兩次拒絕少女，都是出於保護兒子不受禍害的目的。實際上，這位貧窮老太太怎麼可能不操心兒子的終身大事？何嘗不會為兩次主動登門的美人動心？只是她恪守安分守貧的處世原則。精明的少女猜透了馬老太太內心的想法，你不是擔心我來歷不明嗎？我就點化出住在西巷的呂老太太來做媒。

幾天後，住在西巷中的呂老太太來到馬家，說：「鄰家女孩兒董蕙芳，孤苦伶仃，無依無靠，願意到你家做媳婦，你怎麼不肯留下她？」馬老太太說懷疑姑娘是從有錢人家跑出來的，不敢要。呂老太太說：「哪有這種事？有什麼差錯，一切由我老婆子擔當。」聽到蕙芳是呂老太太的鄰居，又有她做保證人，馬老太太很高興，便同意了。呂老太太走後，她開始打掃房屋，準備鋪蓋，打算兒子回來後讓他前往董家娶回蕙芳。少女名字有了，來歷有了，精明的馬老太太就接受了她。這個誠樸又慎獨的貧家老太太形象已經活靈活現了，沒想到蒲松齡節外生枝，又來了個「貧老太太三拒蕙芳」，這次是拒絕讓她的丫鬟進門。傍晚，蕙芳輕盈地走進馬家，按照兒媳婦叩見婆婆的禮數向馬老太太行禮，行完禮，說：「我有兩個丫鬟，沒得到母親允許，不敢讓她們進門。」馬老太太說：「我們母子二人守著間破房，不懂得使喚僕人。每天得點兒蠅頭小利，剛夠母子吃喝，現在添了一個新媳婦，嬌滴滴地坐著白吃飯，還怕吃不飽，再添兩個丫鬟，難道喝西北風就能活嗎？」蕙芳賠笑說：「丫鬟來了，不需要母親花費，她們自己養活自己。」馬老太太問：「丫鬟在哪兒呢？」蕙芳招呼一聲：「秋月！秋松！」話音未落，忽然好像有飛鳥從空中落下，再看時，兩個丫鬟已跪在地上，拜見馬老太太。

馬老太太三拒蕙芳的這段話也非常精彩：「**媼曰：『我母子守窮廬，不解役婢僕。日得蠅頭利，僅足自給。今增新婦一人，嬌嫩坐食，尚恐不充飽；益之二婢，豈吸風所能活耶？』**」人物話語姿態橫生，這段話表明馬家母子平時的生活多麼艱難，馬老太太對蕙芳進門，內心包含著怎樣喜憂參半的複雜心情，既喜歡蕙芳的嬌嫩，又害怕她來到馬家連飯也吃不飽。蒲松齡寫人物對話真是精彩！尤其「吸風」這個詞，純是貧苦老太太的口氣。畫家畫人不是講究「頰上三毛」嗎？這樣的對話就是小說家寫人物神采的「頰上三毛」。馬老太太三拒蕙芳，把一個安貧守拙、守著多大碗吃多少飯的貧苦老太太形象令人歎為觀止地刻畫了出來。

蒲松齡在篇末總結馬二混之所以能夠得到天上仙女為妻，是因為他樸訥誠篤，但直到蕙芳帶著兩個丫鬟進門，馬二混都還沒出現，而他母親誠篤而不木訥，雖然貧窮卻聰明敏感、善於言談，注意保護兒子不受侵害，絕不接受非分待遇的老太太形象，卻已經生動地展現在我們眼前了。

馬二混回來，馬老太太迎上前去，告訴他家裡發生的事。馬二混走進家裡，看到自家茅草房整個都變了，高大的房樑上雕著翠綠色的花紋，像皇宮一樣；桌子、條几、屏風、簾子光亮輝煌，耀眼奪目。他吃驚極了，不敢進屋。蕙芳下床，笑臉相迎。看到出迎的新媳婦像天仙似的，馬二混更加驚奇，嚇得一個勁兒往後退。蕙芳拉住他的手，請他進房間坐下，溫和地跟他說話。馬二混喜出望外，魂兒都不知到哪兒去了，打算出去買些酒來慶祝。蕙芳說：「不需要。」說完便命兩個丫鬟準備酒菜。秋月拿出一隻皮口袋，到門後「格格」地搖晃起來，過了一會兒，伸手到口袋裡，只見酒壺盛酒，盤子盛肉，一樣樣端上來，熱氣騰騰，香氣噴噴。全家人吃完睡覺，床上是繡花毛毯，織錦被褥，輕暖異常。天亮後，馬二混出門，回頭一看，馬家還是原來那間破草屋。

到現在為止，男主角馬二混還沒說過一句話。一個老實本分的小販，突然發現自己的家變成了宮殿，還有個仙女似的妻子來迎接自己，挽住自己的手臂，溫柔地和自己說話，他的神情是由喜而驚，由驚而駭，卻一句話也沒有，真是樸訥到家了。蒲松齡不用一句對話就把一個誠樸而又拙於言辭的人物形象活畫了出來。

馬老太太覺得家裡發生的一切太奇怪了，還是得找呂老太太打聽一下蕙芳的來歷。進了呂家門，她先感謝呂老太太給兒子和鄰家女孩撮合了一門好親事。呂老太太說：「我好長時間沒到你家去了，哪有鄰家女孩托我做媒？」馬老太太越發懷疑，就把蕙芳的事告訴呂老太太。呂老太太馬上跟馬老太太一塊兒到馬家去看新媳婦。小說寫道：「**女笑逆之，極道作合之義。呂見其惠麗，愕眙良久，即亦不辨，唯唯而已。**」兩人的神態太妙了：蕙芳笑盈盈地迎接，再三感謝呂老太太做的好媒；呂老太太驚奇地直愣愣看了蕙芳老半天，發現她這樣聰明美麗，就「哦哦」地答應著，也不分辯什麼——不說我沒給你做媒，也不說就是我做的媒。好個機智知趣的老太太！蕙芳送給她一個白木癢癢撓[6]，說：「我沒有別的辦法報答呂大娘的恩德，就把這個送給大娘撓背吧。」呂老太太沒說什麼，接受了。呂老太太乖巧得很，在底層社會中，就是有這種善於察言觀色、見機行事的人。而呂老太太的乖巧又反襯出馬老太太的質樸，兩個老太太對比鮮明。呂老太太回到家，再看蕙芳送給她的白木癢癢，竟然變成了銀的。

6 編者註：又稱「不求人」。抓癢工具，多用於背部。

奇怪的是，馬老太太明明知道自己的兒媳婦不是呂老太太介紹的，她卻不再打破砂鍋問到底了。為什麼？因為馬老太太看來既懂點兒法律，又知道隨遇而安。她本來最擔心蕙芳是「侯門亡人」，也就是從王公貴族家裡逃出來的人，那絕對不能接受。《大清律》明確規定，凡收留良家迷失子女，杖一百，流放三年；收作妻妾子孫，杖九十，流放兩年半。現在既不犯罪，又得到這麼一個孝順、神奇的兒媳婦，給自己家帶來幸福安康的生活，馬老太太就安之若素了。

馬二混娶上媳婦，立即改行，不再賣麵，門戶煥然一新。箱子裡貂皮錦衣數不勝數，隨便他換著穿。等他出門，身上的貂皮錦衣就變成了樸素的布衣，只不過又輕又暖。這樣的構思不知道蒲松齡是怎麼琢磨出來的。車爾尼雪夫斯基[7]（Nikolay Gavrilovich Chernyshevskiy）說過，正是因為現實生活貧乏，才想像奔馳，「當實際上不僅沒有好的房子，甚至沒有差可安身的貧舍時，想像就要建造其空中樓閣」。貧困卑賤、無力娶妻的馬二混因為「樸訥誠篤」而娶到仙女，就是蒲松齡建造的空中樓閣。馬二混住宮殿，簡直是杜甫〈茅屋為秋風所破歌〉中「大庇天下寒士」理想的浪漫化。蒲松齡為了不讓馬二混「窮人乍富，挺胸凸肚」，又設計出一離奇情節：馬二混進門看到的是雕樑畫棟、貂錦無數；出門則「茅廬依舊」，身上依然是「布素，但輕暖耳」。內做王侯之享，外露貧民之態，馬二混是多麼愜意啊！這個情節又是多麼符合老百姓不樂意露富的思想。

7 編者註：俄國作家，唯物主義哲學家。

〈蕙芳〉

過了四、五年，蕙芳忽然對馬二混說：「我從天上貶到人間已經十幾年了，因為跟你有緣分，就暫時在你家住著，現在要分手了。」馬二混苦苦挽留，蕙芳說：「請你另找個好媳婦，給馬家傳宗接代。我過些日子還會再來看你一次。」說完就不見了。看來，仙女並沒有兒女留在人世間。馬二混就續娶了秦氏。三年後的七月初七，夫妻正坐在一起說話，蕙芳忽然進來，笑著說：「新夫婦真快樂，不想念故人嗎？」馬二混吃驚地站起來，傷心地拉蕙芳坐下，訴說思念之情。蕙芳說：「我正好送織女過河，抽空來看看你。」兩人依依不捨，說起話來沒完沒了。忽然，聽到空中有人喊：「蕙芳！」蕙芳匆忙站起來告別。馬二混問：「誰在喊你？」蕙芳說：「我剛才是跟雙成姐姐一起來的，她等得不耐煩了。」馬二混送蕙芳出門，蕙芳說：「你能活到八十歲，到那時，我來給你收屍骨。」說完就不見了。

小說結尾來了兩段似乎對立的描寫。一段是天上仙女蕙芳來人間看望她曾經的丈夫馬二混。她出現在馬家，是為了送大名鼎鼎的仙女織女過銀河，而在空中召喚她的，是同樣大名鼎鼎的仙女、王母娘娘的侍女雙成。蕙芳的仙女身分再明確不過了（仙女當然是向壁虛構）。另一段是「**今馬六十餘矣。其人但樸訥，無他長**」，似乎蒲松齡親眼見過馬二混，這位老兄還要好好地在人世生活將近二十年。前一段是神奇至極的天上仙女，後一段是確切至極的人間真人，好像在說你不相信天上仙女，還有人間真人做證呢。清代《聊齋》點評家馮鎮巒說《聊齋》「凡事境奇怪，實情致周匝」，事情非常奇怪，但描寫十分周密。

蒲松齡把一向天馬行空、獨往獨來，以五色雲為衣，「身騎飛龍耳生風」的仙人平民化、世俗化，又把上無片瓦、下無立錐之地，日求蠅頭小利以自給的貧民神仙化，凡人與仙人不再「仙俗殊途兩情遽」。蕙芳的仙術僅僅為讓婆母、丈夫飽暖安樂，甚至侍女手中神奇的革袋也變成了馬二混家的廚房用品，「**執向扉後，格格撼擺之**」，美酒佳餚就出來了。馬二混雖然娶到了天上仙女，但這仙女只不過是人間賢妻的詩意化。歸根到底，馬二混的仙女運，體現的是蒲松齡本人的意願，異史氏用調侃的語氣說得再明白不過：「我曾經對友人說：像你我這樣的人，女鬼和狐狸精是不會要的，不過在仙女面前卻不必自慚形穢，因為咱們跟馬二混一樣都是『混』啊！」由此看來，馬二混是誰？不又成了蒲松齡嗎？但是，這個「混」和咱們平時說的「小混混」不是一回事。

蒲松齡博學多識，他說的「混」，是老子說的「有物混成，先天地生」的「混」，是天地未開闢之前的混沌狀態，是天真而元氣淋漓的狀態，也是李卓吾說的童心狀態，即蒲松齡自己詩歌裡所說的「至老同嬰孩」的狀態。這又和馬二混「樸訥誠篤」的性格特點聯繫了起來，而所謂「樸訥誠篤」，又整合了孔子和孟子的話。《論語．里仁》：「君子欲訥于言而敏于行」，君子要少說多做。《孟子．離婁》：「誠者，天之道也」，講究誠信是最重要的。「樸訥誠篤」既是儒家主張的人生價值觀，「混」又和老子掛上了鉤。讀《聊齋》有趣，就是因為既能讀到精彩好玩、怡情養性的故事，又能學到一些有用的古代文化知識，而這種知識似乎是在不經意中告訴你的。

10 青娥
甜蜜初戀和神奇小鑱

〈青娥〉講的是甜蜜初戀的故事。小說題目叫「青娥」，寫得活色生香的卻是男主角霍桓，那可真是一個極端聰明的傻小子。說他極端聰明，是指他讀書聰明，是神童，在處理人事關係上，有時也偶爾有閃光之處；說他傻，是指他令人噴飯的稚子初戀，愛上異性，卻不知道男女之情是什麼，所謂「**童子雖無知，祇覺愛之極**」。如果給這篇小說總結幾個關鍵字，第一個詞是稚愛，真摯的愛，稚嫩的愛；第二個詞是癡孝，癡情的孝，對相依為命的母親發自肺腑的真誠孝敬。而癡孝又幫助了稚愛的失而復得。

先看看聰明的小呆瓜霍桓前無古人的「踰牆相從」。

「踰牆相從」雖是早就被孟子批判過的行為，卻是古代戀人的習慣做法。霍桓也來步後塵，可他的「踰牆」卻差點把我的肚子都笑破了。

霍桓為誰踰牆？為美少女青娥。

霍桓，山西人，父親很早就去世了。霍桓聰慧過人，十一歲考中秀才，被稱為「神童」。霍母對他過分愛惜，禁止他出家門，結果導致他十三歲了還不能辨別叔伯甥舅。同鄉有個武評事，進山訪道不再回家。他有個十四歲的女兒，名叫青娥，特別漂亮，卻羨慕何仙姑的為人。有一天，霍桓在門外偶然看見了青娥，雖然年幼無知，卻覺得非常喜歡她，便求母親託媒人去提親。霍母託平素有交往的人到武家提親，結果碰了釘子。其實兩家門當戶對：霍桓父親做過縣尉，青娥父親做過大理寺官員，兩家門戶相當；霍桓十一歲考中秀才，青娥「**美異常倫**」，又愛讀書，兩人才貌相當。但青娥「**慕何仙姑**」，立志不嫁，霍家求婚慘遭拒絕。

碰了釘子的霍桓坐立不安，卻想不出辦法，正巧有位道士來到門前，只見他手握一尺多長的小鑱。霍桓借過來看了看，問：「小鑱有什麼用？」道士說：「挖藥用。多堅硬的石頭都能鑿開。」霍桓不信，道士便用小鑱砍挖牆上的石頭，只見那石頭像豆腐一樣，應手而落。霍桓接過小鑱，愛不釋手。道士笑道：「公子喜歡，就送給你啦。」霍桓大喜，要給錢，道士不受，轉身走了。霍桓把小鑱拿回家，用它試著砍磚石，應手而碎。有了小鑱，任何堅硬的牆壁對他都不再是障礙。霍桓想：如果用小鑱在武家牆上挖個洞，不就可以看到美人啦？他一心這麼想，卻不知道這樣做是違法的。

夜深了，霍桓爬牆出來，走到武家院外，連挖兩道牆進入院中。看到有間小房子有燈火，便趴在窗縫上窺看，只見青娥正在摘首飾、脫外衣，準備睡覺。稍等一會兒，青娥房間裡的蠟燭滅了，再等一會兒，一點兒聲音都沒有了。霍桓在牆上挖了個洞鑽進去，看到青娥已經睡熟，他輕輕脫掉鞋子，悄悄登榻，又怕青娥驚覺，轟他走，就悄無聲息地趴在青娥的繡花被子旁邊。最好玩的事情發生了：原來，霍桓雖然喜歡青娥，卻不知道一男一女湊到一起能幹些什麼，看到熟睡的青娥，嗅著青娥身上的香氣，覺得親近美人的目的已經達到，便感到心滿意足了。結果因為鬧騰半夜，疲勞至極，剛一合眼，就睡著了。

踰牆相從，是古代戀人的常用伎倆，已被小說家、戲劇家們寫俗、寫濫了。霍桓踰牆，卻不通人事，只在青娥榻旁酣眠，把他和《賣油郎獨占花魁》裡的賣油郎相對照，二人都為憐香惜玉，賣油郎一夜不睡，表現了體貼入微的深情；霍桓立刻睡著，則是不懂男女之情的娃娃。〈青娥〉寫稚男稚女之戀，以稚氣為特點，霍桓之愛，朦朦朧朧，有趣不？

青娥醒了，聞到呼吸聲，看到牆壁被挖開，便悄悄起身出屋，叫起丫鬟、家人，點著火把，拿著大棍子一起來到臥室，只見一個總角書生在青娥的床上睡得正香。挖牆而入的不是鼠竊狗偷的人，居然是「**總角書生**」！打個不太準確的比方，「總角」之人類似現在脖子上繫紅領巾的孩子。古代兒童不分男女都把頭髮向兩邊分開，梳兩個小髻鬏，形如牛角，故稱「總角」，以示還未成年。青娥再仔細一看，總角書生居然是曾向自己求婚的霍桓！僕婦推醒霍桓。霍桓爬起來，「**目灼灼如流星**」，不大害怕，只是很難為情，說不出一句話。僕婦丫鬟圍著霍桓說：「你怎麼到我們家做賊？」霍桓被嚇哭了，說：「我不是賊。實在是因為喜愛娘子，才願意來親近她！」這時兩人多大？霍桓十三歲，青娥十四歲，按現在標準，剛上國中。這豈不是未成年戀愛?!蒲松齡恰好把少年少女間「青澀戀愛」的韻味和特點寫絕了：霍桓勇敢地踰牆，卻根本不知道男女私情為何物！

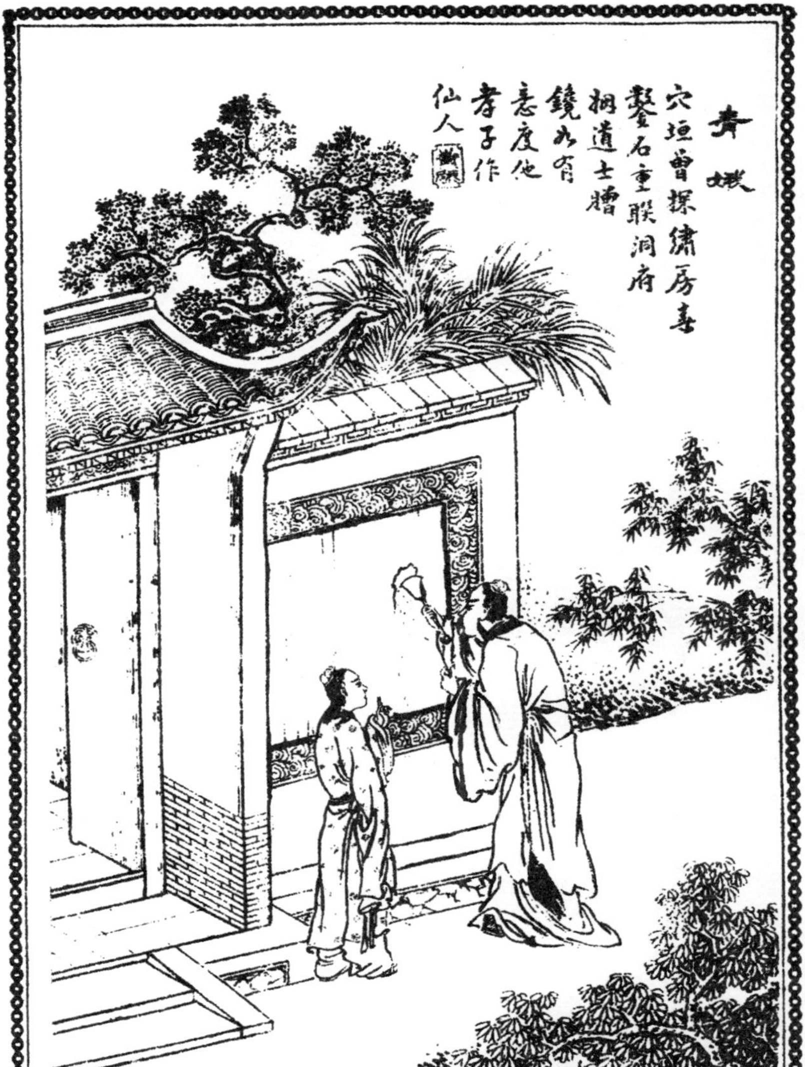
青娥
穴垣曾探繡房春
鑿石重聯洞府
姻道士贈
鑱亦有
意度他
孝子作
仙人

〈青娥〉

再看看聰明的小呆瓜是怎樣在眾目睽睽之下交換愛情信物的。

大家疑惑武家牆高壁深，有好幾層護衛，霍桓怎麼能進到小姐房間呢？霍桓拿出小鑱說：「靠它呀。」僕人接過來一試，果然鑱到石碎。老天，難道是神仙送給這孩子的？大家想把這小子扯去見夫人，青娥低頭沉思，好像不太同意。立志不嫁的青娥，在霍桓的追求下改變了心意。「沉思」中有千言萬語，實際上是在進行激烈的天人交戰。大家看出青娥的心思，於是說：「這孩子的名聲、門第都滿好，也不算玷污咱們家，不如放了他，讓他請個媒人來提親。天亮後，就對夫人說是小偷挖開了牆壁，怎麼樣？」青娥不答。「不答」是正合心意。大家對霍桓說：「還不快走！」霍桓說：「那……還我小鑱！」大家都樂了，說：「傻小子，還沒忘凶器呢！」霍桓看到枕邊有一支鳳釵，就偷偷塞進衣袖。丫鬟看到，急忙告訴青娥，青娥卻「不言亦不怒」。「不言」是不好意思說；「不怒」則是她的真意。一個老僕婦拍拍霍桓的脖子，笑道：「不要說他呆，這小子聰明得很呢。」老僕婦的話是借他人論贊寫人物，背面傅粉，姿態橫生。老僕婦拉著霍桓，讓他從自己挖的洞中離開武家。這樣一來，青娥保留了霍桓的小鑱，霍桓珍藏了青娥的鳳釵。兩位花季少年，在眾目睽睽之下，完成了愛情信物的交換，僕人們則見證了這段好玩的青澀初戀。

接著，霍桓和青娥的婚事卻陷入了絕境。霍桓回家，不敢把實情告訴母親，只囑咐母親再託媒人去說媒。霍母以為兒子想娶媳婦了，就到處託媒人，要給霍桓另外定親。青娥聽說後著急了，悄悄派心腹給霍桓母親捎口信，暗示自己樂意嫁給霍桓。原來立志不嫁的青娥，在霍桓的感動下，也開始大膽地追求愛情了。霍母高興極了，立刻託媒人到武家提親。可不巧的是，一個小丫鬟不小心把霍桓挖牆的事洩露了出來，武夫人覺得受到了極大汙辱，非常氣憤。媒人來到，如火上澆油，武夫人用拐杖搗地，大罵霍桓品行不端，霍母教子無方。媒人抱頭鼠竄，回來後向霍母轉述武夫人是如何怒罵的。霍母氣極，也罵起來：「不肖兒幹的事，我一點兒也不知道，她怎麼會無禮到連我也罵起來？當他們睡在一起時，你怎麼不將這蕩兒淫女抓起來殺掉？」從此，但凡見到武家的親戚，霍母都要傾訴一番。霍母愛子心切，故意虛構不堪入耳的情節羞辱武家。這一招很毒，霍家是男方，即使有點兒風流韻事，也不影響兒子娶妻；武家是女方，女兒有如此「不堪」之事，名聲就臭了。霍母的話傳到青娥耳朵裡，她羞愧得要死。武夫人也很後悔，卻無法禁止霍母謾罵。青娥託人婉轉地告訴霍母霍桓掘牆後的細節，發誓絕對不嫁他人。聰慧的青娥用委婉動人的言辭感動了霍母，她就再也不亂講了，但兩家關係已僵，婚事自然也擱置不談了。

縣令歐公喜歡霍桓的文章，常召他進官衙，對他十分優待。一天，歐公問霍桓：「娶媳婦沒有？」霍桓說沒有。歐公細問緣由，霍桓說：「我過去跟前武評事的女兒訂過婚約，後來兩家出了點兒小矛盾，婚事就擱置起來了。」歐公問：「你還願意娶前武評事的女兒嗎？」霍桓滿面通紅，不說話。歐公笑道：「我來成全你們倆的婚事。」於是委派縣尉和教諭，代表縣令和霍家向武家求婚。原本受了一肚子窩囊氣的武夫人覺得非常風光，就同意了婚事。

我們看看《聊齋》原文，琢磨一下霍桓這個小伙子是怎樣忽悠縣令幫自己解決婚事的：

「**問生：『婚乎？』答言：『未。』細詰之，對曰：『夙與故武評事女小有盟約，後以微嫌，遂致中寢。』**」這句話說得多麼聰明！霍桓跟武家姑娘有盟約嗎？從來沒有。他們之間是發生了一點兒小矛盾嗎？不是，是軒然大波。他們的婚事是半路上出了點兒小岔子而暫時中止的嗎？更不是，壓根兒就沒有婚姻之約，而且兩家老太太鬧得很厲害。霍桓這小子跟縣令說話，字斟句酌，非常聰明，無怪有「神童」之稱。愛管閒事的縣令的出現很有必要，非如此，無以周旋。兩家婚事已陷入絕境，非官方出面不可。霍桓機智地靠這樣幾句話「直鉤釣魚」，引得縣令上了鉤。

一年後，青娥被娶進霍家，她嬌嗔地把小鑱丟到地上，說：「這是你做強盜的寶貝，拿走吧。」霍桓說：「**勿忘媒妁**。」說完便把小鑱掛在身上，隨身攜帶，像武士佩劍一樣。這段原文相當精粹：「**踰歲，娶歸。女入門，乃以鑱擲地曰：『此寇盜物，可將去！』生笑曰：『勿忘媒妁。』**」青娥倩語巧言，表面說是強盜用具，實際也知道這是他們的媒人。我們從對話中可以想像出一個撒嬌的美人來。

青娥為人溫柔敦厚，少言寡語，一日三拜霍母，然後就閉門寂坐，不太留心家務。霍母如果因為婚喪嫁娶的事外出，青娥管家也井井有條。兩年後，青娥生了個兒子，取名孟仙。她把孩子交給奶媽照料，好像不太顧惜。孩子長到五歲，青娥對霍桓說：「我們恩愛的緣分，現已八年。如今離別的日子長，相見的日子短，可怎麼辦呢！」霍桓忙問：「怎麼回事？」青娥卻不再說話，盛妝拜見霍母，而後返身入室。霍桓追進屋還想細問，青娥已經仰臥榻上斷了氣。霍桓母子十分悲痛，買來一口貴重的棺材把青娥安葬了。

青娥說緣分盡了，就衣著整潔地拜別婆母，躺在床上死了。人難道真能死得這麼自如，這麼毫無痛苦嗎？其實是青娥父親在作怪，他把女兒弄進深山修行去了。

霍母年老體衰，經常抱著孫子懷念兒媳，心痛得患了重病，起不了床，吃不下東西，只想喝魚羹。偏偏近地無魚，百里外才能買到。家裡的僕人和牲口都被差遣了出去。霍桓是孝子，母親想喝魚羹，他便急不可待地帶上錢獨自去買魚，晝夜不停地趕路，返回時，走到山中，紅日已落。他兩腳跛著，一步走不了多遠。後來，一個老頭過來了，問：「小伙子的腳莫非起泡了？」霍桓點頭說是。老頭便拉他坐到路邊，敲石取火，用紙裹上藥末，點著後熏霍桓的兩腳。熏完，讓他試著走走。霍桓起來，不僅腳不痛了，還走得特別快。他真誠地感謝老頭。老頭問：「你有什麼事這麼著急？」霍桓說：「母親生病。」然後告訴老頭自己家裡發生的事。老頭問：「何不另娶？」霍桓回答：「沒遇到好的。」其實是他心裡還惦記著青娥。老頭遙指山村說：「那個地方有個佳人，如果能跟我去，我給你做媒。」霍桓如果真想續娶，此時應該順水推舟，跟著老頭過去看看，但他卻說：「我母親等著吃魚呢，現在沒空。」老頭拱手說：「那你得空來找我，進村問老王，就能找到。」《聊齋》點評家認為，老頭就是當年的道士，此刻又來給霍桓指點迷津：「生時時有母在心，道士亦時時有生在心矣，青娥行蹤雖詭，其焉能逃？」前面一位道士，後面一位老頭，很可能老頭就是道士。他們來去無蹤，是人世和仙界的聯絡人，是霍桓和青娥奇緣的撮合者，也是二人復聚的導引者。

霍桓回家做魚給母親吃，幾天後，霍母的病就好了。霍桓於是讓僕人備馬找老頭。接著，小說出現一段景物描寫，寫得優美別緻，和人物的心情契合無間：

> 至舊處，迷村所在。周章踰時，夕暾漸墜，山谷甚雜，又不可以極望。乃與僕分上山頭，以瞻里落；而山徑崎嶇，苦不可復騎，跋履而上，昧色籠煙矣。蹀躞四望，更無村落。方將下山，而歸路已迷，心中燥火如燒。荒竄間，冥墮絕壁，幸數尺下有一線荒臺，墜臥其上，闊僅容身，下視黑不見底。懼極不敢少動。又幸崖邊皆生小樹，約體如欄。

霍桓帶著僕人到了前次和老頭分手的地方，卻找不到要去的村莊了。他徘徊尋找半天，夕陽漸漸落山，山谷亂樹叢雜，看不清哪兒是路。他跟僕人分頭尋找，看能不能找到村落。因為山路不好走，不能騎馬，霍桓只好徒步往山上爬，爬到山頂，已暮色蒼茫。霍桓跌跌撞撞地走著，四面觀望，根本沒有村落，想下山卻迷了路，心中燥火如燒，東跑西顛，慌亂中失腳掉下了絕壁。幸虧下面有個荒涼的平台，霍桓趴在上面，僅可容身。往下看，天太黑，看不到底。霍桓怕極了，一動也不敢動。幸虧懸崖邊長著一圈小樹，像天然的欄杆，把他的身子保護起來。

霍桓在懸崖上趴了一會兒，看到腳邊有個洞口，暗暗高興，緊貼著石壁，像蟲子一樣挪進去，覺得這樣總比趴在懸崖上好，天亮了，就可以呼救。進入洞裡不一會兒，看到洞的深處有點點亮光，他繼續前行，走了二、三里，忽然看到房舍，雖然沒有燈燭，卻光明若白晝。一個美人從房裡走出來，霍桓一看，大驚：這不是青娥嗎?!青娥見了霍桓，也很奇怪：「你怎麼能來這裡的？」霍桓來不及述說家裡的事，抱住青娥就哭。青娥勸住他，問起婆婆和兒子，霍桓一一述說母親的苦況和兒子的可憐，青娥也很悲傷。霍桓問：「你死了一年多，這裡是陰司嗎？」青娥說：「這裡不是陰司，而是仙府。那會兒我不是真死，你埋的只是一根竹杖。郎君這次來，也是有仙緣啊！」說完便領霍桓拜見父親。霍桓這才知道「死」了多年的岳父原來是在深山修道。

只見一個長鬍子老翁坐在堂上，霍桓快步上去拜見。青娥說：「霍郎來了。」老翁驚奇地站起，握著霍桓的手，略微聊幾句家常，說：「女婿來了，很好。你本來也應該留在這裡。」霍桓說：「家母在家裡盼望，我不能在此地久留。」老翁說：「我也知道。但晚回去三、四天，也沒什麼。」於是擺上美酒佳餚招待霍桓，又讓丫鬟在西邊房間鋪好床。霍桓吃完飯回到屋裡，要求跟青娥一起睡。青娥說：「這是什麼地方，可以容許我們親熱？」霍桓抓住青娥的胳膊不放。窗外丫鬟們嗤嗤地笑，青娥更加不好意思。兩人正在你拉我推時，老翁進來了，訓斥霍桓：「你這個凡夫俗子玷汙了我的洞府，馬上離開！」霍桓向來自尊心很強，聽到岳父的指摘，羞愧不能忍受，變了臉色說：「兒女之情，人所不免，作為長輩怎能偷看？要我走並不難，但你女兒必須跟我一起走！」老翁沒話可說，便叫青娥：「你跟他走吧。」然後打開後門送霍桓和青娥。等把霍桓騙出門，父女二人卻立即關上了門。

霍桓一回頭，哪有什麼門？只見懸崖峭壁，一點兒縫隙也沒有。霍桓孤孤單單，不知到哪裡去好，看看天上，斜月高掛，星斗已稀，夜深了。這裡有一段著名的景物描寫：「**回首峭壁巉巖，無少隙縫。隻影煢煢，罔所歸適。視天上斜月高揭，星斗已稀。**」寫景如畫，且敘事講究，霍桓入洞前是暮色蒼茫，現在則是半夜，時間銜接，天衣無縫。霍桓惆悵良久，由悲傷轉為憤恨，對著峭壁號叫，也沒人應答。霍桓氣壞了，從腰間掏出小鑱，奮力鑿石，且鑿且罵，瞬息之間鑿進三、四尺，隱隱聽到有人說：「孽障！」他更加奮力鑿石頭。忽然，洞底兩扇門打開，老翁把青娥推出來，說：「去吧，去吧！」青娥出來，峭壁重新合上。青娥埋怨：「既然愛我做你媳婦，哪有你這樣對待丈人的？是哪兒來的老道士，交給你這件凶器，將人纏混得要死！」霍桓見到青娥，心滿意足，不再爭辯，只怕路險難歸。青娥折下兩根樹枝，一人騎一根，樹枝立即變成駿馬，奔馳如飛，不一會兒就到家了。

霍母好幾天找不到霍桓，正在發愁時，聽說霍桓回來了，高興地親自出來迎接，抬頭一見青娥，差點兒嚇死。霍桓告訴母親青娥只是假死，隨岳父在深山修道之事，霍母更加欣慰。青娥說：「我死而復生，怕周圍人說閒話，咱們搬家吧。」恰好霍家在別縣有產業，全家就迅速搬走了，大家都不知道青娥復活之事。兩人又一起生活了十八年，青娥生了一個女兒，也出嫁了。霍母壽終。青娥對霍桓說：「我家茅田中有野雞孵了八隻蛋，風水好，可以安葬母親。你們父子可把母親的靈柩送回去安葬。孟仙已經長大了，就讓他在故鄉留守房屋祖墳，不用再回來。」霍桓聽從青娥的話，埋葬母親後就獨自回來了。過了一個多月，孟仙回來探視父母，卻找不到人，問家中老僕，說：「送葬沒回來。」孟仙知道父母神異，卻只能長歎。

孟仙四十歲時以拔貢的身分到順天府參加考試。跟他同一號舍的考生，十七、八歲，神采俊逸。孟仙很喜歡他，看他卷上署名：順天廩生霍仲仙。孟仙瞪大眼睛，不敢相信。天哪，同姓，名字只差一字，活像親兄弟排序！他自我介紹：「我叫霍孟仙。」仲仙問：「你是什麼地方的人？」孟仙把籍貫告訴對方。仲仙高興地說：「弟來順天府考試前，父親囑咐：如果考場中遇到山西姓霍的，是同族，要好好交朋友，今天果然遇到。奇怪的是，你我的名字何以如此相近？」孟仙就問：「你高祖、曾祖、父親、母親的名諱是什麼？」仲仙說完，孟仙驚訝地說：「你的父母正是我的父母啊！」仲仙說：「我父母年輕，不像能有您這樣年紀的兒子。」孟仙說：「我們父母都是仙人，怎麼能按相貌判斷年齡呢？」於是一一述說父母過去的事蹟，仲仙這才相信了。兄弟二人考完，來不及休息，急忙回家。剛到家門口，僕人便迎上前稟告：昨天晚上老太爺和老夫人失蹤了。兄弟二人大驚。仲仙進內室問媳婦，媳婦回答：「昨天晚上還跟父母一塊兒喝酒，母親說：『你們夫婦二人年輕不懂事，明日你們的大哥來了，我就不再為你們擔憂了。』早上去看父母，已經沒人了。」

兄弟二人聽了，傷心得直跺腳。後來他們四處打探父母的消息，但始終沒有找到。

〈青娥〉此文有關鍵的四字：癡、狂、孝、仙。霍桓對愛情如癡如狂，對母親至孝，感動了仙人；青娥慕仙，霍桓癡愛，愛戰勝了仙；孝則幫助戀人團圓。稚男少女演繹了一齣有趣情緣。霍桓想愛就愛，既愛就追，直追到深山洞府。青娥聰慧深沉，她的愛漸漸覺醒。霍桓對母親的愛感動上天，成為他跟青娥復合的緣由。

一把神奇小鑱是愛的導線，愛的法寶。道士的小鑱有重要的作用，可稱為「主題道具」。第一次，霍桓用小鑱掘開前武評事家的幾層牆壁，臥於青娥榻旁，離開時還想帶走它；第二次，青娥嫁入霍家，入門擲小鑱於地，「**此寇盜物**」；第三次，前武評事將女兒闢入深山，霍桓用小鑱掘開洞府，帶走青娥。小鑱身上，維繫著男女主角的愛情幸福，又是小說的結構楨桿。清代《聊齋》點評家但明倫評：「一鑱也，女視之如寇盜，生視之如媒妁，道士視之則先寇盜後媒妁，既媒妁又寇盜，以寇盜為媒妁，以媒妁為寇盜。小鑱也，寇盜也，媒妁也，一而二，二而一也。」小說構思絕妙，文筆玲瓏。為霍桓治腳的老頭，應該就是導引他進入深山的「老王」，也就是之前送他小鑱的道士，絕對的「護愛天使」。刻畫人物形象「說一人，肖一人」，宛如就在耳邊。寫景簡練優美，如詩如畫。

11 神女
珠花情緣

〈神女〉講的是人神的愛情故事。和一般愛情故事不同的是，本篇沒有走一見鍾情、苦苦追尋的常規套路，它既寫動人的愛情，又巧妙地揭露社會黑暗。米生和神女經過長時間的交往才走到一起，這一過程，就是揭露古時從官場到科場腐朽的過程。連遠離人世的神女都知道學使署「**非白手可以出入者**」，對號稱「清水衙門」的學府是多麼巧妙尖銳的諷刺。

而作為短篇小說，最重要的是，〈神女〉塑造了一人一神兩個豐滿鮮活的人物：民間書生米生秉性豪放，為人耿直、癡情；神女聰慧明理、自尊自重。小說還出現了「主題道具」——珠花。一朵小珠花維繫了一人一神的關係和感情。米生和神女因珠花結緣。米生不肯為自己的功名用沾著神女香澤的珠花疏通關係，卻為救神女的父親犧牲了珍愛的珠花，最後珠花又神奇地回到已成為夫婦的米生和神女身邊。珠花成為編織嚴密複調小說的紅絲線，就像「二龍戲珠」中那個「珠」，一人一神一直圍繞著它，演繹了一個從人間到神界的悲歡離合的故事。這樣的構思顯示出蒲松齡對簡練而嚴密的小說結構技巧的掌控。如果改編影視，可以叫作「珠花情緣」。

現代文藝理論家喜歡說：文學是人學，好的小說會把塑造人物性格放在首位，而性格又決定命運。小說開頭寫福建米生為人豪放，偶然進府城，喝醉了經過一座高門大戶，聽到裡面傳出音樂聲。路人說，裡面正在開壽筵。米生奇怪：開壽筵為什麼看不到門口有多少客人？再一聽，裡面「**笙歌繁響**」，米生很想好好聽一聽，就在街頭買了賀禮，到門前交上「**晚生**」名帖，登門拜壽。米生是個風流倜儻的人，不講世俗的禮法，自己喜歡什麼事，就毫不猶豫地去做。他做的這件事，常人是不會去做的，有點兒「無厘頭」：你跟人家素不相識，為什麼要去祝壽？只因他發現一個似乎不合情理的現象：既然大吹大擂祝壽，為什麼門庭冷落？那就進去瞧瞧怎麼回事吧。其實，人家大吹大擂祝壽，是人家自己的事，跟你米生一點關係也沒有，而且人家是神仙，自然沒有多少凡人給他祝壽。米生不知道這些內情，他想進去，就進去了。這個莽撞的行為，使得神女與他相識。不過神女看到了他，他卻沒有看到神女。

世上永遠有旁觀者清的事。有旁觀者見他衣冠樸素簡陋，便問：「你是這家老人什麼親戚？」旁觀者問得有道理，人家高門大戶，有地位、有身分，你衣著簡陋，總得有親戚關係才能登門吧？米生說：「什麼親戚也不是。」旁觀者告訴他：「這家是從外地來的，僑居於此，不知道是多大的官，非常高傲，你既然不是什麼親戚，是想求他做什麼呢？」旁觀者說的是常人觀點，凡登有錢有勢者的門，必定求他什麼事。而米生根本不是這個目的。米生後悔了，但名片已投進去。過了一會兒，兩個少年迎出來，華服耀眼，風度翩翩，氣質高雅。他們向米生作揖，請他進去。米生進去，看到一位老翁南向而坐，東西列著幾桌酒席，有六、七個客人，都像貴族子弟。他們見到米生，站起來行禮。老翁也拄著拐杖站起來。米生站了許久，想給老翁行禮祝壽，老翁卻始終不離開座位。兩個少年解釋說：「家父年老體衰，起身答禮困難，我們兄弟二人代謝高賢屈駕光臨。」米生說了幾句感謝的話。主人於是為他增加一桌，與老翁的座席緊挨著。老翁座位後面設一琉璃屏，把內眷圍擋起來。神仙也講究男女有別，用屏障把女性擋起來，從裡面能看到外面，外面卻看不到裡面。這樣一來，當米生跟別人交談時，他的一言一笑、一舉一動，都被躲在屏風後的神女看得一清二楚。這是後來神女主動跟他相識的前緣，而米生什麼都不知道。小說家似乎隨意的敘述，都隱藏著後面情節發展所需要的因素。

鼓樂齊鳴，米生沒法跟其他客人交談，始終也沒弄明白這家主人是什麼人。酒宴快結束時，兩個少年用大杯勸酒。米生已喝了不少，但是看到其他客人都喝了，也只好跟著喝了。連喝幾大杯後，米生大醉倒地，只覺得有人往臉上潑冷水，迷迷糊糊地醒了過來，這時客人都已走光，一個少年扶著他的胳膊把他送出門。過了幾天，米生再經過那個地方，那家人已遷走了。

不認識人家就登門拜壽，喝酒還喝個大醉，這是米生做的第一件不同尋常的事，埋下了神女與他相識的伏筆。接著，米生做了第二件不同尋常的事，跟不認識的磨鏡人喝酒。米生從府城回來，經過集市，一個人從酒鋪出來，招呼他喝酒。他一看，不認識，心想管他認不認識，喝就喝！進去一看，同村人鮑莊也在。米生問鮑莊：「拉我喝酒的是什麼人？」鮑莊說：「他姓諸，在集市上磨鏡。」米生問諸某：「你怎麼認識我呢？」諸某反問：「前日給那個老翁上壽，你認識他嗎？」米生說：「不認識。」諸某說：「我跟他們家最熟。老翁姓傅，不知道是何省何官。先生給他祝壽時，我正在台階下，所以認識先生。」根本不認識的貴家可以進去飲酒，根本不認識的市中磨鏡人也可以一起飲酒盡歡，米生真是不拘形跡。而這段飲酒情節，起到了兩個作用：一個作用是交代了米生去祝壽的人家是高官，姓傅；另一個作用是導致米生被革除功名。

三人喝到晚上才分手。當夜，鮑莊忽然死在路上。鮑莊的父親不認識諸某，就指名控訴米生是兇手。官府驗屍後發現鮑莊身有重傷，米生於是被革除功名，並以謀殺罪判處死刑，受盡酷刑。鮑莊到底被誰所殺，作者一直未交代。因為諸某一直抓不到，沒有明證，審案官就把米生暫時關押在牢中。過了一年多，朝廷欽差大臣巡視地方，查明米生冤情，才把他放了。

米生田產蕩盡，秀才功名被革除，他希望恢復身分，便帶上行李趕往府城。天快黑時，米生走累了，在路旁休息，遠遠看見一輛小車駛來，兩個丫鬟一左一右跟隨。車子已經過去，車中人忽然命令停車，不知說了些什麼，過了一會兒，有個丫鬟過來問：「請問你是米先生嗎？」米生吃驚地站起來說是。丫鬟又問：「你為什麼窮成了這個樣子？」米生便把遭遇冤案的事告訴了丫鬟。丫鬟又問：「你要到什麼地方去？」米生說：「我要到府城想辦法恢復秀才功名。」丫鬟回到車前彙報，不一會兒回來，請米生到車前去。

米生來到車前，一隻纖纖玉手掀起車簾，米生瞥了一眼，是位絕代佳人。她對米生說：

〈神女〉

「你不幸遇到無妄之禍，聽了為你歎息。現在的學使衙門可不是空著手就可以出入的。我在路上也沒有什麼可以贈送你……」說著，從髮髻上拔下一朵珠花，交給米生，說：「這東西可以賣一百兩銀子，請收藏起來。」米生下拜，想問她是哪家貴人的小姐，不料他行禮的工夫，絕代佳人的車子已迅速離去，駛遠了。米生遇到的女郎如神龍，東鱗西爪，若隱若現，既是神女，又是貴家少女：侍女前導，纖手搴簾，是不諳世事的嬌女情態，而贈珠花、談學使，又對社會有著深刻認識。這是蒲松齡借神女之口諷刺當時的學界惡風。米生拿了珠花，想不通遇到的是什麼人，看看珠花，上綴夜明珠，不是一般珠寶，於是珍藏起來。他珍藏的是貴重的珠花嗎？不，他珍藏的是戴珠花少女的香澤和關懷。

到了府城，米生交上申訴狀。學使衙門果然上下狠命地勒索錢財，不然就不給他恢復功名。他拿出珠花看了又看，還是不捨得賣了換錢行賄。米生非愛珠花，乃愛贈珠花之人，他對神女的感情寫得隱隱約約。米生求恢復功名無果而返，回到家裡，連家都沒了，只好依賴兄嫂生活，幸好兄長對弟弟很好，替他管理各種事務，米生雖窮，卻還能繼續讀書。

既然沒有恢復功名，那就只能重新考取。第二年，米生到府城參加秀才考試，誤入深山。正值清明時節，遊人甚眾。只見幾位女士騎馬而來，其中一位女郎，就是當年米生遇到的車中人。看到米生，她停住馬，問：「你到什麼地方去？」米生說：「我參加秀才考試呢。」女郎驚奇地說：「你的秀才身分還沒恢復？」米生神情慘然地從懷中掏出珠花，看來，這朵珠花成了他隨身攜帶的心愛之物。他說：「我不忍心捨棄珠花，所以到現在還是童生。」女郎心有靈犀，知道米生不是鍾情珠花，而是鍾情送珠花的人。女郎羞紅了雙頰，囑咐米生坐在路邊等著，然後緩緩騎馬走了。過了好久，一個丫鬟快馬奔來，把一個包裹交給米生，說：「娘子說：『現在主管秀才考試的學使衙門門庭若市，贈你白銀二百兩，作為進取之資。』」女郎再次講出了對學使衙門的看法。米生推辭說：「娘子給我的恩惠夠多啦！我自認考秀才沒問題。這麼多銀子，我萬不敢接受。只請告訴娘子姓名，我回去畫一幅娘子小像，焚香供奉，就心滿意足了。」丫鬟不聽，把包裹放在地上就跑走了。

米生從此有錢用了。但他仍不屑於花錢買功名，完全靠寫文章，考取了第一名秀才。米生把車中美人送的錢交給兄長，兄長「**善居積**」，三年後米生「**舊業盡復**」。此時的福建巡撫恰好是米生祖父的門生，對米家「**優卹甚厚**」，米生兄弟由此儼然成為巨富大家。但米生向來清高耿直，雖然認識巡撫這樣的高官，還是通家之好，他也從來不登門拜訪，更不向巡撫有所請託。

米生先是不肯用珠花走學使的門路，後仍不用銀子買功名，純靠寫文章重新考秀才，絕對不賄賂學使；巡撫是他祖父的門生，他也從不利用這層關係。米生的孤高自許、愛惜名聲透過這些情節表現了出來。米生個性的另一面是豪放且粗疏，他一直珍藏著女郎的珠花，卻從來沒有仔細想想：女郎為什麼關懷他？一位深閨少女又如何認識他？

一天，有個客人駿馬輕裘到米家拜訪，家人都不認識。米生出來一看，這不是當年貿然登門祝壽時認識的傅家公子嗎？米生作揖，請傅公子進門，互相訴說離別之情。米生命人安排酒席。傅公子說：「我很忙，不喝了。」說完卻不走。酒席擺好，傅公子請米生單獨談談，米生把他領到書房，傅公子撲地就拜。米生吃驚地問：「怎麼回事？」傅公子悲傷地說：「家父正遭遇大禍，想找福建巡撫幫忙，這事非您出面不可。」米生竭力推辭，說：「巡撫雖然跟我家是世交，但因為私事去求別人，是我生平所不願做的。」傅公子伏在地上哀聲哭泣。米生聲色俱厲地說：「小生和公子不過是一起喝過一次酒而已，你為什麼要強迫我喪失氣節？」傅公子羞愧得很，起身告辭而去。米生不樂意因一飲之交而喪節求人，再次表現了其耿介的個性。不過，米生似乎沒想到傅公子跟他仰慕的女郎是一家人。

第二天，米生獨坐，有丫鬟進來，一看，正是當年清明節在山上贈銀子給他的那個人。米生吃驚地站起來。丫鬟問：「您忘記贈珠花的事啦？」米生說：「哪有的事，我不敢忘。」丫鬟說：「昨天的傅公子，就是娘子的同胞哥哥。」米生聽了暗喜，可算有跟絕代佳人交往的機會了，卻故意說：「這倒令人難以相信。如果娘子親自來跟我說一句，我赴湯蹈火，在所不辭，不然，不敢奉命。」接著，小說有一段米生和神女相見的生動的情態描寫：

> 青衣出，馳馬而去。更盡復返，扣扉入曰：「娘子來矣。」言未已，女郎慘然入，向壁而哭，不作一語。生拜曰：「小生非卿，無以有今日。但有驅策，敢不惟命！」女曰：「受人求者常驕人，求人者常畏人。中夜奔波，生平何解此苦，祇以畏人故耳，亦復何言！」生慰之曰：「小生所以不遽諾者，恐過此一見為難耳。使卿夙夜蒙露，

吾知罪矣！」因挽其袪，隱抑搔之。女怒曰：「子誠敝人也！不念疇昔之義，而欲乘人之厄。予過矣！予過矣！」忿然而出。登車欲去。生追出謝過，長跪而要遮之。

丫鬟聽後，出門飛馳而去。到了半夜，丫鬟敲門進來說：「我家娘子來了。」話沒說完，女郎神情淒慘地進門，向壁而哭，一句話也不說。米生拜倒在地，說：「如果不是小姐相助，小生哪有今天？您只要對我有差遣，敢不唯命是聽！」女郎說：「被人求助的人常常會驕橫待人，求人幫助的人常常會畏懼人。我連夜奔波，生平哪受過這樣的苦？只是因為今天求人幫助，害怕人，還有什麼話可說！」米生勸慰說：「小生之所以不馬上答應，其實是擔心錯過這次機會再見您就難了。讓您深夜頂著風露奔跑，確實是我的罪過！」說完，他走向前，拉住女郎的袖口，悄悄撫弄女郎的纖纖玉手。女郎氣憤地說：「你真是個卑劣小人！不念當日幫助你的恩義，卻想乘人之危。我認錯人了，我認錯人了。」說完忿然而出，登車要走。米生急忙追出來謝罪，長跪在地，攔著不讓她的車走。

米生跪在地上，攔住女郎的車不讓走，丫鬟也幫著求情，女郎在車上對米生說：「實話告訴您吧，我不是凡人，而是神女。家父是南嶽都理司，偶然得罪地官。地官要向玉皇大帝告狀，如果沒有人間本地長官的印信，危難就沒法解除。如果您不忘舊義，就用一張黃紙，替我求巡撫蓋上官印吧。」說完，車子便走了。

原來如此！傅家跟玉皇大帝同根同脈。傅家老翁擔任南嶽都理司，這是道教神的名字。道教以天官、地官、水官為三官，天官賜福，地官赦罪，水官解厄。傅家老翁得罪了地官，而跟「南嶽」對應的人間官員正巧是福建巡撫，所以，先是傅公子，後是神女，來求米生找巡撫求情。蒲松齡在處理這些仙界關係上，也經過了仔細考證。

這段神女和米生相見的情節把神女寫活了。神女雖然是神仙，但她體現的是古代出身高貴、修養深厚的女性的美好品德。她美麗聰慧、端莊自重、善解人意。當初，她躲在屏風後面，暗中觀察這個和自家沒有任何瓜葛卻登門給父親拜壽，似乎莽撞卻有幾分可愛的民間書生，對他產生了好感，當然也僅僅是好感。當她在路上遇到米生，知道他遭遇冤獄，失掉功名時，馬上從頭上拔下珠花，讓米生當作恢復功名的資本。她善良平和，又俠肝義膽。第二次和米生相遇，知道米生不捨得用她的珠花，她羞得臉飛紅，知道米生喜歡的是珠花的主人。神女兩次幫助米生，從來沒有露出驕人之態，從沒顯示過有恩於人的優越感。當她不得不登門求米生救父親時，她理智地說出了人與人相處時常有的狀態：「**受人求者常驕人，求人者常畏人。**」神女似乎不僅是一位社會學家，知道學使衙門不是空著手就可以進入的，還是一位心理學家，懂得人際交往中的人情世故。當米生情不自禁地動手動腳向她示愛時，她立即正顏厲色，怒加訓斥。神女既洞明世事，又不勝嬌羞；既對米生的感情明察秋毫，又謹慎地保護自己的尊嚴。這是一個豐滿的人物。

從神女、蕙芳、翩翩、龍女，可以看到蒲松齡在創造幻想中的女性形象時，似乎有個標準：仙女絕對不可以像狐狸精那樣，在兩性關係上隨隨便便，她們有著大家閨秀的特點，都得經過明媒正娶才會跟凡間書生有進一步的親密關係。這一點很有趣。這個故事裡神女跟米生的交往，蒲松齡寫得很有層次：先讓讀者猜想神女在屏風後面的美麗身影；接著，讓米生看到她的纖纖玉手；然後，代表著她個性和魅力的珠花出現；第二次對米生的資助，讓丫鬟出來執行，告訴傅公子身分的也是丫鬟。神女身上有著神性美、神秘美、空靈美，以及高貴美和矜持美。這些複雜特點就把神女和同樣是仙女的翩翩、蕙芳、龍女完全區別開來。

米生不是一直不肯干謁[8]權貴嗎？他為了自己的尊嚴，不去求學使，不登巡撫的門，現在為了神女，卻什麼都願做，而且是誠惶誠恐地做，挖空心思地做。米生送走神女回到家，假託要驅邪，請求巡撫蓋上官印。巡撫卻說巫蠱之事，不該動用大印。米生又花重金賄賂巡撫心腹，心腹答應見機行事，卻一時找不到機會。米生回到家，神女的丫鬟已等在門口。米生告訴她詳細情況，丫鬟垂頭喪氣地走了，好像懷疑米生沒有盡心盡力。米生追上丫鬟說：「回去告訴娘子：這件事辦不成，我會以死來報答！」米生回到家，整夜翻來覆去的，卻想不出什麼辦法。恰好巡撫的寵妾要買珠子，米生便把神女的珠花給巡撫的寵妾送去。巡撫的寵妾大喜，偷出巡撫的官印，給米生蓋到了黃紙上。

米生揣著蓋了官印的黃紙回家，丫鬟恰好又來聽信。米生笑道：「幸不辱命。然而幾年來我貧賤乞食都不忍賣的珠花，今天還是為了它的主人捨棄了！」於是告訴丫鬟用珠花換官印的過程，接著又說：「丟多少黃金我都不可惜，不過請給娘子帶個話：珠花還是要

8 為謀求祿位而請見當權的人。

她償還的。」

幾天後，傅公子登門感謝，送黃金百兩。米生立即變臉，說：「我之所以幫令尊的忙，是因為你妹妹曾無私幫助過我。不然，就是送我一萬兩黃金，我也不會改變名節！」傅公子要求他留下黃金，米生聲色更加嚴厲。傅公子滿面慚愧地走了，說：「這事還不算完！」

第二天，丫鬟奉神女之命，給米生送來百顆明珠，說：「這可以補償珠花了吧？」米生說：「我看重珠花，並不是看重這些貴重的珍珠。假如當日送給我的是價值萬金的寶物，我賣了它當富家翁就是。但我珍藏密收這朵珠花，甘心貧困度日，為的是什麼？因為珠花是娘子戴過的，是娘子親手交給我的。娘子是神人，我哪敢有什麼非分之想？只要能報娘子的洪恩於萬一，就死而無憾了！」丫鬟把明珠放到桌子上，米生像朝拜皇帝一樣拜完，就讓丫鬟帶走了。

既不要黃金也不要明珠，米生想要什麼？米生不直接說，聰明的神女還有她的家人還不是心知肚明？

又過幾天，傅公子來了。米生命家人準備酒菜。傅公子的隨從進廚房烹調，二人相對縱飲，歡若一家。有客人送給米生糯米酒，傅公子覺得很香，連喝百盞，面頰發紅，對米生說：「您是耿介高尚之士，愚兄弟不能早知，眼光遠比不上妹子。家父感謝您的大德，無以為報，想將妹子許配給您，只怕您因為人神相隔而不同意。」

米生又高興又惶恐，不知怎麼回答。傅公子告辭，說：「明夜七月初九，新月與鉤辰星同時出現，織女的小女兒下嫁，是吉日良辰。您準備迎娶新娘吧。」第二天晚上，傅公子果然把妹妹送來，一切與常人無異。三日後，神女自兄嫂及婢僕，皆有饋賞。她為人賢慧，事嫂如母。

小說寫到這個份兒上，人物形象已塑造成功，但小說情節還沒完，珠花還得完成它貫穿始終的使命，於是有了米生很不情願地納妾的情節。

過了幾年，神女沒有生孩子，便勸米生納妾，米生不肯。米生兄長到江淮做生意，給弟弟買回一個年輕女子。女子姓顧，小名博士，長得清秀婉麗。米生夫婦都很喜歡她。神女看到顧姬髮髻上插著一朵珠花，酷似當年故物，摘下來看，果然不錯。問是哪兒來的，顧姬回答：「過去有個巡撫的愛妾死了，她的丫鬟把這朵珠花偷出來賣，我父親覺得便宜，就買了回來。父母去世後，我被寄養在顧家，顧家老太太是我姨母輩的人，總想把我的珠花賣了。我投井覓死，才保存下來！」

米生夫婦感歎：「十年之物，復歸故主，豈不是命！」

神女又拿出一朵珠花，說：「此物久無偶矣！」親手為顧姬簪於髻上。

顧姬退下，詳細打聽神女的家世，家人都不說。顧姬悄悄對米生說：「我看夫人不是凡人，她的眉目間有一般神氣。昨天她給我簪花時，我就近觀察，發現夫人的美麗出於肌膚之內，不像普通人只是表面長得好看而已。」米生笑她瞎琢磨。顧姬說：「你不要說話，我做個試驗，如果夫人真是神仙，只要你有所需求，在沒人的地方燒香懇求，她就知道了。」

神女繡的襪子十分精美，顧姬喜歡但不敢開口要，就在閨房中焚香祝禱。神女早上起來，忽然拿出自己的繡襪，派丫鬟送給顧姬。米生樂了。神女問：「笑什麼？」米生告訴她：「這是顧姬做的試驗呢，想看你是不是神仙。」神女笑著說：「聰明的丫頭！」

小說最後的結局很溫馨。米生活到八十歲，神女的模樣還像沒出嫁的姑娘。米生病了，神女命人製作了一個比正常尺寸寬一倍的大棺材。米生死了，神女不哭，等家人離開，她也跳進棺材死了。於是，家人把夫婦倆合葬在一起，至今傳為「大材塚」。

〈神女〉既是美麗的愛情故事，又對社會黑暗做了巧妙的揭露；既寫人神交往，又做官場素描。米生風流倜儻，耿直自愛，不拘小節，重情重義。他可以為素不相識的老翁登堂祝壽，卻不肯向權勢赫赫的祖父門生求情；他寧肯不要功名，也要保留神女的珠花，卻又為幫助神女而自願捨棄珠花。在米生身上，「情」占最重要的位置，情在心中，功名、權勢都靠邊站。而為了情，他又可以去行賄求情，甚至走巡撫寵妾的門路。神女美麗端莊、聰慧練達，施人不傲，求人不餒，既堂堂正正、落落大方，又仁愛助人、柔情似水。米生和神女是經過長期交往才走到一起的，而「走」的過程，正是揭露、鞭撻黑暗時世的過程。神女贈給米生的珠花，在整篇小說中起到了非常重要的作用。和戲劇《桃花扇》的「主題道具」桃花扇一樣，珠花身上也凝結著男女主角的愛情，以及社會的腐朽黑暗。

12 彭海秋

仙人的西湖導航

〈彭海秋〉講的是神奇的有緣千里能相會的故事。中國古代交通那麼不發達，即使有緣，怎麼可能千里相會呢？靠「太空船」。十七世紀中國有「太空船」嗎？確實有，在《聊齋》裡。《聊齋》是阿里巴巴的山洞，你只要喊一聲「芝麻開門」，就要什麼有什麼，「太空船」和類似網路的虛擬世界更不在話下。

〈彭海秋〉的故事是這樣的：山東書生彭好古中秋節在家裡接待了從揚州來的彭海秋，席間，彭海秋從西湖船上招來美麗的歌姬娟娘，又帶著彭好古和丘生，坐「天河飛船」到西湖遊玩。彭好古對娟娘一見鍾情，彭海秋便為他們代訂三年之後的約會。三年後，彭好古在揚州見到娟娘，把她娶回了家。

表面上看，這似乎是一個文人與歌姬的豔情故事，其實在萬紫千紅的《聊齋》百花園裡，〈彭海秋〉是特別旖旎的一篇，它表達的是文人雅士的審美情趣，創造了優美空靈的意境，布局精緻巧妙，語言凝練優美，特別是聊齋先生故弄玄虛，朦朦朧朧，讀起來更有趣，更好玩，更引人入勝。

山東萊州秀才彭好古在別墅讀書，因離家遠，中秋節沒有回家，身邊沒伴，孤獨寂寞，想想村裡也沒有可說話的人，只有一位丘生，雖是縣裡的名士，但向來有一些不為人知的不好行為，自己素常很看不起他。圓月初升，彭好古感到無聊，迫不得已，還是寫下請柬請丘生來喝酒。請看，這裡蒲松齡閃爍其詞，說丘生是名士，而有「隱惡」，但到底有什麼鮮為人知的惡行，卻不說，只跟讀者捉迷藏。這就給小說帶來了特殊的模糊美。我們常說寫小說要思路明晰，要脈絡分明，要前後照應，要滴水不漏，〈彭海秋〉卻故意含糊其詞，開頭就說丘生有「隱惡」，讀者很想知道他到底有什麼惡行，可直到結尾蒲松齡也沒具體說明，一直隱隱約約、模模糊糊，引發讀者好奇。連我都好奇了一個甲子，到現在還不知道丘生到底有什麼「隱惡」。

兩人邊喝酒邊聊天，忽聽有人敲門，書僮前去開門，只見一個書生，穿著粗布衣裳，乾淨整齊。彭好古素有名士之風，從不以貌取人，來人雖然一眼就能看出不是什麼達官貴人，他也馬上離開酒桌，恭敬地把客人請進來，互相作揖問好，然後圍著桌子坐下。彭好古詢問客人的姓名和住處。客人說：「小生是揚州人，和您同姓，字海秋。遇到這麼好的夜晚，一個人住在旅店裡感到十分淒苦，聽說您為人高雅，就來做個不速之客。」不請自來的彭海秋疏放不羈，按照常理，古人互相稱字以示尊重，自我介紹應該說名字，他卻只說自己的字，而不說名字，與常理相悖。這說明什麼？說明人家是天外來客，是神仙，當然不需要遵守人間的繁文縟節。他聲明自己是揚州人，其實是給小說的情節發展預先埋釘子。按說神仙是沒有人間的籍貫的，彭海秋卻偏偏有。蒲松齡安排他做揚州人，是給真正的揚州人娟娘的出場埋下伏筆。小說正是開始於山東萊州，結束於江蘇揚州。而揚州下轄的寶應、高郵，又可以說是蒲松齡的第二故鄉，還是他的愛情傷心地。彭好古看彭海秋言談間流露出瀟灑風度，大為高興，說：「您是我的同族人哪。今天是什麼好日子，遇到您這樣好的客人！」立即命書僮給客人斟酒，熱情得像招待老朋友。彭好古看彭海秋的表情，好像有些鄙視丘生，丘生用仰慕的態度跟他搭話，他總是傲慢地不大理睬。這也有點兒悖於常情。人和人之間交往，這樣傲慢地對待一個剛剛見面，對你很友好，甚至討好的人，有點兒不太適合吧？但彭海秋就這麼做了。這引起了彭好古和讀者的好奇：他為什麼要這麼做？難道他知道丘生有什麼隱藏的惡行嗎？後面的情節證明，彭海秋非常清楚丘生有什麼隱藏很深的惡行，他還會讓丘生變成畜生作為懲罰。但丘生到底有什麼惡行，彭海秋卻始終沒跟彭好古交代，蒲松齡也沒向讀者透露哪怕一點兒口風，這就是模糊美啊！

彭海秋對丘生這樣傲慢，彭好古替他難為情，便打圓場說，我先唱個俗曲兒給大家助酒興吧。彭好古主動在朋友聚會時唱小曲兒，是個很有趣的細節。一般來說，讀書人不太肯像歌姬一樣當眾唱歌，但他就這麼做了。彭好古仰起頭咳嗽兩聲，唱了一首〈扶風豪士歌〉，這是李白的詩歌。扶風是陝西寶雞下面的一個縣，李白的這首詩主要是讚美扶風豪士意氣相投，情誼深厚。看來，彭好古是想透過這首小曲兒使三個人之間建立扶風豪士一樣的關係。這是在給巴結彭海秋的丘生台階下，也是在提醒彭海秋對丘生稍微客氣點兒。彭好古很善良，但是這樣做似乎對彭海秋沒起什麼作用，從後面情節可以看到，他該怎麼教訓丘生，還是怎麼教訓丘生。彭好古唱完，大家又說笑了一陣子。小說開頭似乎是普通的書生聚會，但是天才小說家描寫任何微不足道的小事都會有巧妙的構思意圖。書生彭好古提出唱小曲兒，這是要做什麼呢？這是為了引出歌姬娟娘。蒲松齡一開始還不讓我們知道她的名字。這個人物，就像趙執信在《談龍錄》裡說的，恍然望見一鱗半爪，她的歌姬身分、她的名字、她的籍貫，都會在情節發展過程中，透過她和彭好古的關係，一點兒一點兒地透露出來。

彭好古唱完小曲兒，彭海秋說：「我不會歌唱，不能與你唱的高雅之曲相和，請人代替可以嗎？」彭好古說：「照您說的辦。」彭海秋問：「萊州有出名的歌姬嗎？」彭好古說：「沒有。」彭海秋沉默了一會兒，對書僮說：「我剛才喊來一個人，現在在門外，你領她進來。」書僮出去，果然看到一個女子正不知所措地在門外徘徊，便把她領進門來。女子十六、七歲，長得像天仙一樣。彭好古驚奇極了，扶她坐下。女子身著柳黃色披肩，濃郁的脂粉香氣飄散四座。彭海秋慰問女子說：「麻煩你千里奔波，辛苦啦。」女子面帶笑容，應付了一句。彭好古很奇怪美女怎麼會從千里之外而來，便問：「怎麼回事？」彭海秋說：「貴鄉沒有美女，她是我剛才從西湖船上喊來的。」接著對女子說，「剛才你在船上唱的《薄倖郎曲》就很好，再唱一遍吧。」女子便唱了起來：

薄倖郎，牽馬洗春沼。人聲遠，馬聲杳；江天高，山月小。掉頭去不歸，庭中生白曉。不怨別離多，但愁歡會少。眠何處？勿作隨風絮。便是不封侯，莫向臨邛去。

彭海秋從布襪中抽出一支玉笛，隨聲伴奏。曲子唱完，伴奏也戛然而止。

這段描寫讀起來行雲流水，非常優美，又有深刻的內涵。〈彭海秋〉雖然是幻想遊仙類小說，藝術描寫卻生動準確，寫人情世態、人和人之間的關係也特別有分寸。例如，江南佳麗娟娘從西湖的船上被喚到陌生的山東鄉村時，還有些神志不清的狀態，不明白發生了什麼。彭海秋叫書僮帶她進來，「**僮出，果見一女子逡巡戶外**」。「逡巡」兩字，活畫出娟娘困惑莫解、猶豫不決的樣子。彭海秋慰問娟娘「**千里頗煩跋涉也**」，「**女含笑唯唯**」。娟娘是歌姬，歌姬本能地要巧妙應付一切無禮的客人，她又正處在不明所以的時候，所以「**含笑唯唯**」。彭好古一見娟娘，便扶著她坐下，「**掖坐**」兩字寫出彭好古對娟娘的一見鍾情，十分愛護。娟娘唱的歌兒，也符合歌姬的身分，表達對愛情的渴望。歌詞講的是一個薄情郎一夜風流後，牽馬到春天的池沼清洗，然後走遠了，馬蹄聲也聽不到了。高高的青天，月亮顯得小小的，情人今天會住哪裡呢？你可不要像隨風飄蕩的柳絮，飄到哪兒粘到哪兒，另覓新歡啊！「**莫向臨邛去**」是表示不要另尋新歡，用的是漢代司馬相如和卓文君相愛的典故。有趣的是，娟娘唱的是薄情郎，最後得到的卻是癡情郎彭好古。

彭好古聽彭海秋對女子說「**千里頗煩跋涉也**」，驚奇地歎息不已，說：「西湖到這裡，何止千里？一聲呼喚，就能把她從西湖請來，莫非您是神仙嗎？」彭海秋說：「**仙何敢言，但視萬里猶庭戶耳。**」神仙不敢說，不過在我看來，萬里之路就像在自家院子裡轉一圈一樣。「**萬里猶庭戶**」是一句很有名的話，把一萬里路當成在自家院子裡散步，這當然是神仙才能做到的。彭海秋的神仙面目已暴露出來，之後他要領彭好古到西湖遊玩，就順理成章了。他對彭好古說：「今天晚上西湖月色比往常更好，不能不去看一看，你能跟我一起去遊玩一番嗎？」彭好古有心想看看彭海秋有什麼不同尋常的本領，便說：「很高興啊！」彭海秋問：「坐船去，還是騎馬去？」彭好古心想坐船多舒服，就說：「願意坐船。」彭海秋說：「這地方叫船比較遠，天河中應該有渡船。」說完便舉手向空中招呼道：「船來，船來！我們要到西湖去，不在乎多花錢。」不一會兒，一隻彩船從天空飄落下來，周圍彩雲繚繞。大家都上了船。只見一人手裡拿著短槳，槳尾密密麻麻地排列著長長的羽毛，形狀像是一把大羽扇，一搖槳，清風習習。船漸漸升上雲霄，向南邊行駛，像飛箭那麼快。過了一刻鐘，船落到水中，只聽船外管弦高奏，鑼鼓齊鳴，樂聲震耳。彭好古走出船艙一看，湖面煙波渺渺，倒映著天上明月，成群的遊船把湖面點綴得像集市。撐船人停下船槳，聽憑彩船自行漂流。仔細一看，果然是西湖。

讀小說常常是為了美的享受，讀這篇小說就達到了這個目的。蒲松齡想像力太豐富，文筆太傑出，情景輝映，物象和意趣渾然一體。他寫景，尤其是寫虛幻景的本領太強了。這段原文要好好欣賞：

客問：「舟乎，騎乎？」彭思舟坐為逸，答言：「願舟。」客曰：「此處呼舟較遠，天河中當有渡者。」乃以手向空招曰：「舡來！舡來！我等要西湖去，不吝償也。」

無何，彩船一隻，自空飄落。煙雲繞之。眾俱登。見一人持短棹，棹末密排修翎，形類羽扇。一搖羽，清風習習。舟漸上入雲霄，望南遊行，其駛如箭。踰刻，舟落水中，但聞弦管敖曹，鳴聲喤聒。出舟一望，月印煙波，游船成市。榜人罷棹，任其自流。細視，真西湖也。

蒲松齡將人世間根本沒有的天河行船寫得那麼真切，那麼美，那麼詩情畫意，彩船、祥雲、瑞靄、清風，羽扇一般的船槳像鳳鳥的翅膀，飛船在空中飛駛如箭，這樣的景色多麼疏朗爽麗，比現代科技的航太之旅美妙得多、好玩得多、輕巧得多。太空人不用培訓，太空服也不用穿，向天空一招手，天河中的「太空船」就來了。彭海秋說「**不吝償也**」，最後也沒交代給沒給「太空人」銀子。西湖蕩舟，明月、煙波、樓船、雅士、美女，仙樂繚繞，人聲喧笑，月印煙波，景美如畫。這一段，飛船美、西湖美、娟娘形態美、《薄倖郎曲》歌詞美，整篇小說有種清麗幽芳的韻味，彷彿魏晉名士的風流氣息在空氣中浮動。

彭海秋在船艙後面取出許多美酒佳餚，大家又高高興興地喝起酒來。不久，一艘高大的樓船漸漸靠近他們的船，並船前行。隔著船窗一看，那艘船上有兩三個人，正圍坐在一起大聲說笑、下棋。彭海秋給女子遞過一杯酒說：「用這杯酒給你送行。」女子喝酒的時候，彭好古在她身邊依依不捨，走來走去，怕她真的離開，便用腳尖輕輕踢踢她的腳。女子會意，向彭好古暗送秋波。彭好古更加動心，請求約定此後再會的日期。女子說：「如果您真的愛我，只要問娟娘的名字，沒有不知道的。」彭海秋把彭好古的綾巾扯下來交給

〈彭海秋〉

娟娘，說：「我為你們代訂三年後相會之約。」隨即站起身來說，「**仙乎！仙乎！**」扳著鄰船的舷窗，送娟娘過去。船窗只有茶盤那樣大小，娟娘趴下身子，像蛇一樣鑽進鄰船舷窗。接著便聽到鄰船有人說：「娟娘醒了！」樓船立即划走了。彭海秋透過舷窗將娟娘送回原來的船，蒲松齡只用四個字「**蛇遊而進**」，形容娟娘的婀娜神遊，實在是太妙了。

對於彭好古和娟娘的悲歡離合，蒲松齡巧妙地再三使用伏筆。彭好古迷戀像天仙的歌姬，歌姬也向他秋波送情，還告訴他：「**如相見愛，但問娟娘名字，無不知者。**」彭海秋把彭好古的綾巾送給娟娘，作為日後相識的標誌。彭好古記住了《薄倖郎曲》，記住了娟娘的名字，娟娘則保留著彭好古的綾巾，兩人將來相識的伏筆不能算少，卻偏偏漏了最重要的一件事——娟娘是揚州人。這是小說家故意漏掉的，所以，彭好古馬上在杭州尋找，但沒人知道她。仙人彭海秋卻未卜先知，知道三年後彭好古會到揚州去，並遇到娟娘，因此他給兩人訂的是三年之約。小說家故意躲躲閃閃，而他創設的紅線卻始終操縱著男女主角。

娟娘上了鄰船，彭好古遠遠看到那艘樓船停在湖邊，船上的人紛紛離去，他遊玩的興趣一點兒也沒有了，便對彭海秋說想上岸跟大家一起轉轉。他的話才出口，船已自動靠岸。眾人下船上岸，彭好古走了一里多路，彭海秋才從後面趕來，手裡牽著一匹馬，讓彭好古牽住，說：「等我再借兩匹馬來。」彭海秋走後，彭好古等了很久，也不見他回來。路上行人很少，彭好古抬頭看天，明月已經轉到西邊，天快亮了。丘生也不知到什麼地方去了。彭好古牽著馬，焦躁不安，往前走，還是回去找他們？一時拿不定主意。他騎馬來到原來停船的地方，船沒了，駕船的人更不見蹤影。他想：身上沒錢，這麼遠的路怎麼回去？越發擔憂、煩悶。天已大亮，彭好古忽然發現馬背上有個小口袋，裡面有幾兩銀子，便買了些吃的，等著其他人回來，可是直到中午，也不見一個人影。他想：我不如先去探訪娟娘，再慢慢打聽丘生的消息。他到處問娟娘，卻沒有一個人知道。彭好古的情緒一落千丈，第二天就往家鄉趕。那匹馬十分馴良，腳力也不錯，他在路上走了半個月，才回到家。

當彭好古、丘生、彭海秋三人乘著船向天上飛去時，書僮告訴家裡人說：「主人已經成仙飛上天啦！」全家哀哀痛哭，認為他肯定不會回來了。彭好古回到家，把馬拴到馬槽邊，走進廳堂，家人又驚又喜，都來問怎麼回事。彭好古跟家人詳細講了這次奇異的經歷，又想到他和丘生兩人一起出遊，現在自己獨自回來，丘家的人聽說後肯定會來追問丘生的下落，便囑咐家人先不要把消息傳出去。之後他說到那匹馬的來歷，家人認為這是仙人所賜，便一起到馬廄裡看個究竟。等大家到了馬廄，哪有馬的影子？只有丘生，被草韁繩繫著脖子，拴在馬槽旁邊。大家奇怪極了，連忙喊彭好古來看。彭好古匆忙跑來，只見丘生垂頭喪氣地倚在馬槽邊，面如死灰，問他也不答話，眼睛睜開看了看，又闔上了。彭好古於心不忍，解開繩子，把丘生扶到床上。丘生就像丟了魂兒似的，給他灌點兒稀飯，稍稍能吞咽。躺到半夜，丘生甦醒過來，急著要上廁所，彭好古扶他前去，他便屙出幾個馬糞蛋兒，回到房間，又喝了點兒稀飯，才能開口說話。彭好古在床前細細詢問：「你到底是怎麼回事？」丘生說：「在西湖下船後，彭海秋引著我邊走邊談，來到一個沒人的地方，他拍拍我的脖子，我就迷迷糊糊地跌倒了。趴在地上，待了一會兒，看看自己，已經變成了一匹馬。我心裡清楚，就是不能說話。這是奇恥大辱，絕對不能讓我妻子兒女知道，請你千萬不要把這件事洩露出去。」彭好古答應了丘生的請求，然後讓僕人備馬，把丘生送回了家。

小說結構嚴密，敘事奇崛之中見細密。彭海秋和彭好古去西湖，從天上招來飛船，似乎不經意地寫了三個字「**眾俱登**」，一個「眾」字，有彭海秋、彭好古、歌姬，自然也包含丘生。彭海秋原來問彭好古：「**舟乎，騎乎？**」彭好古回答「舟」，回來卻騎著馬，而馬是丘生變的，構思多麼巧妙。彭好古遊完西湖，上了岸，彭海秋牽了馬來，叫彭好古牽住馬，接著就不見了，丘生也不知所往；馬背上還有個小口袋，裡面有幾兩可以做路費的銀子。蒲松齡翻手為雲，覆手為雨，像大將布陣，一絲不亂。馬出現，丘生消失，馬背上帶著人用的銀子，雖沒明說丘生變馬，但馬就是丘生的蛛絲馬跡也顯露了出來。丘生恢復人形的過程更令人噴飯：「**垂首棧下，面色灰死，問之不言，兩眸啟閉而已。**」這是剛剛恢復人的形態，仍然是馬的靈魂，還不會說人話。彭好古「**解扶榻上，若喪魂魄**」，這是馬魂已經離去，人魂雖然回歸，但還沒有完全歸位。等到給他喝點兒稀飯，屙出馬糞，丘生「**始能言**」，一步一步變換。人屙出馬糞蛋兒才能真正回歸人的狀態，實在調侃得有趣。

然後，丘生向彭好古回憶自己變馬的過程：「**下船後，彼引我閒語，至空處，戲拍項領，遂迷悶顛踣。伏定少刻，自顧已馬。**」人變馬，變得快捷利索，馬恢復人形卻大費周折。這裡蘊含著什麼哲理呢？變獸心易，復人性難啊！這就是仙人彭海秋對有「隱惡」的丘生的一次惡作劇教訓，叫他變了次畜生。結尾「異史氏曰」：「**馬而人，必其為人而馬者也；使為馬，正恨其不為人耳。獅象鶴鵬，悉受鞭策，何可謂非神人之仁愛之乎？**」用白話來說，意思是：馬是由人變成的，一定是這個人的為人像畜生，讓他變成馬，正是恨他不能稱之為人。獅、象、鶴、鵬，這四種獸類都成了佛的坐騎，正是體現了仙佛的仁愛之心啊！蒲松齡又普及了一個佛教常識：青獅、六牙白象、仙鶴、大鵬都是佛的坐騎。彭海秋讓丘生變了次坐騎，也是用仙人的懲罰啟示他重新做人。

彭好古從此不能忘情於娟娘。又過了三年，因為姐夫在揚州任通判，彭好古前去探望。揚州有位梁公子，和彭家是世交，便設宴邀請彭好古喝酒。酒席上有幾個歌姬，前來拜見梁公子和彭好古。公子問：「娟娘呢？」家人稟告說：「病了。」公子生氣了，說：「死丫頭擺什麼臭架子？拿繩子給我捆了她來！」彭好古聽到「娟娘」二字，驚疑地問：「娟娘是誰？」公子說：「是揚州掛頭牌的妓女，有些小名氣，便傲慢無禮起來。」彭好古雖然懷疑是碰巧重名，心卻怦怦直跳，想見見這位娟娘。不一會兒，娟娘來了。梁公子盛氣凌人地訓斥她，彭好古仔細一看，正是三年前中秋之夜見到的娟娘。他對公子說：「這是我的老相識，請您寬恕她吧。」娟娘聽到這話，仔細看了看彭好古，似乎很吃驚。公子來不及細問，便讓娟娘給客人敬酒。彭好古問：「你還記得《薄倖郎曲》嗎？」娟娘更加驚奇，目不轉睛地看了彭好古好一會兒，才唱起舊曲子。彭好古側耳細聽，歌聲和當年中秋節時聽到的一模一樣。

酒席散了，公子命令娟娘侍奉客人睡覺。彭好古拉著娟娘的手說：「三年的約定，今天才實現了？」娟娘說：「那年，我跟人一起遊西湖，沒喝幾杯酒，就迷迷糊糊地被一個人帶走了，放到一個村子裡。有個書僮把我領進去，酒席上有三個客人，您是其中的一個。後來又坐船到西湖，把我從船窗上送了回去。您還拉著我的手，戀戀不捨。每次想到這件事，我總以為是在做夢，可是您送給我的綾巾卻在，我一直珍藏著。」彭好古把那件事的前因後果告訴娟娘，兩人一起感歎、驚詫。娟娘撲到彭好古懷裡，抽抽搭搭地哭著說：「神仙已給我們做了媒人，您不要以為我是風塵女子，可以拋棄，就不管我這個在苦海掙扎的人。」彭好古說：「西湖船上的約定，我沒有一天忘記。你如果對我有意，我就是掏光腰包，再把馬賣掉，也不會吝惜。」第二天一早，彭好古把要替娟娘贖身的事告訴梁公子，又向姐夫借了一千兩銀子，前去削了娟娘的樂籍，帶她回家。娟娘偶爾到那座別墅去，還能認出當年喝酒的地方。

彭好古和娟娘揚州相認，彭好古、娟娘和梁公子，三個人的情態交替出現，寫得精彩生動。彭好古是通判的內弟，又和梁公子是世交，梁公子設宴招待，喊歌姬娟娘出來敬酒。彭好古一聽這個名字，引起了對西湖的回憶。他聽梁公子介紹娟娘是揚州第一歌姬，心突突亂跳，情緒激動；梁公子訓斥娟娘，他便向梁公子說情，說是舊相識。娟娘「**審**

顧，似亦錯愕」，似乎不太敢相認，彭好古提醒她唱《薄倖郎曲》，娟娘「**更駭**」，因為她一直認為三年之約是夢中之事，現在幻夢成真，佳偶從天而降，又怕是夢。蒲松齡寫她「**目注移時**」，目不轉睛地看了好長時間，看得多麼認真。梁公子對這兩人的感情糾葛毫不知情，他首先要在地方官的親戚面前維護闊少的尊嚴，聽說娟娘不來，就怒問，一副橫行霸道的模樣。娟娘到了，他又盛氣凌人地訓斥。彭好古和娟娘開始敘舊，梁公子卻根本不仔細問，他可能覺得風流公子和紅粉佳人認識是常事，他得完成主人的使命，趕快命令娟娘敬酒。三個人三種心思，三種神情，各有各的苦衷，各有各的打算，寫得曲曲如畫。酒宴後梁公子派娟娘侍寢，更是水到渠成。

這篇文言小說到底高明在什麼地方？

其一，仙人彭海秋談吐高雅，智慧超人，豪情逸興，躍然紙上。他有未卜先知的能力，成人之美，代一對有情人訂三年之約。蒲松齡從多個側面描寫彭海秋的名士風采、雅士作風，都是實實在在的筆墨。至於他為什麼厭惡丘生，為什麼把丘生變成坐騎，始終沒有一句話提到。小說家隱隱約約，模模糊糊，令人猜測不已，反而帶來意想不到的美學效果。

其二，小說想像奔馳，天河覓船，西湖飛舟，文雅精美的意趣，優美空靈的意境，矜奇務新的布局，詩意朦朧，人物幽雅，飄然若仙。小說清麗幽芳的韻味，令人讀來興味盎然。小說的藝術描寫洗練而含蓄，結構嚴密，首尾呼應。就藝術而言，小說是無與倫比的佳作；就思想意蘊而說，不過是寫名士風流，寫公子和俏佳人的悲歡離合，在仙人的幫助下有緣千里來相會，這是封建文人喜歡的情致。小說的語言，更是像精金美玉。

其三，娟娘的形象，翩若游龍，宛若驚鴻。她的歌詞頓挫，詞采豐富。彭海秋送她回樓船時，用了四個字「仙乎仙乎」，這是引用《飛燕外傳》的典故。漢成帝和趙飛燕遊太液池，趙飛燕纖細輕巧，舉止翩然，順風揚音，說：「仙乎仙乎，去故而就新，寧忘懷乎？」恰好一陣大風吹來，差點兒把她吹上天。彭海秋這裡是妙典活用。娟娘給人的印象是一個聲色俱佳、宛然若仙的歌姬，初露面似睡似醉，歌聲美；梁公子招飲，她以病推辭，是潔身自好；珍藏綾巾，說明她癡情，並令人同情。

我有點兒懷疑，娟娘身上有沒有蒲松齡的夢中情人、揚州姑娘顧青霞的影子？彭好古在仙人彭海秋的幫助下和娟娘有情人終成眷屬，有沒有蒲松齡自己隱秘的願望？

13 織成

狂生洞庭湖奇遇

織成是洞庭湖龍女侍女的名字，蒲松齡用作了篇名，但小說描寫的重點卻不在她身上，而在落第狂生身上。狂生姓柳，這姓氏可不是隨便起的，意味深長。柳樹在山東叫楊柳，如果他不姓柳而姓楊，恐怕早就死了，不可能娶得仙女歸。一個姓氏這麼重要嗎？蒲松齡又有什麼奇妙的構思呢？

《聊齋》的構思模式一般是開頭交代男主人公的名字、個性，這篇小說卻完全不同，它先描寫一種神奇情景：洞庭湖常有水神借船，空船會忽然自己解開纜繩，在湖上飄然遊走。空中有樂曲響起，船夫就悄悄蹲在角落，閉著眼睛偷聽，不敢抬頭張望，聽憑船在水上漂。仙人遊玩後，船仍然回到原處。原文如下：

> 洞庭湖中，往往有水神借舟，遇有空船，纜忽自解，飄然遊行。但聞空中音樂並作，舟人蹲伏一隅，瞑目聽之，莫敢仰視，任所往。遊畢，仍泊舊處。

這種情景是故事展開的必要背景。本來凡人坐的船忽然被仙人徵用，對於一般坐船者來說，藏起來就是了，等仙人玩夠了再出來。但是小說的男主人公柳生卻沒這樣做，為什麼？因為他考試落第，借酒澆愁，喝醉了。

柳生喝醉了酒，躺在船上，音樂聲忽然響起，船夫知道是水神借船，搖晃柳生，想叫他藏起來。柳生不醒，船夫只好自己躲到角落。不一會兒，有人來揪柳生，柳生醉得厲害，順勢倒在地上呼呼大睡，那人也就不管他了。過了一會兒，鼓樂聲震耳欲聾，柳生微微清醒，聞到濃濃的香氣，斜眼偷偷一看，滿船美女！心知出怪事了，就閉起眼睛假裝沒有醒。又過了一會兒，有人叫「織成」，就有一個侍女走過來，站在他臉旁，穿著綠色襪子、紫色繡鞋，尖尖的金蓮細瘦得像根手指一樣，柳生很喜歡，便偷偷咬她的襪子。織成本要挪步，因為襪子被咬，一下子絆倒了。上面有人問：「怎麼回事？」織成如實稟報：「有人咬我的襪子。」那人大怒，命令：「立即把這大膽狂徒給我殺了！」

這段原文是：「**即有侍兒來，立近頰際，翠襪紫綃，細瘦如指。**」一個似乎微不足道，實際卻相當重要的細節出現了，織成的翠襪紫履在小說中起到了類似「戲膽」的作用。所謂「戲膽」，現代戲劇家稱為「主題道具」，是男女主角的離合關鍵。

幾個武士便把柳生捉住，捆起來，準備帶出去殺了。柳生看到上面朝南坐著一人，頭戴王冠，身著龍袍，像個君王。請注意，君王什麼模樣，俊的還是醜的，文雅的還是雄壯的，蒲松齡故意不寫，只寫他的龍袍和王冠，暗示他就是洞庭君。柳生看到這個王者，就故意邊走邊大聲說：「聽說洞庭君姓柳，我也姓柳；過去洞庭君考試落第，現在我也落第；洞庭君遇到龍女成了仙，我不過因為喝醉酒跟侍女開個小玩笑就得去死。為什麼他那麼幸運，我卻這麼不幸啊？」柳生這番話，雖狡纏無賴，卻有理有趣，委婉動人。王者聽到這話，便令人把他帶回來。王者問：「你是落第秀才？」柳生說：「是。」王者讓人把紙筆拿來，讓他寫一篇〈風鬟霧鬢賦〉。

柳生為什麼要故意大聲說「**聞洞庭君為柳氏，臣亦柳氏；昔洞庭落第，今臣亦落第；洞庭得遇龍女而仙，今臣醉戲一姬而死：何幸不幸之懸殊也**」呢？因為他是人醉心不醉，聰明地判斷出王者就是洞庭君柳毅，故意跟他攀交情呢。唐傳奇《柳毅傳》描寫洞庭龍女受夫君欺凌，柳毅為她傳書，後二人結為夫婦，柳毅繼位為洞庭君。柳生說這番話的意思是：咱們都是姓柳的，都是落第秀才，和尚不親帽兒親，你不能殺我。王者聽到柳生這番胡攪蠻纏的話就令人把他帶回來，不殺他了，還問他是否落第，再次暗示王者就是柳毅。接著，王者給柳生出考題讓他寫文章，進一步證明，王者確實是柳毅。「風鬟霧鬢」的典故是描寫龍女的，出自唐傳奇《柳毅傳》。柳毅在洞庭龍宮見龍王時說：「見大王愛女牧羊於野，風鬟雨鬢，所不忍視。」柳毅的意思是：你既然這麼熟悉我和龍女的故事，那我就考考你，看你能把美麗的龍女形容成什麼樣子。

文人受到水神的考試，《聊齋》已寫過，〈羅剎海市〉裡龍王請馬驥寫〈海市賦〉，馬驥倚馬可待，立成千言，交給龍王。如果柳生也一揮而就，豈不跟〈羅剎海市〉重複了？蒲松齡便故意安排不一樣的情節。柳生本是襄陽名士，但他寫東西構思慢，提筆想了很久，也沒寫。王者挖苦他說：「名士怎會這樣？」柳生把筆放下說：「當年左思寫『三都賦』，寫了十年。由此可知，文章貴在精妙，不在寫得快。」王者聽後，笑了笑，隨便他寫。柳生從早上寫到中午，才把文章寫出來。王者看後，大為欣賞，說：「真不愧是名士！」於是賜酒給柳生喝。瞬息間，山珍海味擺滿桌。柳生正跟王者說話時，有個小吏捧著簿子進來稟告：「應該淹死的人的名單已經準備好了。」王者問：「多少人？」小吏回答：「一百二十八人。」王者問：「派誰去執行？」小吏回答：「派毛將軍和南將軍去了。」柳生站起來向王者告別，王者贈他十斤黃金，還有一把水晶界方，說：「你到湖上會遇到一場小災禍，拿著這個可以避免。」接著，柳生看到打著羅傘的儀仗隊和馬匹紛紛站在水面上，王者下船登上車輦，轉眼間便不見了。

洞庭君為什麼要淹死那麼多人？蒲松齡在這裡用了個民間傳說。相傳唐朝時柳毅遇龍女，洞庭君先把他招為女婿，後又讓他接替做洞庭君。因為柳毅相貌太過文雅，不能鎮服湖裡的水怪，洞庭君便給了柳毅一個可怕的鬼面具，讓他白天戴上晚上摘下，時間長了，柳毅忘了摘下來，鬼面具就和他的臉合而為一了。柳毅覺得羞慚，所以忌諱別人對他的臉感興趣。百姓泛舟湖上時，如果有人用手指一件東西，他就懷疑是在指他的鬼臉；如果有人把手擋在額頭上，他就懷疑是在偷看自己，湖上就會風波驟起，船翻人死。所以在洞庭湖上坐船，撐船的人都會告訴客人這些禁忌，否則就得宰殺牲口拜祭洞庭君，才能安全過湖，不會翻船。

蒲松齡在〈織成〉裡並沒有描寫王者是什麼樣子，只寫他穿龍袍、戴王冠，這是在給柳毅留面子，但是蒲松齡又用了洞庭君經常淹死人的典故。派出去執行任務的毛將軍，研究者通常認為是鐵錨的化身。鐵錨是固定船的鐵製裝備，船行江湖遇到大風大浪時，用鐵錨泊船，船就翻不了。如果鐵錨冒到水面上，船必沉無疑。另一個南將軍，《聊齋》的幾個重要抄本裡通常是南方的「南」，《異史[9]》則寫為楠木的「楠」。而楠木大王是傳說中的水怪，往往鼓弄風浪導致船翻命殞。

洞庭君一行飄然而去。過了很長時間，什麼動靜都沒有了，船夫才從船下鑽出來，駕船送柳生回家。頂頭風吹來，船沒法前進。忽然，水裡有一鐵錨出現。船夫驚愕地說：「毛將軍出現啦！」各船的商人都驚慌地趴到船艙裡。又過了一會兒，湖裡冒出一根木頭，直直豎立，上下震搖，船夫越發驚慌，說：「南將軍又出現了！」這正是剛才洞庭君派出去執行任務的毛將軍和南將軍。不多時，波浪洶湧，遮天蔽日，湖裡的船剎那間全部傾覆。柳生舉著那把水晶界方，挺直腰桿坐在船中，萬丈洪濤湧到他的船邊就立即消失，柳生的船因此度過了災難。等他回到家，常常跟大家說起這件奇事，並且說：「船上那位侍兒，雖然我沒看到她的容貌，但只那裙子底下一雙小金蓮，也是人世間所沒有的。」這表現的是中國古代男人的審美觀。

翠襪紫履在小說裡起到了主題道具的作用，但是翠襪紫履只能穿在織成腳上，不可能

---

9 《異史》：《聊齋志異》的異名抄本，出現於雍正年間。

離開織成跟柳生發生聯繫，於是水晶界方出現，和翠襪紫履交替成為主題道具。

柳生到底是什麼地方的人，小說始終沒有交代，看來，他應該是湖北人，所以到洞庭湖、武昌都很方便。後來柳生有事到武昌，遇見一個崔老太太賣女兒，卻給一千兩銀子也不賣，她藏有一把水晶界方[10]，說：「能跟這把界方配成一對，我就把女兒嫁給他。」柳生覺得很奇怪，就懷揣著界方去了。崔老太太欣然接待他，把女兒叫出來見他，只見女子柔媚曼妙，風流秀麗，世間無人能比。她對柳生行了個禮，就躲到帷幔後面去了。柳生的魂兒似乎被她勾走了，對崔老太太說：「我也藏有一把界方，不知道跟老媽媽家的能匹配嗎？」於是各自拿出界方比較，長短、寬窄一絲不差。崔老太太高興了，問柳生住在什麼地方，請他馬上回去準備車輛，水晶界方留下當作信物。柳生不肯，崔老太太笑了，說：「官人太小心啦，老身難道會為一把界方抽身逃走嗎？」柳生不得已，只好把界方留下，出門後馬上賃到一輛車，急忙返回崔老太太家，屋裡卻已沒人了。柳生大吃一驚，問遍周圍居民，沒有一個知道崔老太太的。太陽已經偏西，他又急躁又後悔，垂頭喪氣地往回走，走到半路，有輛車從他身邊經過，有人掀開轎簾問：「柳郎怎麼來得這麼晚？」原來是崔老太太！柳生高興地問：「您到哪兒去？」崔老太太笑著說：「你一定把我當成騙子了。分手後，恰好有輛便車，我想到官人也是客居在外，找車子很難，所以就把女兒給你送到船上了。」柳生邀請崔老太太掉轉車頭，一起回去，崔老太太堅決不肯。柳生倉皇

---

10 編者註：指「紙鎮」。用於壓鎮紙帛以保持書寫平整。

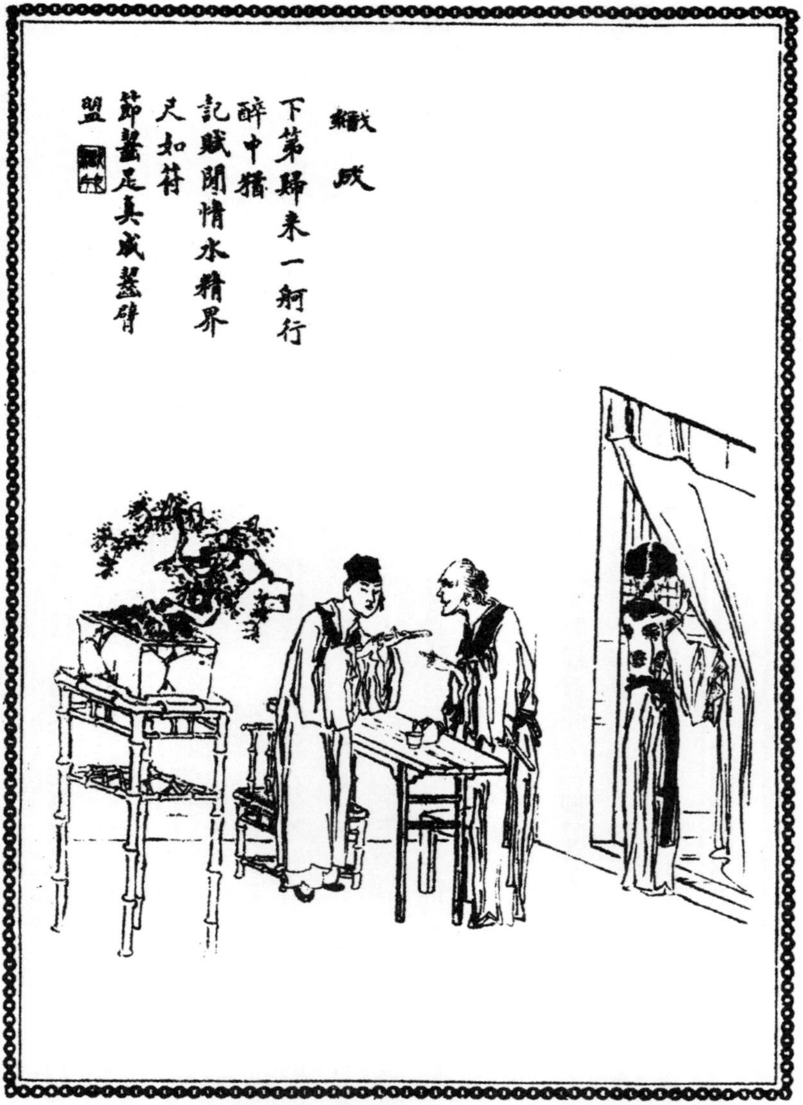
織成
下第歸来一舸行
醉中猶
記賦閒情水精界
尺如符
節蠹足真成蠡臂
盟

〈織成〉

之中判斷不出她到底把女兒送去沒有，便急忙跑到船上，果然見崔家女兒跟一個丫鬟已經在那裡了。看到柳生來了，女子滿面笑容地迎接。柳生見她穿著綠色襪子、紫色繡鞋，跟上次在洞庭湖船上看到的侍兒沒有差別，心裡奇怪，就在她身邊走來走去，目不轉睛地觀察。女子笑著說：「這麼眼巴巴地盯著，難道從來沒見過我嗎？」柳生低下頭看她的腳，只見她襪子後面的牙齒痕跡還在。柳生吃驚地說：「你是織成嗎？」女子捂著嘴笑。柳生向她深深作個揖，說：「你如果真是神仙，就請早點兒告訴我，以免除我的疑惑。」女子說：「實話告訴您吧，上次您在洞庭湖船上遇到的正是洞庭君。他仰慕您的才氣，就想把我送給您。因為我深受王妃喜愛，所以洞庭君要先回去跟王妃商量。我這次來，就是奉了王妃的命令。」柳生歡喜得很，洗手焚香，朝著洞庭湖方向朝拜，然後，便帶著織成回家。

後來柳生又到武昌去，織成要求一起去，順便回娘家。等他們到了洞庭湖，織成拔下髮髻上的金釵擲到水裡，忽然看到有條小船從湖裡出來，織成一跳，上了船，轉眼間就不見了。柳生坐在船頭，目不轉睛地望著織成入水的地方。遠遠地有一艘樓船駛過來，開到近前，窗戶打開，忽然好像有隻彩色鳥兒飛過，定睛看時，織成已回來了。有人從窗戶丟出許多珠寶，都是王妃賜給織成的。從此，柳生跟織成每年都要到洞庭湖朝拜一兩次，成了常例。柳生家裡有許多奇珍異寶，每次拿出來給人看，即使世家貴族也不認識。

〈織成〉表面上似乎是寫人神戀，其實兩個柳生的友誼也舉足輕重。兩個柳生相隔幾個朝代，第一位來自唐代作家李朝威名作《柳毅傳》，是中國古代最成功的人神戀故事中的人物；第二位來自《聊齋》。《聊齋》中的柳生因醉中咬了侍兒的襪子，差點兒被處死，他卻用同樣姓柳、同樣落第的詭辯，不僅逃脫了懲罰，還贏得了仙女。這是小說人物跨越時代和空間的交往。在兩個柳生的交往中，《聊齋》中的柳生豪放不羈、聰明機智、擅長詭辯，寫得很鮮明，也給小說帶來了輕鬆幽默的氛圍；唐代柳生，也就是成為洞庭君的柳毅，通情達理、愛惜人才，不僅被《聊齋》中柳生的胡攪蠻纏說服，還非常讚賞他的文采，先是贈他黃金和水晶界方，後來又把織成送給了他。

〈織成〉的藝術成就突出，小說別緻地以水神借舟開始，「**冠類王者**」的身分之謎是生花妙筆。王者始而震怒，繼而被柳生的口才折服，贈界方免死，並以侍兒婚之，讀者，包括當事人柳生，可能一直都在懷疑他是不是洞庭君柳毅，最後才由侍兒說出，王者即柳毅。

〈織成〉的細節描寫很有特色，特別是柳生醉臥船上，寫得活靈活現，如在眼前。水神借船，別人都躲起來，只有他沉醉不醒，當然不知道躲，「**俄有人捽生，生醉甚，隨手墮地，眠如故**」，真是醉到登峰造極，醉到不懼生死。當他被鼓樂聲驚醒，又是什麼表現呢？「**睨之**」，斜著眼瞅，仍然是醉漢的眼神；「**目若瞑**」，強制自己睜開眼，卻就是睜不開。他想醒卻怎麼也醒不了，想睡環境又不允許睡，這種似睡非睡、似醒非醒、醉意矇矓的狀態寫得惟妙惟肖。直到崔老太太把女兒送到柳生船上，男女主角才第一次看到彼此的面容。柳生在船上時，只看到織成的翠襪紫履。為什麼呢？因為他醉得爬不起來，只能從躺著的地方觀察周圍，織成這時恰好站在他的面頰旁邊，醉眼矇矓的柳生便只注意到這雙美麗的小腳。這樣的描寫既細膩又真實，還合情合理。

小說構思巧妙，雖然名為「織成」，織成本人卻像霧裡觀花，朦朦朧朧，直到最後才有了她的巧言倩語。她看到柳生目不轉睛地看自己，就笑著說：「**眈眈注目，生平所未見耶？**」第一次開口，即顧盼生姿。

小說特別會使用「主題道具」，而主題道具又隨著小說進展交替使用：先是翠襪（柳生因咬翠襪獲罪），然後是水晶界方（洞庭君贈界方免死），接著還是界方（崔老太太要求有水晶界方者嫁女），最後又以翠襪證明崔老太太之女就是船上的織成。翠襪是二人悲歡離合的見證，也是識別標誌。但翠襪不具備操縱命運的神力，所以水晶界方出現，李代桃僵。周而復始，巧妙構思。主題道具自如運用，使得故事集中簡練，以儘量少的篇幅容納儘量多的情節，也使情節主線鮮明，構思別緻而不落窠臼。

〈織成〉這個人神戀故事的男主角實在幸運，他竟然因為非常輕浮的行為，而得到金錢、美女，顯然具有神話色彩，是美麗的幻想。結尾寫織成回船像彩禽飛過，稱得上是妙筆。

14 瑞雲

仙人的神奇一指

妓女故事是古代小說的重要題材。唐傳奇《李娃傳》、《霍小玉傳》、宋代小說《譚意歌傳》、「三言二拍」中的《杜十娘怒沉百寶箱》、《玉堂春落難逢夫》都很著名。《聊齋》中的《鴉頭》、《細侯》也是名篇。這些小說的共同特點，是女主角千方百計地爭取愛情婚姻的幸福。她能這樣做的支點，是男主角愛她。為什麼愛她？因為她美麗。美麗是妓女在人世存活並最終獲得人生幸福的主要條件。那麼，如果她不美麗，甚至醜陋呢？這就要看《聊齋》故事的發明創造了。蒲松齡透過杭州名妓瑞雲在奇醜情況下和多情郎賀生結百年之好的動人故事，說明「**天下惟真才人為能多情，不以妍媸易念也**」的道理。小說家的戲法人人會變，聊齋先生就是與眾不同。

瑞雲是杭州有名的妓女，容貌和才藝都無人可比，十四歲時，妓院養母蔡媽媽讓她出來接客。瑞雲說：「這是我一輩子大事的開端，不可以草草處理。價錢由媽媽來定，客人就請讓我自己選吧。」瑞雲真是想自己選擇客人嗎？看來不是，她只是想選擇一個可以託付終身的人，借他跳出火坑。蔡媽媽於是以十五兩銀子作為瑞雲的身價，讓瑞雲出來接客。瑞雲的豔名傳揚許久，聽說她開始接客，富商貴人便天天登門。求見瑞雲必須送禮，禮送得重的，瑞雲跟他下盤棋、畫幅畫；禮送得少的，只不過留下喝杯茶而已。那麼多富商貴人，瑞雲一個都沒看上。

餘杭賀生以才氣著名，家庭經濟情況僅中等。他素來仰慕瑞雲，便準備一份薄禮，希望能夠見見瑞雲的芳容，但又暗自擔心瑞雲見的人多，不會把窮酸書生放在眼裡。等他跟瑞雲見面一談，瑞雲卻對他特別熱情。兩人聊了很久，瑞雲向賀生眉目傳情，還寫了首詩送給他：「**何事求漿者，藍橋叩曉關？有心尋玉杵，端只在人間。**」這首詩用了蒲松齡非常喜歡的典故：藍橋玉杵。唐傳奇《裴航》寫秀才裴航在藍橋向雲英要水喝，並向她求婚，雲英母要裴航弄到玉杵臼才同意。裴航找到，夫妻成仙。瑞雲即借這個傳說表達對賀生的鍾情，暗示賀生跟自己共度良宵。

賀生得到這首詩，高興至極，剛想跟瑞雲說話，忽然丫鬟進來稟告：「又有客人來訪。」賀生只好匆匆告別。回到家後，賀生再三品味瑞雲的詩，睡著夢裡也想著瑞雲，過了幾天，情不自禁，又帶禮物到瑞雲那兒。瑞雲見到他很高興，把座位挪到賀生跟前，悄悄說：「能想辦法跟我相聚一夜嗎？」瑞雲直接把共度良宵的話說出來了。賀生卻說：「我是一個窮愁潦倒的讀書人，只有一片癡情可以獻給知己。這一點兒微薄的禮物，已經用盡了我的財力。我能看到您的芳容，已經心意滿足。至於肌膚之親，我這窮書生哪有資格做這樣的夢？」

瑞雲聽後，戚然不樂，兩人呆呆對坐，誰也說不出一句話。賀生坐了很長時間不出來，蔡媽媽便頻頻地叫瑞雲，催賀生趕緊走。賀生告辭回家，悶悶不樂。把家產全部賣掉以換取跟瑞雲的一夜之歡，天亮後分手，從此只能兩地相思，如何忍受？賀生想到這種情景，跟瑞雲相聚一夜的殷切希望便漸漸打消，從此再也不到瑞雲那兒去了。賀生開始是以玩賞名妓的態度出現的，瑞雲贈詩後，他的感情產生了飛躍，從欽慕美麗的名妓，到喜歡知書達理、善解人意的少女並希望終生相守，好奇的獵豔變成了知己之戀，但是金錢這個萬能的障礙把他們擋住了。

瑞雲挑選了幾個月，也沒找到合她心意的客人，蔡媽媽很生氣，就想強迫她接客，不過還沒開始動作。蒲松齡在這裡用了個不同尋常的詞：「**瑞雲擇婿數月，更不得一當。**」為什麼妓女第一次接客成了「**擇婿**」？因為瑞雲確實是想透過廣泛接觸男人，來挑選夫婿。

有一天，有個秀才送了禮物來看瑞雲。坐著說了一小會兒話，秀才起身告辭，用一根手指頭在瑞雲額頭上按了一下，說：「可惜！可惜！」然後就走了。秀才走後，大家都看到瑞雲額頭上有個手指印，黑得像墨汁，用水洗一下，卻越洗越黑。過了幾天，那片墨痕漸漸變大，一年多工夫，已布滿顴骨和鼻子，誰見了都笑她，再也沒有車馬來拜訪瑞雲了。蔡媽媽命令瑞雲脫掉錦衣華服，換上粗布衣服，摘去珠寶首飾，跟粗使丫鬟一起勞作。瑞雲身體很弱，幹不了粗活兒，一天比一天憔悴。賀生聽說這件事，就跑去看瑞雲，只見她蓬頭垢面，正在廚房幹活兒，醜得活像個鬼。瑞雲抬頭看到賀生，馬上轉頭面對牆壁，遮掩面容。賀生可憐她，便跟蔡媽媽商量把瑞雲贖出來做媳婦。蔡媽媽同意了。賀生於是賣掉田產，花光錢袋裡的錢，把瑞雲贖出來帶回了家。瑞雲進了賀家，拉著賀生的衣服哭泣，不敢以正妻自居，只願意做個侍妾，將正妻位置空著，等待更合適的人。賀生說：「**人生所重者知己。卿盛時猶能知我，我豈以衰故忘卿哉！**」於是再也不娶。聽到這件事的人都拿他當傻瓜嘲笑，但他對瑞雲的感情卻越來越深。在士子嫖妓並以容貌論妓女價值的衰頹世風中，在整個社會視妓女為至賤的情況下，賀生娶個醜妓女為正妻，這種選擇顯然悖於常理，卻也因此更加激動人心。

過了一年多，賀生偶然到蘇州去，有位和生跟他住在同一家旅店。和生忽然問賀生：「你們杭州有位叫瑞雲的名妓，怎麼樣啦？」賀生說：「已經嫁人啦。」和生又問：「嫁了個什麼樣的人？」賀生說：「跟我差不多。」和生說：「如果她真能嫁個跟您差不多的人，也算是得其所哉。不知她的贖身價錢是多少？」賀生說：「瑞雲得了很奇怪的病，所以被賤賣了。不然，像我這樣的人，哪有錢從妓院買到那樣漂亮的女子呢？」和生又問：「瑞雲嫁的那個人果然跟您差不多嗎？」賀生因為和生問得太奇怪，就反問他為什麼這樣說。和生笑了，說：「實不相瞞，我曾經親眼見過瑞雲的美麗芳容，很惋惜她有絕世之姿卻流落風塵，得不到好伴侶，所以就略施小技，遮住了她的光彩，以保護她的純真，留給真正愛惜她的人去賞識。」賀生急忙問道：「您既然能點汙她的面容，也能給她洗掉嗎？」和生說：「怎麼不能？只是需要那個真正欣賞她的人誠心誠意地親自求我。」賀生連忙起身下拜，說：「瑞雲的夫婿就是我呀。」和生歡喜地說：「**天下惟真才人為能多情，不以妍媸易念也。請從君歸，便贈一佳人。**」

和生跟賀生一起回餘杭縣，到了家，賀生正準備擺酒設宴，和生制止他說：「先施行法術吧，應當讓準備酒菜的人有快樂的心情。」說完便讓賀生用洗臉盆盛上水，伸出手指在水中畫了個符，說，「用這水洗臉，馬上就好啦。不過得請瑞雲親自出來感謝醫生。」賀生笑著捧著洗臉盆進了內室，立等著瑞雲洗臉。瑞雲用水一洗，黑痕隨即消失，臉龐光潔豔麗，跟往年一樣。夫婦二人非常感謝和生的恩德，急忙一塊兒出來對和生表示感謝，但和生已消失得無影無蹤了。

想來和生是個救苦救難的仙人吧？在聊齋先生筆下的那種社會，通常情況下，家境不富裕的賀生想和名妓瑞雲共偕連理是根本不可能的，而賀生也不想傾一家之產只得一夜之歡，然後刻骨相思。和生的手指先讓瑞雲從嬌豔變為醜陋，讓她的命運發生突轉：從妓院老闆居為奇貨，待高價而沽，達官貴人趨之若鶩，到被妓院老闆看成累贅，急於出手，那些爭歡買笑的公子哥兒對其不屑一顧。和生的手指使瑞雲逃脫了嫖客的玩弄，保住了自己的清白。這時，賀生來了，他對瑞雲是知己之戀：瑞雲盛時能知我，我就在她衰時知她、愛護她，娶她為妻。最終和生的神奇手指又讓瑞雲恢復了如花容顏。和生真可謂是翻手為雲，覆手為雨，它是小說情節的神奇槓桿，是考驗人物品性的試金石，是蒲松齡追求真善美的人道主義手段。

如果給這篇小說定關鍵句，第一句是「**人生所重者知己。卿盛時猶能知我，我豈以衰故忘卿哉**」，這是賀生對瑞雲說的話，說明賀生對瑞雲的感情是知己之情，而不是以美色取

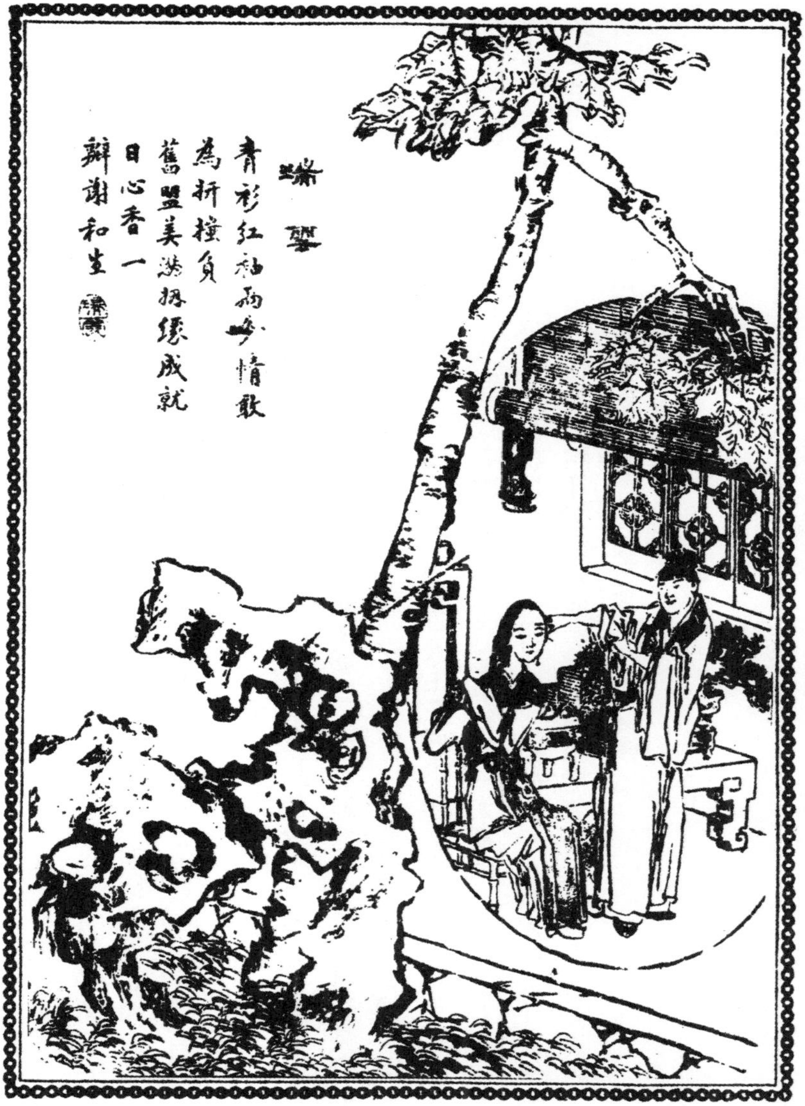

〈瑞雲〉

人；第二句是和生總結賀生感情的話：「**天下惟真才人為能多情，不以妍媸易念也。**」

關於妓女題材的小說向來有比較固定的套路：以色慕情，好事多磨，歷經苦難，終成眷屬。瑞雲是杭州名妓，按說她的故事也脫不了這樣的模式，但蒲松齡就是敢對幾百年間文人約定俗成的規矩說「不」。他透過瑞雲在奇醜情況下與多情郎結百年之好的動人故事，說明了「**天下惟真才人能多情，不以妍媸易念也**」的道理。〈瑞雲〉是一首優美的「知己之戀」小夜曲。

這篇小說最成功的形象不是作為篇名的女主角，而是男主角賀生。西方有諺云：男女雙方的愛情是否禁得起考驗，要待一方得過一次重感冒。瑞雲經歷了遠遠超過重感冒的不幸，卻換來了賀生始終如一的真情。賀生對她的愛是無條件的知己之愛，金錢、美醜等世俗因素已不起作用，兩顆心和諧相知，能戰勝人生任何困難。可以說，賀生將瑞雲迎娶回家，這個愛情故事已完成。或者說，中國小說最傳統的「大團圓」已在男女主角心中完成。〈瑞雲〉的構思支點，與其說是和生的神奇手指，不如說是小說家的天才之筆對情節的自如操縱，正如清代《聊齋》點評家但明倫所說：「忽揚忽抑，忽盛忽衰，以人之妍媸，作文之開合，借化工之顛倒，為筆陣之縱橫。」

15 鞏仙

袖裡乾坤真個大

我一直懷疑，蒲松齡是先想到「袖裡乾坤」這個成語，才展開想像的翅膀，構思出始終和袖子緊密相關、變幻莫測的〈鞏仙〉的。仙道的袖子不僅能出黃金、出仙女、出王母、出戲班，還能做男女幽會地點，做新生兒產房，最後甚至成了治療難產的靈丹妙藥。袖子是解決一切難題的「桃花源」。

跟鞏仙打交道的有兩個人物，也是小說的兩條線索：一個是魯王，一個是尚秀才。鞏仙跟魯王打交道有明顯的道德傾向，調侃「尊貴」王爺的貪婪和好色；跟秀才打交道則有明顯的封建倫理因素，用袖裡乾坤幫秀才延續香火。在《聊齋》故事中，子嗣總是占據特別重要甚至最重要的地位，鞏仙為撮合秀才和歌姬，提供袖子作為幽會場所，不為兒女私情，只為傳宗接代。產婦污染的血衣又成了治療難產尤其魯王愛妃難產的秘方，最終使秀才與歌姬團圓，構思圓轉精巧。讀這篇小說會發現《聊齋》中仙人的共同特點：與人為善，寬宏大量。對有明顯道德缺陷的人，如魯王府的管家及魯王本人，鞏仙只稍加懲戒，略加批評，沒有劍拔弩張，沒有聲色俱厲，更不會讓這些人受到實質性傷害。《聊齋》中仙人的言行特別能體現孔夫子的「仁」和「恕」。

先看看鞏仙跟魯王三次有趣的交往。

第一次是鞏仙捉弄勢利眼管家。鞏道士求見魯王，太監見道士穿得破破爛爛，便轟他走，還派人邊追邊打。到了沒人的地方，道士從袖中拿出二百兩黃金，叫追打他的人告訴太監：「我並不是要見魯王，只是聽說王府後花園的花木樓台是人間佳勝，如果能夠帶我一遊，這些黃金就給他。」又拿出銀子賄賂追打他的人。那人回去稟告太監，太監馬上領著道士從後門進入魯王府。道士看遍花園，又到樓上，太監剛走到窗前，道士一推，太監只覺「**身墮樓外**」，細葛纏腰，懸在半空，往下一看，又高又深，頭暈目眩，纏腰的細葛吱吱作響，似乎馬上要斷。太監大聲呼救。人們看到被困太監離地很遠，葛藤的一端繫在窗櫺上，不過太細，「**不堪用力**」，到處找道士，卻已不見了。魯王下令先在樓下鋪上茅草和棉絮，再把細葛砍斷。剛準備完，還沒動手砍，細葛就斷了，原來太監離地面連半尺也沒有。鞏仙就這樣有驚無險地嚇唬了一把勢利眼管家。

第二次是鞏仙給魯王演天仙戲引出魯王的貪心和色心。魯王命人找道士過來，請他變戲法玩兒。道士說：「臣草野之夫，沒有其他本事，既然王爺優寵，便獻些女樂為大王祝壽吧。」說著，從袖中掏出一個美人，放到地上。美人向魯王叩拜。道士說：「扮『瑤池宴』本，祝王萬壽無疆。」美人說了幾句開場白，道士又從袖中掏出一個人，自稱「王母」。不一會兒，董雙成、許飛瓊等傳說中的仙女一個個都出來了，最後出來的是織女，獻上一件天衣，「**金彩絢爛，光映一室**」。魯王說：「這天衣是假的吧？我看看有沒有

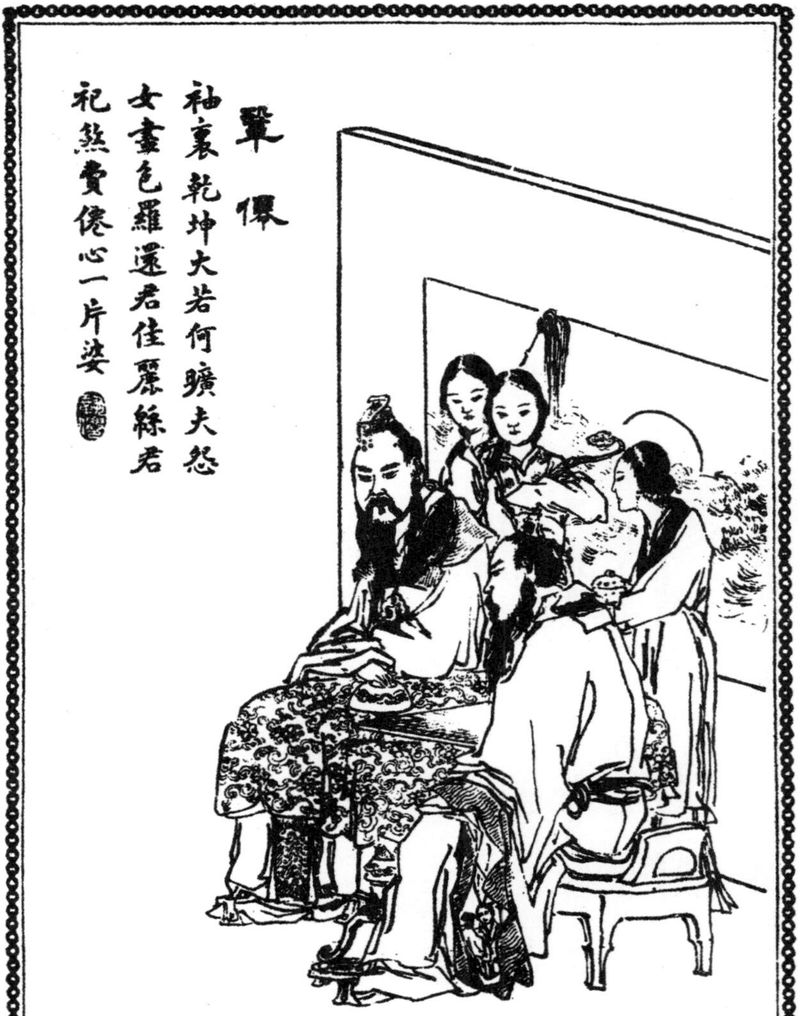

〈鞏仙〉

縫。」傳說天衣是沒有縫的。道士急忙說：「不可！」魯王不聽，拿來一看，果然是無縫之衣，不是人工能縫製出來的。道士很不高興地說：「臣竭誠侍奉大王，暫時從織女那兒借來天衣，現在被塵世濁氣污染，怎麼還給故主啊？」魯王又想：歌姬都是仙女，留下一兩個多好！但是仔細一看，哪是什麼天上仙女，都是宮中歌姬。再問她們：「你們平時不會這些歌曲，怎麼今天會了？」歌姬都茫然不知怎麼回事。道士把天衣放在火上燒了一下，然後放回袖中。魯王讓人搜查他的袖子，卻什麼也沒有了。魯王想把道士留在王府，道士說：「**野人之性，視宮殿如藩籠，不如秀才家得自由也。**」原來道士下榻在尚秀才家，即使王爺苦留，每到半夜，也必然回尚秀才家，只偶爾在王府住一晚。道士常在宴席間玩把戲，讓四時花木不按季節開放。

第三次是魯王檢驗道士有沒有私情。魯王問道士：「聽說仙人也不能忘記男女之情，是真的嗎？」道士說：「大概有的仙人是這樣，臣非仙人，所以心如枯木。」這不是詭辯嗎？明明是仙人，偏偏說不是。有天晚上道士留宿王府，魯王故意派年輕歌姬去試探他。歌姬進入道士房間，連叫幾聲，沒人答應，點燈一看，道士正閉著眼睛坐在榻上。歌姬搖他，道士睜開眼睛看一下，馬上閉上；再搖，鼾聲大作；推一把，隨手而倒，睡得更香，鼾聲如雷。歌姬用手指彈他的額頭，像碰到硬物一樣，發出敲鐵鍋的聲音。歌姬急忙稟報魯王。魯王讓歌妓拿針刺道士額頭，針刺不進；再推，重得推不動。魯王叫十幾個人把道士抬起來丟在地上，聲音像千斤巨石「**墮地**」。天亮後去看，道士還是睡在地上。道士醒後笑道：「好一場惡睡，掉下床都不知道！」後來每當道士坐臥時，這些歌姬就按他的身體玩，剛按時還是軟的，再按就硬如鐵石了。

道士跟魯王的三次交鋒，誰優誰雅，一目了然。接著就是道士對秀才的幫助了。道士住在尚秀才家，最初，尚秀才與歌姬惠哥交好，發誓結成夫婦。惠哥技藝有名，魯王將她召入府中。惠哥跟尚秀才無緣再見。尚秀才經常想念她，卻沒有門路去見她，問道士：「你在魯王府見到惠哥沒有？」道士說：「歌姬都見了，不知道哪個是她。」尚秀才描述了一下惠哥的容貌、年齡，求道士給惠哥帶口信。道士說：「我是世外人，不能做給你捎信的鴻雁。」尚秀才哀求不已。道士展開袖子說：「你一定要見她，請進袖裡吧。」尚秀才一看，道士的袖中像個大房間，他伏身進入，裡面「**光明洞徹，寬若廳堂；几案床榻，無物不有**」，一點兒也不覺得悶。道士到魯王府，和魯王下棋，看到惠哥來了，便假裝用袍袖拂拭灰塵，把惠哥收到袖中，其他人都沒發覺。尚秀才正在袖中堂屋獨坐凝想，忽然有美人從簷間墜落，一看，正是惠哥。兩人驚喜不已，親熱了一番。尚秀才說：「今天這段奇緣，不可不記下來，咱們聯詩吧。」尚秀才在牆壁上寫：「**侯門似海久無蹤**。」惠哥續：「**誰識蕭郎今又逢**。」尚秀才又寫：「**袖裡乾坤真個大**。」惠哥續：「**離人思婦盡包容**。」

這段戀人幽會的情節隱藏著很多文化資訊，我們簡單看一下：聯句是古代的作詩模式之一，兩人或多人吟詩合成一篇，如《紅樓夢》中的蘆雪廣聯詩、黛玉湘雲月下聯詩等。尚秀才的「**侯門似海久無蹤**」，用的是《全唐詩話》中崔郊的典故。崔郊居漢上時，喜歡姑母家一個擅長音律的丫鬟，後來姑母家境不好，便把丫鬟賣給了于頔做妾，兩人再見面時山盟海誓，崔郊寫了一首詩：「公子王孫逐後塵，綠珠垂淚滴羅巾。侯門一入深如海，從此蕭郎是路人。」崔郊用了石崇綠珠的典故。蕭郎的意思是美好的男子。惠哥續的「**誰識蕭郎今又逢**」，也是從崔郊的詩裡來的。「**袖裡乾坤真個大**。」袖裡乾坤大，壺中日月長，傳說是八仙之一呂洞賓愛說的話。尚秀才和戀人各寫兩句構成一首完整的詩。剛寫完，忽然有五個人闖進來，戴著有棱角的帽子，穿著淡紅衣服，捉了惠哥就走。尚秀才驚駭，不知怎麼回事。道士回到尚家，把秀才從袖中叫出，問：「你們歡聚得怎麼樣？」尚秀才不好意思說。道士微微一笑，脫下道袍，翻開袖子給尚秀才看，只見上面隱隱有字跡，非常細小，正是他們所題詩句。

過了十幾天，尚秀才又求道士帶他去魯王府，前後去了三次。最後一次時，惠哥對尚秀才說：「腹中胎兒震動，我經常用帶子把腰束緊，以免被人看出來。府中耳目眾多，一旦臨產，哪裡能容得下嬰兒哭呢？快和羣仙人商量一下，見我的腰有三叉[11]那麼粗的時候，請他救救我。」尚秀才答應了，見道士時跪地不起。道士拉他起來說：「你們的話我都知道了，不用擔心。你家傳宗接代全靠這個孩子了，我何敢不竭盡綿薄？不過自此你不必再進魯王府。我報答你，原不在兒女私情。」幾個月後，道士從外面進來，對尚秀才笑著

11 三叉：指腰圍三叉。蒲松齡詩《辛未九月到濟南，遊東流水，即為畢刺史物色菊種》小引：「繞欄之徑三叉，入戶之溪九曲。」按拇指與中指伸開，兩指端之間距，俗稱一叉。

說：「把你的寶貝兒子帶回來了。快把襁褓拿來！」

尚秀才的妻子非常賢慧，年近三十，數胎僅存一子，剛生了一個女兒，又不幸夭折了。聽尚秀才說有個兒子，又驚又喜，從屋內走出來。道士從袖中取出的嬰兒正呼呼大睡，臍帶還沒斷。尚妻把孩子接過來，孩子才呱呱而啼。道士解下道袍說：「產血濺到衣服上，是道家最忌諱的，今天為了你，穿了二十年的道袍，只好丟棄了。」尚秀才給道士換了道袍。道士囑咐他：「舊道袍不要丟棄，燒一錢灰吃了，可以治難產，墮死胎。」尚秀才聽了他的話，便把道袍收藏起來。道士又告訴尚秀才：「所藏舊道袍，要留一點兒自己用。我死後也不要忘了這件事。」尚秀才認為這話太不吉利。道士不解釋，就走了，進魯王府，對王爺說：「**臣欲死！**」魯王驚奇地問：「好端端的，怎麼會死？」道士說：「這是有定數的。」魯王不信，強留道士下棋，剛下了一局，道士請求到外屋，魯王同意了。道士到外屋躺下，魯王過去一看，道士已經死了。魯王準備了棺材，將他隆重地安葬了。尚秀才聞訊，到道士墳前大哭一場，這才醒悟原來道士說的話是預先告訴他的。

道士的舊道袍用來催生，十分靈驗，求醫者一個接一個。開始時尚秀才剪掉染血的袖子給人，後來剪下衣領、衣襟，沒有不生效的。尚秀才想到道士的囑咐，就剪下巴掌大小的一塊沾血的道袍珍藏起來。恰好魯王愛妃臨盆，三天生不下來，眾醫束手無策。有人報告魯王：尚秀才有辦法。魯王於是召尚秀才進府，尚秀才燒了珍藏的血布，王妃服下一劑就順利生產了。魯王大喜，送給尚秀才很多銀子、彩緞。尚秀才都不接受。魯王問：「你有什麼要求嗎？」尚秀才說：「不敢說。」魯王說：「但說無妨。」尚秀才這才叩頭說：「如果王爺施予恩惠，請把以前的歌姬惠哥賜給我。」魯王命令：「把她叫來。」見了惠哥，問，「你多大年紀？」惠哥回答：「妾十八歲進王府，已經十四年了。」魯王說：「惠哥年紀大了，你從府裡挑個年輕的吧。」便把所有歌姬叫來，讓尚秀才挑。尚秀才哪個也看不上，堅持要惠哥。魯王笑道：「書呆子！難道十年前你們就訂下婚約啦？」尚秀才便把實情告訴了魯王。魯王倒也通情達理，命令準備車馬，把賞賜給尚秀才的銀子、彩緞作為惠哥的嫁妝一起送過去。惠哥來到尚家，她的兒子已經十一歲了，取名「秀生」。「秀」者，袖也。夫妻感念鞏道士的恩惠，每到清明就去上墳掃墓。

道士的袖子是洞房，是產房，是既能救魯王愛妃又能讓尚秀才一家團聚的靈藥。故事至此似乎可以結束了，但篇名既然叫「鞏仙」，作為神仙，還得再交代一番：山東有位長時間住在四川的客人，在路上遇到了鞏道士。道士拿出一本書對他說：「這是魯王府的書，我走時倉促，沒來得及還給魯王，請你帶給他吧。」客人從四川回來，聽說道士早就死了，不敢把這件事告訴魯王。尚秀才知道後代他稟奏上去。魯王拿過書來一看，果然是道士借去的書。他懷疑道士沒死，便挖開道士的墳墓，果然只有一個空棺。後來尚秀才的長子夭折，全靠秀生承繼尚家門第，因此越發信服鞏道士的未卜先知。

〈鞏仙〉的故事背景是魯王府，魯王是明太祖朱元璋第十子，封在兗州，王府規模非常宏大，據記載，為王府服務的官員、侍衛、工匠共有上萬人。明代著名散文家張岱的父親曾在魯王府任職，張岱多次到過魯王府，他的《陶庵夢憶》中有一篇〈魯藩煙火〉，記載了崇禎初年的元宵燈會，非常壯觀。《聊齋》裡的魯王，有人考證是第七代魯王，一個最荒唐的魯王。我們不必詳細考察這個魯王跟小說裡的魯王有多大的重合性，因為蒲松齡寫的是談鬼說狐的小說，不是歷史。魯王府的「中貴人」即太監，狐假虎威，被道士巧妙捉弄；魯王摸摸織女天衣，道士就認為受到了污染，得燒掉；魯王看到袖中歌姬以為是天上仙女，想留下幾個……濁人以濁氣熏衣，親王獵豔無孔不入，一段簡短的描寫，諷刺之意盡顯。

蒲松齡構思這個故事到底有什麼用意？異史氏說得很明白：

袖裡乾坤，古人之寓言耳，豈真有之耶？抑何其奇也！中有天地、有日月，可以娶妻生子，而又無催科之苦，人事之煩，則袖中蟣虱，何殊桃源雞犬哉！設容人常住，老於是鄉可耳。

《聊齋》中點化的仙境無處不在。「袖裡乾坤」跟桃花源一樣，是逃避現實的烏托邦，作者希望有這樣一個「無催科之苦，人事之煩」的所在，當然是無奈的幻想。我們這些現代讀者怎麼也想像不出來，在世界短篇小說領域享有盛譽的蒲松齡竟然會為幾兩銀子的稅錢而發愁，而他寫了一輩子《聊齋》，除了賠上若干紙墨，卻連一文錢稿費都沒拿到，無怪乎他嚮往沒有催稅之苦的「袖裡桃花源」。而作為小說，〈鞏仙〉人各一面，生動精彩，道士慎獨，尚秀才忠於愛情，魯王及中貴人不是見色起意就是見錢眼開，寓諷刺於諧趣之中。情節波譎雲詭，變化莫測，時時出人意料，處處出奇制勝，讀起來目不暇接，諧趣橫生。

16 道士
略施小技鑑賢佞

瘋僧癲道髒乞丐往往是真人不露相的神仙，他們到人間教化有道德缺陷者，給愚俗者指點迷津，〈道士〉中的道士即如此。小說只有兩個請客的情節：一個是道士不請自到被請客，一個是道士主動請客。人生在世，很少有人不請客，蒲松齡筆下的請客卻寄寓了深刻的人生道理。

貴公子韓生好客，同村的徐生常到他家喝酒。有一天，兩人正喝著，有個道士托著化緣缽盂到韓家門上，僕人給他錢和糧，他都不接受，也不走。僕人很生氣，就轉身離開，不理他了。韓生在酒席上聽到敲擊缽盂的聲音響了很久，便問僕人：「怎麼回事？」僕人如實稟報。話還沒說完，道士已來到堂前，韓生只好招呼他入座。道士向主客拱拱手，坦然坐下。韓生問：「道長哪裡來？」道士說：「**村東破廟**。」韓生假作熱情地說：「啥時來的？我竟不知道，沒盡地主之誼，抱歉！」道士說：「山野之人初來乍到，跟人沒什麼交往，聽說居士豪爽大方，特意討杯酒喝。」韓生聽後，就請他一起喝酒。徐生見道士衣服破舊，便對他十分傲慢。韓生也把道士當作一般走江湖的人對待。道士連喝十幾杯酒後，告辭走了。從此，韓生每次設宴，道士總會不請自到，見飯就吃，見酒就喝。韓生有點兒厭煩他的頻繁到來。看來，韓生所謂的熱情好客，有點兒鷹嘴鴨子腳[12]，對貧困的人，他並不真正熱情，對身分不同的人更不一視同仁。韓生是這樣的態度，徐生就要出手了。徐生有點兒像《金瓶梅》中西門慶身邊的應伯爵，赤裸裸地嫌貧愛富，他雖然沒有應伯爵那麼精明圓滑，卻也能見風使舵。他覺察到韓生對道士有點兒厭煩情緒，就投其所好，想給道士出個難題為難他，結果沒想到道士的回答讓他自己難堪不已。徐生嘲諷道：「道長每天做客，就不想做一回主人嗎？」道士笑著說：「貧道和您一個樣兒，兩個肩膀扛個吃白食的嘴。」徐生慚愧得說不出話。道士又說：「雖然如此，貧道還是想誠心誠意地招待二位，明天中午請務必光臨。」

第二天，韓生和徐生去村東破廟赴宴，兩人直嘀咕：「那個破地方怎能請客？拿什麼請客？」走到村口，道士已等在那裡。三人邊說邊走，到了廟門。一進門，兩人大吃一驚：院落煥然一新，亭台樓閣連成一片。兩人驚奇地問：「好久沒來這裡，這是什麼時候興建的？」道士說：「剛完工不久。」進屋再看，陳設更加豪華講究，名門望族也比不上。兩人立即變換了面孔，對道士肅然起敬。入座後，斟酒上菜的都是十五、六歲的聰慧小童，穿著錦繡長衫、朱紅緞鞋。精美的酒菜擺滿桌子，飯後又上了些點心、果品，兩人都叫不出名字，盛在水晶盤裡，又用大玻璃盞盛美酒。

12 編者註：歇後語。鷹嘴鴨子腳——能吃不能拿，鷹嘴能吃東西，鴨掌不能捕食，比喻人能吃不能實幹，嘴硬功夫淺，含譏諷意味。

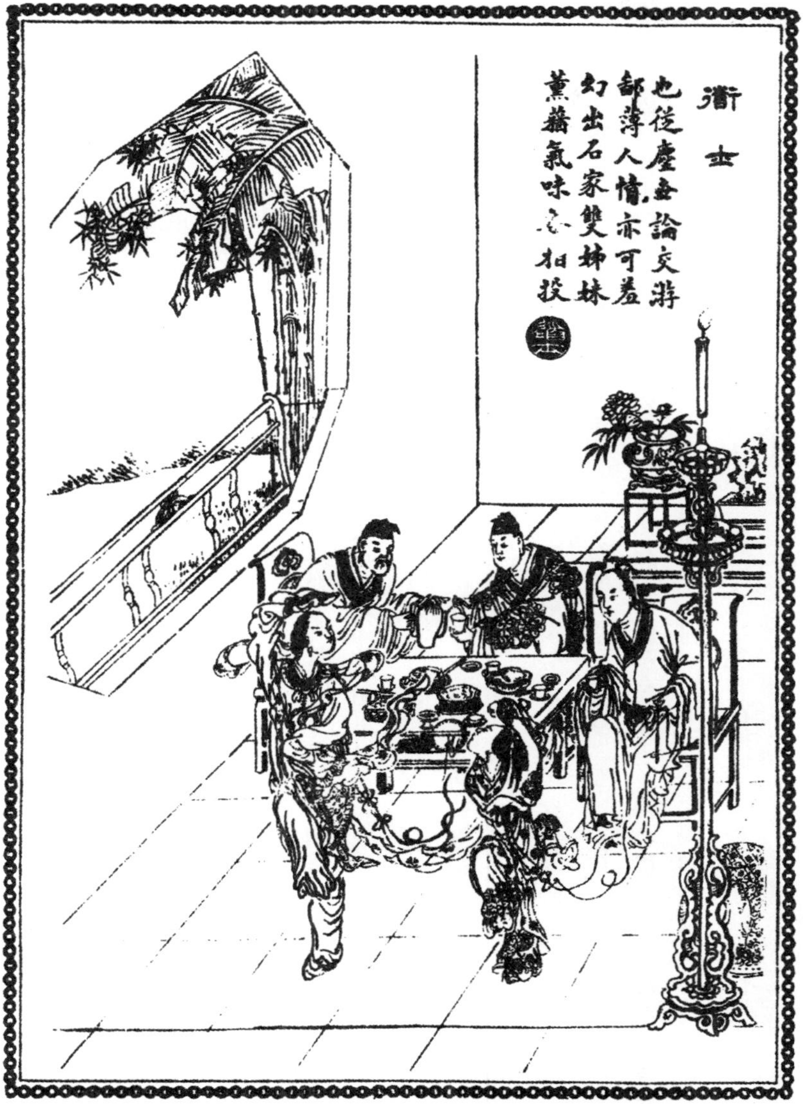

〈道士〉

道士吩咐小童：「把石家姊妹叫來。」不一會兒，兩個美人進來了，一個身高腰細，像弱柳迎風；一個小巧玲瓏，像含苞欲放的鮮花。兩個美女都異常嫵媚。道士說：「你們唱歌給先生們助助興！」年齡小的便拍板唱歌，年齡稍長的吹簫配合，樂聲繞樑三日。唱完一曲，道士命美人給韓生、徐生斟酒，問：「美人好長時間不跳舞了，這會兒還能跳嗎？」話音剛落，立即有童僕鋪上華麗的地毯，兩女對舞，長衣飄拂，香氣四溢。跳完舞，兩人斜倚在畫屏邊喘息。韓生、徐生二人心曠神飛，不覺已醺醺大醉。道士不再勸酒，自己喝完酒說：「你們繼續喝，我休息一會兒就回來。」

道士走了，南屋牆下擺有一張鑲嵌金銀貝殼的華麗木床，兩個美人給道士鋪上錦緞被褥，扶他躺下。道士拉了年齡大點兒的美人同床共枕，叫年齡小的站在床邊給他搔癢。韓生和徐生見道士如此張狂，非常氣憤，徐生大叫：「道士不得無禮！」說完便想跑去干涉。道士急忙起來跑了。徐生看年齡小的美人還站在床邊，便趁醉拉她到北邊的臥榻，公然抱著她一起躺下。南邊床上的美人還睡在繡榻上，徐生對韓生說：「你怎麼這麼迂腐？」韓生便登上南邊繡榻，想和美人親熱，美人卻沉沉大睡，推也推不動，只好抱著她睡了。

一夜酣睡，天明，韓生夢回酒醒，覺得懷裡抱著個涼東西，仔細一看，哪有什麼美人、繡榻？原來自己正抱著一塊長長的青石躺在破廟台階下。再看徐生，他還沒醒，正枕著塊茅坑裡的石頭，在臭氣撲鼻的廁所裡呼呼大睡。韓生把徐生踢醒，兩人心驚膽戰，四面瞧瞧，哪有什麼亭台樓閣？哪有什麼華貴擺設？哪有什麼美人狡童？哪有什麼好客的道士？只有一個長滿荒草的破院子和兩間破屋而已。

《聊齋》寫神鬼狐妖，可以隨時點化出類似仙境的所在，道士設宴的地方就是。蒲松齡像大魔術師一樣搞了個大型魔術，只是為了好玩，為了取樂嗎？顯然不是。蒲松齡是有深刻人文關懷的作家，是關注人性善惡的作家，他幻化出人間少有的美酒佳餚、美人歌舞，正是用平時人們遇不到的特殊境遇考察並揭露其真實內心，真實品質。自以為高貴而傲慢待人的韓生、徐生，遇到考驗便顯出真面目，大出趨炎附勢、貪杯好色之洋相。真人不露相的道士點化仙境誨人勸世，用亭台樓閣、美酒佳餚、美人歌舞、溫香軟玉誘惑韓生、徐生，兩人果然見財起敬，見色起意。故事雖短，卻有層次、有寓意，把勢利眼和巧偽人諷入骨髓。而韓生、徐生二人的卑劣程度不同，所受懲罰也有區別：韓生擁著長石睡在破台階下，徐生則枕著茅坑裡的石頭睡在廁所裡。

這個故事裡「石」字最要緊，寄寓了深刻哲理。世間萬物都會隨著和它打交道的人的不同而變化，石家姐妹是美人，也是石頭。或者說，對道士是溫暖而香氣襲人的美人，對勢利眼的韓生、徐生就成了冰涼而臭氣熏天的石頭。身材細長者是長石，嬌小玲瓏者為茅坑裡的石頭。蒲松齡體現了自己的虛構功夫，但不是為虛構而虛構。虛構是為了現實，為了諷刺現實生活中狗眼看人低的勢利和看人下菜碟的虛偽。相比於〈勞山道士〉中讓王生腦袋撞個大包，〈道士〉裡的韓生和徐生懷中美人變石頭，諷刺力度更大一些。王生不過是有些懶的世家子弟，韓生和徐生卻想著損人利己。當然，道士給他們的仍然不過是似乎惡作劇般的難堪，並沒有讓他們受到實質性的損害，看來聊齋先生還是菩薩心腸啊！

17 丐仙

三百年前「網路世界」

〈丐仙〉，顧名思義，既是乞丐又是神仙，或者說表面上是乞丐，實際上是神仙，這是一個仙人不露相、好人有好報的故事。高玉成救助膿血狼藉的乞丐，乞丐恰好是救苦救難的神仙。高玉成在自家花園看到如詩如幻的仙境，想摸一下這些美麗的東西，結果以手拂之，空無一物。三百年前蒲松齡就創造了網路般的虛擬世界。

有個乞丐出現在金城，發現他的是世家子弟高玉成。乞丐腿上膿血狼藉，而高玉成恰好擅長針灸，而且不分貧富都肯醫治。看到乞丐可憐，高玉成便派人把他扶回家，僕人都嫌乞丐臭，捂著鼻子遠遠地站著。高玉成親自給他針灸，每天還給他送去飯菜。幾天後，乞丐要吃湯麵，僕人生氣地罵了他一頓。高玉成聽說後，就命令僕人給他湯麵吃。不久，乞丐又索要酒肉。僕人向高玉成稟告：「這個乞丐太可笑了！躺在街上時，一天一頓飯也沒得吃。現在吃飽了，又要酒肉。這種人只該丟在路上。」高玉成問僕人：「乞丐的瘡怎麼樣了？」僕人說：「快好啦，還假裝呻吟。」高玉成讓僕人給乞丐送酒肉，僕人答應了。

第二天，高玉成親自去看望乞丐，乞丐跛著站起來，說：「謝謝先生救我。只是腿上的瘡剛剛癒合，身體還沒有完全康復，所以想吃點兒好的解解饞。」高玉成這才知道僕人沒有執行命令，立即將僕人揍了一頓，並且命令他馬上給乞丐送來酒肉。僕人懷恨在心，半夜放火燒了乞丐住的小耳房，燒得差不多時才大聲呼救。高玉成起來看到小耳房已被燒成灰燼，感歎道：「乞丐完了！」說完趕緊督促大家救火，卻見乞丐睡在大火中，鼾聲如雷。大家把他叫起來，他故意驚訝地問：「房子哪兒去啦？」

大家這才知道乞丐是神仙。高玉成更加尊重他，把他請到客房去住，換上新衣服，天天跟他聊天。問過之後，知道他叫陳九。過了幾天，乞丐容光煥發，言談間頗有風度和見解，還喜歡下棋，高玉成總是下不過他，就每天跟他學習棋藝，頗有收穫。這樣過了半年，乞丐不說走，高玉成也一天不見他就不高興。如果有客人來玩擲骰子遊戲，陳九替高玉成猜「大小」，總是猜中，百試不爽。高玉成問陳九：「能變戲法嗎？」陳九推辭說：「不會。」

一天，陳九對高玉成說：「我要跟你告別了，受你那麼多恩惠，我今天也請你一次。」高玉成說：「咱們意氣相投，為什麼要走啊？你哪有錢？我不能讓你做東道主。」陳九再三邀請，說：「一杯薄酒，花不了什麼錢。」高玉成問：「在哪裡？」陳九說：「你的花園。」當時正是嚴冬，高玉成擔心花園裡太寒冷，陳九說：「不妨。」高玉成來到自家花園，氣候突然變暖，像三月暮春景象。到了亭中，異鳥成群，發出清脆的叫聲。

亭中桌案鑲著瑪瑙、玉器。有一座水晶屏，晶瑩透亮，裡面花樹搖曳，花開花落；又有一種像白雪一樣的飛禽往來鳴叫。高玉成好奇地用手去摸，卻什麼也沒有。怎麼樣，這是不是三百年前的「虛擬網路世界」？

高玉成愕然良久。兩人坐下，八哥在架子上喊：「上茶！」不一會兒，就見一隻朝陽丹鳳銜著一個赤玉盤，上有兩個玻璃盞，盛著香茶。丹鳳伸著脖子，站在一邊。高玉成喝完茶，丹鳳又銜著盤子飛走了。八哥又叫：「上酒！」青鸞和黃鶴就翩翩地從太陽邊飛來，青鸞銜壺，黃鶴銜杯，放到桌子上。再過一會兒，又有許多美麗的異禽送來飯菜。山珍海味擺滿桌案，菜香酒冽，都是人間見不到的。陳九看到高玉成豪飲，便說：「你是海量，得用大杯。」八哥又叫：「取大杯來！」只見太陽邊閃動著光芒，一隻巨大的蝴蝶銜著能裝一斗酒的鸚鵡杯，飛落在桌子上。高玉成看那蝴蝶，比鴻雁還大，「**兩翼綽約，文采燦麗**」，不禁讚歎：「太漂亮啦！」

陳九說：「**蝶子勸酒！**」蝴蝶展翅一飛，化為美女，穿著美麗繡衣，給高玉成敬酒。陳九又說：「**歌舞佐觴！**」美女於是「**仙仙而舞**」，舞到最精彩處，腳離地一尺多高，頭向後仰，都快碰到腳了，然後倒翻身起立，身子沒沾到一點兒塵土。美女邊舞邊唱：「**連翩笑語踏芳叢，低亞花枝拂面紅。曲折不知金鈿落，更隨蝴蝶過籬東。**」餘音嫋嫋，不啻繞樑。高玉成大喜，把她拉過來一起喝酒。陳九命她坐下，並讓她喝酒。高玉成心搖意動，猛地抱住美女，美女轉眼間變成兇惡的夜叉，青面紅髮，渾身黑肉，牙齒如鋸。高玉成嚇得連忙撒手，趴在桌案上發抖。陳九用筷子敲敲夜叉的嘴，呵斥道：「**速去！**」夜叉隨即又變為蝴蝶，飄然飛走了。這是一種心理描寫，當你心生邪念時，美女就會變成夜叉，很像〈翩翩〉裡的描寫。高玉成告辭出來，看到月色如洗，信口對陳九說：「你的美酒佳肴都來自空中，你的家應當在天上，能帶我去遊玩一番嗎？」陳九說可以，便和高玉成攜手躍起。高玉成覺得「**漸與天近**」。看到一座高門，進去，光明如畫，階路都是石頭砌成，光滑無比。有棵幾丈高的大樹，開滿蓮花那麼大的紅花。樹下有個曼妙無比的女子正在砧石上捶打絳紅色的衣服。高玉成不由得看呆了。女子發現了他，氣憤地說：「何處狂郎跑到這兒來！」說著就把杵扔過來，打中了他的背。陳九急忙拉走高玉成。高玉成只覺得腳下白雲飄蕩，直往地面而去。

陳九說：「咱們馬上要分別了，有件事不要忘了：你原本活不長久，明天趕快避到西山去，大概能免除災禍。」說完就走了。高玉成覺得雲彩越來越低，落到後花園時，眼前的景象已和剛才大不相同。回屋跟妻子一說，兩人都很驚異。再看身上被杵打中的地方，異紅有奇香。第二天早起，他按照陳九說的，帶著乾糧入山去了。恰好大霧迷漫，不辨道路。高玉成匆忙奔跑，忽然失足掉到了雲窟裡，深不可測，幸虧沒摔傷。看著「**雲氣如籠**」，他不禁歎息道：「仙人叫我逃避災難，看來終不能免。何時能出此窟啊？」又坐了一會兒，見深處隱隱有光，他便起來向深處走去，發現別有天地。有三位老者正在下棋，看到高玉成，也不搭理他，照樣下個不停。高玉成就蹲著看他們下棋。老者下完棋，「**斂子入盒**」，才問：「客人怎麼會到這裡來？」高玉成說迷路了。老者說：「這裡不是人間，不宜久留，我送你

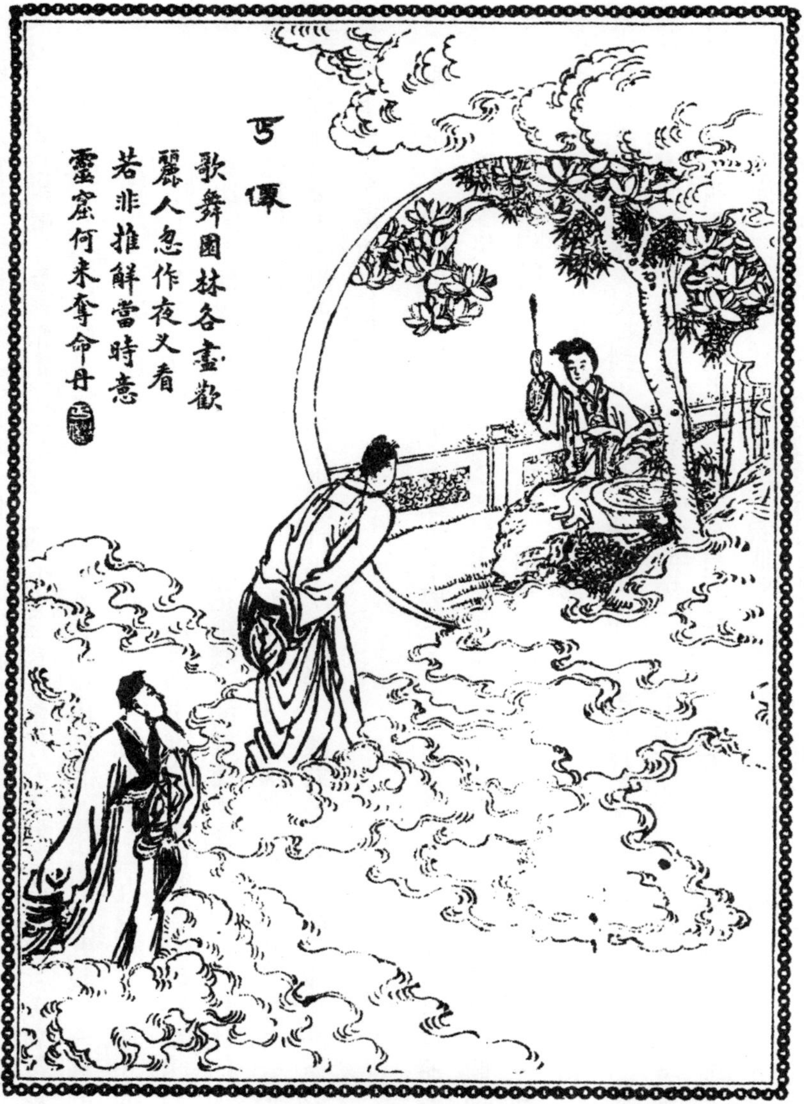
丐僊
歌舞園林各盡歡
麗人忽作夜叉看
若非推解當時意
靈窟何來奪命丹

〈丐仙〉

回去吧。」老者把高玉成領到洞口，高玉成覺得雲彩托著他冉冉上升，到了平地，發現「**山中樹色深黃，蕭蕭木落**」，好像已經到了秋天。高玉成大驚，說：「我是冬天來的，怎麼成了秋天？」他急忙跑回家，妻子和兒子都大吃一驚，三人抱頭痛哭。高玉成驚訝地問：「怎麼啦？」妻子說：「你走了三年，大家都認為你死了。」高玉成說：「怪哉，我覺得不過一會兒的事。」說完拿出帶去的乾糧一看，都成了粉末。妻子說：「你走後，我夢見兩個人，穿著黑色衣服，繫著閃光的腰帶，好像是來催收賦稅的，氣勢洶洶地進屋，東張西望，問：『高玉成到哪裡去啦？』我斥責他們：『他已外出。你們既然是官差，怎能闖入女子的閨房？』那兩人就走了，邊走邊說『怪事怪事』。」

高玉成恍然大悟，知道自己遇到的是神仙，妻子夢到的是勾魂小鬼。此後，高玉成招待客人，總把那件被杵打過的衣服穿在裡面，滿座皆香，非麝非蘭，流汗時香氣更盛。

〈丐仙〉主要是寫仙人不露相，好人有好報。勸人為善，是小說的主要立意。高玉成救助「膿血狼藉」的乞丐，乞丐恰好是救苦救難的神仙。高玉成善有善報，他在自家花園看到美麗的仙境，八哥成了他的酒席侍者，丹鳳、青鸞、黃鶴等傳說中的神鳥成了他的侍者，巨大的蝴蝶變成仙子，為他跳起「芭蕾舞」。高玉成想摸一下這些美麗的東西，結果虛無一物，似乎三百年前蒲松齡就知道了網路的虛擬世界，不知他是如何想到的。高玉成還進入月宮，觀察仙女擣衣，又在仙人的幫助下逃脫陰司追捕。他在雲霧繚繞的洞裡看老者下了一會兒棋，片刻之間歷春、秋、冬三景，時序三年，經歷了仙境和人間的交替。

《聊齋》仙境美極妙極，不是自然而勝似自然。

〈丐仙〉給人的啟示是：人不需要上天入地求仙，只要一心向善，摒除雜念，一切美景就都在意念之中，一切美好的願望就都可以實現。如果心生邪念，一切美景都會化為烏有。《聊齋》仙境是作者製造的幻覺，不是現實世界，但比現實世界更美好、更純潔，是人生理想的昇華。

18 蓮花公主

做夢真能娶媳婦

讀〈蓮花公主〉印象最深刻的可能是一副對聯：「**才人登桂府，君子愛蓮花。**」桂府，既是讀書人蟾宮折桂的地方，又是男子娶上美妻安居樂業的地方。蓮花「出淤泥而不染」，是花之君子。蓮花般的女子是男子理想的配偶，既叫蓮花，又是公主，就更理想了。這副對聯展現了《聊齋》中所有讀書人的白日夢。竇旭做夢娶了蓮花公主，而公主是何方神聖呢？一隻小蜜蜂。這想像力真叫人驚歎。

一天，竇旭正在午睡，一個褐衣人來請他，把他引進「**近在鄰境**」的地方，那裡有一座宮殿，懸掛的匾額上寫著「**桂府**」二字。桂府是禮部考進士的地方，蒲松齡真是什麼時候都忘不了讀書做官，不過這次，他的主人公不是來做官，而是來娶公主的。竇旭看到桂府「**疊閣重樓，萬椽相接，曲折而行，覺萬戶千門**」，表面上，他似乎進了一個有獨特建築風貌的樓閣，房間很多，接連不斷，實際上卻是一個蜂巢。在常人眼中，蜂巢是成千上萬隻蜜蜂出入的地方，而在蜜蜂眼中，它卻是宮殿。竇旭見「**宮人女官，往來甚夥**」，好像樓閣裡人多事忙，實際上卻是蜜蜂爬上爬下。

請他來的大王對他說：「咱們住得近，有緣。」於是請他喝酒，酒過數巡，「**笙歌作於下，鉦鼓不鳴，音聲幽細**」，好像王府樂隊在演奏莫札特的《小夜曲》，輕巧悠揚，實際上卻是群蜂飛鳴。「鉦鼓不鳴」，因為只有蜜蜂飛舞，蜂音幽細，無鉦鼓可鳴。

樂隊稍停，大王出上聯「**才人登桂府**」，叫大家對，竇旭對出下聯「**君子愛蓮花**」。大王大悅說：「**奇哉！蓮花乃公主小字，何適合如此？寧非夙分？傳語公主，不可不出一晤君子。**」蓮花公主出面了，「**佩環聲近，蘭麝香濃**」，既是一位身戴珠寶、香氣襲人的妙齡少女，又隱含小蜜蜂飛翔花中散布花香的意思。

待到竇旭和蓮花公主入洞房，「**洞房溫清，窮極芳膩**」。這既是人間夫婦的新婚洞房，又用「**溫清**」「**芳膩**」暗指蜂巢，妙不妙？

竇旭娶了如花美眷，住進溫清宮殿，快活極了，但他又懷疑自己是不是在做夢，擔心好景不長。他明明是在做夢，公主偏偏駁斥道：「**明明妾與君，那得是夢？**」竇旭為了證明自己不是在做夢，便戲為公主化妝，又用帶子去量公主的腰，用手指去量公主的腳。

竇旭娶蓮花公主，一切禮儀和皇帝招駙馬一樣鄭重。他們正新婚燕爾之時，災禍突起，桂府大王稱「**國祚將覆**」，含香殿黑翼大學士上奏「**祈早遷都，以存國脈事**」，說有一條千丈長的蟒蛇盤踞在宮外，吞食臣民一萬三千八百餘人……完全是臺閣應對情景，展現了一個國家遭受外敵時的真實狀況。大王邊哭邊向竇旭囑託「**小女已累先生**」，好像將要亡國的君王在交代後事一樣。蓮花公主向竇旭求救，含著眼淚，牽著他的衣襟，可憐極了。竇旭只好帶著公主遷到自家茅屋，抱歉地對公主說「**慚無金屋**」。公主反而認為這裡

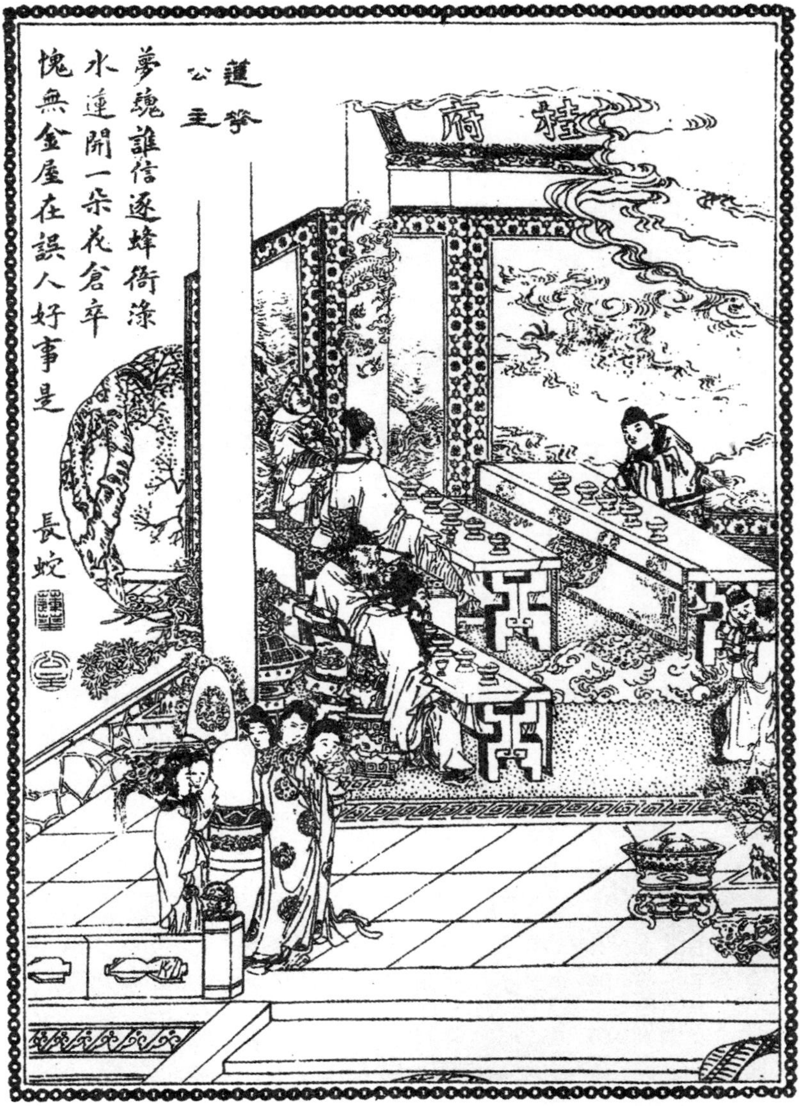

〈蓮花公主〉

非常安全，比自己家強多了。公主接著要求竇旭照顧父母，好像人世間出嫁的女兒要求女婿照顧娘家人……

夢境突然跟現實聯繫起來，竇旭在公主的悲啼聲中驚醒，「**而耳畔啼聲，嚶嚶未絕。審聽之，殊非人聲，乃蜂子二三頭，飛鳴枕上**」。嬌婉的公主變成了嚶嚶啼鳴的小蜜蜂，堂皇桂府變成了鄰家蜂巢，大王、學士均不復存在，變成了絡繹不絕往竇家後園飛來的群蜂。那威脅著桂府安全、「**頭如山嶽，目等江海**」的千丈長巨蛇呢？不過是一丈多長的小蛇占據了蜂巢而已。蜜蜂就是蜜蜂，不是什麼公主，桂府大王所謂「遷都」，也只是群蜂移巢。竇旭在房後建成新蜂巢後，「**蜂入生家，滋息更盛，亦無他異**」。

夢醒了，美人變成了蜜蜂。美麗嬌婉的新婚妻子沒有了，樓閣宮殿沒有了，什麼新奇事都沒有了，夢就是夢。但這夢太美了。夢中娶媳婦，而且是娶美麗的蓮花公主，哪個男兒不想呢？又有哪個男兒有此機緣？

〈蓮花公主〉顯然是從唐傳奇《南柯太守傳》傳承而來。淳于棼夢中進入大槐安國做駙馬，任南柯太守，榮耀顯赫。公主去世，他失寵遭讒，被轟回家，沿途夢醒，發現所謂「大槐安國」，不過是家裡大槐樹下面的一個螞蟻穴。他「感南柯之浮虛，悟人世之倏忽」，於是放棄功名之想，專心修道。〈蓮花公主〉把「南柯夢」的消極出世思想脫胎換骨，借夢構篇，以意取勝：

第一，語義雙關。來請竇旭的褐衣人，是工蜂；千門萬戶的宮殿，是密密麻麻的蜂巢；宮女來往很多，是蜜蜂爬上爬下；宮殿懸掛「**桂府**」匾額，暗示是花房；奏樂幽細，是群蜂細微的飛舞聲；蓮花公主「**佩環聲近，蘭麝香濃**」，暗含蜜蜂飛舞花叢散布花香；結婚洞房「**溫清**」、「**芳膩**」，暗指蜂巢溫暖芳香。這種寫法叫「暗點法」，既是人也是物，既是人也是妖，亦人亦物，亦人亦妖。蜜蜂人格化，蓮花公主的體態和聲音都像淑女，形成了一種特有的美學氛圍。

第二，情節緊湊輕快。蒲松齡不再沿襲《南柯太守傳》描寫夢中幾十年的遭遇，只寫了兩個夢境。第一個夢，竇旭白天睡覺，有人來請，他見到公主，夢醒後，天黑了。第二個夢，竇旭和朋友同榻時，上次來引他的宮廷內官又來了，他再次進入桂府，跟公主結婚，結果桂府即將滅亡，公主哭著求他幫助，而他卻想不出辦法時，忽然驚醒了，「始知是夢」。朋友成了竇旭夢境的見證者，便勸他建蜂巢。蜂巢一建，鄰居家的蜜蜂都飛來了。國家滅亡遷都變成了蜜蜂移巢。

第三，寫人而物，巧妙圓轉。物變人時是獨具風采的人生，人變物時是純粹生物性描寫。竇旭娶蓮花公主，一切禮儀都像朝廷招駙馬一樣。新婚燕爾，災禍突起，國家將要滅亡，含章殿學士稟報有外敵入侵，其奏本像臺閣應對一樣。公主向竇旭求救，「**牽衿**」、「**含涕**」、「**號咷**」、「**伏床悲啼**」，寫盡了各種哭泣的姿態。接著竇旭在公主的啼哭聲中醒來，耳畔的啼聲原來是小蜜蜂的飛鳴聲。嬌婉的公主變成了蜜蜂，大王的桂府原來不過是鄰居家的蜂巢，千丈長的蟒蛇也只是條一丈多長的小蛇。聊齋先生像魔術大師一樣，人、物變換快速俐落，令人目不暇接。讀者正自驚詫之際，蒲松齡又來了句「**蜂入生家，滋息更盛，亦無他異**」，沒有什麼神異之事啦，只是做了一個夢而已。

第四，〈蓮花公主〉寫夢，處處圍繞著竇旭的心理感受來寫。他初見公主，「**神情搖動，木坐凝思**」，被公主的美貌所迷惑，又對自己為什麼能遇到美麗的公主而茫然不知所措；跟公主結婚後，快樂極了，對公主說：「**有卿在目，真使人樂而忘死，但恐今日之遭，乃是夢耳。**」明明在夢中，偏懷疑是夢，而公主又說不是夢。竇旭於是故意給公主化妝、量腰、量腳，以此來證明自己不是在做夢。這些緣幻生情的描寫既好看，又有趣。有《聊齋》研究專家認為，中國古代文學有所謂詠物詩、詠物詞、詠物賦等，描寫物體的外在形態特徵，藉以寄託作家的情感，但主要特徵是詠物。〈蓮花公主〉則是詠物小說，從各種角度詠蜂巢和蜜蜂。〈蓮花公主〉幻想出人和大自然生物美妙溫馨的情緣，借蜜蜂的某些生物特點創造出蓮花公主的另類美麗，實則是困守書齋的窮書生的白日夢。小說寫作得相當成功。

19 鳳陽士人

夢中來了第三者

誰不做夢？但全世界只有蒲松齡能讓小說人物做出這麼稀奇古怪又有思想內涵和藝術水準的夢。可惜佛洛伊德沒有看到這個《聊齋》故事，否則他的《夢的解析》一定會寫得更加精彩。〈鳳陽士人〉講的是深閨少婦夢，做夢的是鳳陽一個書生的妻子。這位妻子思念遠遊在外的丈夫，便做了一個有美麗風騷的女子勾引自己丈夫的怪夢。日有所思，夜有所夢，這本來不足為奇，可奇怪的是，鳳陽書生和妻弟三郎也同時做了這個怪夢。雖然是夢，夢中人物卻都個性鮮明：妻子善良柔弱，書生薄情寡義，美女風流放蕩，妻弟性格暴烈。能於一個夢境寫活四個人物，這就是天才小說家的本事了。

故事從鳳陽書生的妻子思念丈夫開始。鳳陽書生外出遊學，對妻子說「半年回來」，可是走了十個多月，卻杳無音訊。妻子翹首盼望，希望他早日回家。一天夜裡，妻子剛躺下，看到窗紗上被風吹得搖搖擺擺的樹影，更加想念丈夫，翻來覆去睡不著。這時一個美女掀開門簾進來，髮髻上簪著珠花，披著紅色披肩，笑嘻嘻地問：「姐姐，想見見你家郎君嗎？」

書生妻子急忙起來答應，又擔心路遠不好走，美女說：「不必顧慮，跟我走就行。」說完便挽著她的手出門。兩人踏著月色走了一段路，書生妻子覺得美女走得太快，自己跟不上，便說：「妹妹等我一等，我回去換雙鞋。」美女拉著她的手，坐到路邊，把自己的鞋脫下來給她穿，幸好大小正合適。書生妻子換上鞋後，健步如飛。過了一會兒，書生騎著頭白騾迎面走來，看到妻子，大為吃驚，急忙下來，問：「你到什麼地方去？」妻子說：「我去看望你。」書生回頭看美女，又問：「這是哪位？」妻子還沒回答，美女便捂著嘴笑道：「先別問啦。娘子奔波不容易，郎君奔馳半夜，想來也人困騾乏，我家離這兒不遠，請過去歇歇腳，明天早上再走也不遲。」

幾步之外，果然有個村落，於是三人同行，進入一個庭院。美女把睡著的丫鬟叫起來招待客人，又說：「今夜月色皎然，不必點蠟燭，小露台上的石榻可以坐。」書生把騾子拴到簷前柱子上，然後坐了下來。美女對書生妻子說：「我的鞋大，不適合姐姐，路上穿著很不舒服吧？回去有騾子可以代步，請把鞋還給我吧。」書生妻子表示感謝，歸還了鞋子。

不一會兒，酒菜擺好，美女敬酒說：「夫妻久別，今晚團圓，薄酒一杯，表示祝賀。」書生舉起酒杯回敬。美女和書生一邊親切交談，一邊暗地搞小動作，你踢我一下，我勾你一腳。書生目不轉睛地注視著美女，屢次用輕佻的話語調戲她。夫妻久別相聚，卻連一句寒暄的話也沒有。美女眉目傳情，嬉戲妖冶的話語中隱藏著挑逗。書生妻子只是默默坐著，裝作聽不懂的樣子。時間長了，酒意更濃，書生和美女越說越親熱。美女用大杯勸酒，書生說：「喝醉啦。」美女勸得更上勁。書生笑著說：「你給我唱支曲兒，我就

〈鳳陽士人〉

喝。」

美女毫不推辭，馬上撥弄琴弦唱起來：「**黃昏卸得殘妝罷，窗外西風冷透紗。聽蕉聲，一陣一陣細雨下。何處與人閒磕牙？望穿秋水，不見還家，潸潸淚似麻。又是想他，又是恨他，手拿著紅繡鞋兒占鬼卦。**」唱完，笑著說：「市井里巷的俗調，不足以玷污您的耳朵。不過現在就是流行這種歌曲，我只好東施效顰。」美女歌聲嬌柔，神態放蕩，書生受到迷惑，好像把持不住自己了。

美女唱的曲子本是思婦懷念在外的丈夫，結果卻成了情人間調情的靡靡之音。《金瓶梅》中有很多類似的曲子。蒲松齡對《金瓶梅》持批判態度，在《夏雪》裡給《金瓶梅》換了個名字——「淫史」，淫亂的歷史。其實，《聊齋》有些地方還是受到了《金瓶梅》的影響，這支曲子中的「**手拿著紅繡鞋兒占鬼卦**」就很像潘金蓮的行為。《金瓶梅》第八回，潘金蓮盼西門慶來時，也是手裡拿著紅繡鞋占鬼卦；〈鳳陽士人〉中美女唱的曲兒和潘金蓮盼望西門慶時唱的曲兒，則如出一轍，都是明代流行的豔曲。

過了一會兒，美女假裝喝醉離開，書生也站起來跟著她走了。過了很久，兩人還沒回來。丫鬟疲倦，趴到廊下睡著了。書生妻子獨自悶坐，心中憤恨，難以忍耐。她想回家，但夜色微茫，又不認識路，輾轉難安，沒有辦法，便起身去看丈夫和美女這麼長時間到底在做什麼。她剛走近臥室窗前，就隱隱約約聽到男歡女愛的聲音，再仔細一聽，丈夫竟然把平時他們夫妻之間如何親熱的細節，全部告訴了美女。書生妻子氣得兩手發抖，心發顫，想自己還不如乾脆出門跳到深溝死了算了。

書生妻子氣呼呼地往外走，忽然看到娘家弟弟三郎騎馬來了。三郎看到姐姐，下馬問怎麼回事。書生妻子把情況告訴弟弟。三郎大怒，立即跟姐姐一起回到美女家。美女的臥室房門緊閉，兩人還在床上喃喃地說著情話。三郎氣憤地舉起一塊斗大的巨石，砸到窗櫺上，窗櫺被砸斷好幾根，裡面的美女大叫：「郎君的腦袋給砸破了，怎麼辦？」書生妻子一聽，嚇得大哭，對弟弟說：「我沒讓你殺了他啊，現在怎麼辦？」三郎怒目圓睜，說：「你哭哭啼啼地催我來，我剛替你出了口惡氣，你又護著他，埋怨弟弟，我不願再被你使喚了！」說完扭頭就要走。書生妻子扯著他的衣服說：「你不帶我一塊兒走，我怎麼辦？」三郎把姐姐的手揮開，掙脫身子走了。書生妻子撲倒在地，頓時驚醒，才明白是做了個夢。

第二天，書生果然回來了，騎著一頭白騾。妻子很奇怪，但沒有說話。書生說起昨晚做的夢，竟然跟妻子的夢完全相同，兩人大感驚駭。不久，三郎來了，說：「昨晚夢到姐夫回來，今天果然回來了，真是太奇怪了。」書生笑著說：「幸虧沒被你的大石頭砸死。」三郎驚愕地問：「何出此言？」書生把他和妻子的夢告訴三郎。三郎大為驚奇。原來，三郎昨晚也夢到姐姐向他哭訴姐夫的不良行為，他氣憤地丟了塊大石頭。三人的夢全部相符，但不知美女是什麼人。

蒲松齡寫小說總是針腳綿密，書生妻子的夢境當然不會真實存在，卻和現實中書生騎著的白騾聯繫起來。白騾，世間少見，鳳陽書生卻偏偏有，夢中的他也騎著這頭騾子。夢是夢，又似乎不是夢，迷離恍惚，神秘朦朧。書生妻子夢中能去尋找丈夫，靠的是美女的鞋子，事後如果美女不要回鞋子，夢醒後地上多出一雙鞋，那該多煞風景，但是小說家早就把這個細節處理好了。

魯迅先生說，《聊齋》「書中事蹟，亦頗有從唐人傳奇轉化而出者」。〈鳳陽士人〉就借鑑了唐傳奇名作。蒲松齡寫三人同夢，而數人同夢則是唐傳奇的創造。

白行簡《三夢記》寫道：劉幽求出遊多年產生幻覺，夢到妻子和陌生男子飲酒，他憤怒地向他們丟擲大石頭。他的妻子做了完全一樣的夢。另一個夢是兩位大詩人心有靈犀的佳話。白居易（字樂天）和元稹（字微之）是莫逆之交，白居易的弟弟白行簡在《三夢記》中寫道：元和四年，元微之任監察御史，奉命到四川劍閣以南地區任職。去了十多天後，我和二哥白樂天、隴西李某一起在曲江遊歷，來到慈恩寺，在寺廟裡參觀，停留了很長時間。晚上，我們兄弟又一同到李府喝酒，喝得十分盡興。二哥樂天停杯很久，說：「微之應該到梁州了。」他在李府牆上題了首詩：「花時同醉破春愁，醉折花枝作酒籌。忽憶故人天際去，計程今日到梁州。」那一天是二十一日。過了十幾天，有人從梁州來，捎來一封元微之的信，信後附了首《紀夢詩》，前兩句是：「夢君兄弟曲江頭，也入慈恩院裡遊。」唐代兩位大詩人互相思念，夢魂相通，是唐傳奇裡有名的故事，蒲松齡把它改造成鳳陽書生和妻子及妻弟三郎做了同一個夢的情節。

聊齋夢是深閨少婦夢，也是獨樹一幟的心理小說。書生妻子對遠遊在外的丈夫刻骨思念的同時，擔心他尋花問柳，才做出美女勾引丈夫的怪夢。妻子對丈夫的翹盼、擔憂、忍讓，夢中丈夫的輕浮，夢中美女的淫蕩，夢中三郎的暴躁和快人快語，都描寫得活靈活現。

20 狐夢
夢中也還會有夢

〈狐夢〉講的是在夢中和狐狸精相愛，別緻新穎，是聊齋先生的自得其樂之作。據說聊齋粉絲十分欣賞〈青鳳〉，希望自己也能遇到青鳳式的狐狸精，結果真在夢中遇到了，不過遇到的不是一個狐狸精，而是一群狐狸精姐妹。這位粉絲便拜託蒲松齡寫下來，於是有了〈狐夢〉。

小說不長，卻是《聊齋》的藝術巔峰之作，主要有三個突出之處。第一，〈狐夢〉是把狐狸精故事和夢境結合的佳作；古代志怪小說家創造的非現實世界有神、鬼、狐、妖、夢幻、離魂等，而〈狐夢〉把「妖」的重要角色狐和夢結合起來，水乳交融，前輩作家沒做過的事，蒲松齡做了，且做得特別好。第二，〈狐夢〉是繼承唐傳奇「夢中有夢」構思的佳作。第三，〈青鳳〉寫活了一個狐女，〈狐夢〉則創造了精彩的狐女群像。幾個狐女年齡相近，相貌相似，卻被描寫得同中有異，絢爛多姿。作家得意地說：「**有狐若此，則聊齋之筆墨有光榮矣！**」

又是狐狸精又是夢，豈不完全是客里空[13]？《聊齋》故事妙就妙在，蒲松齡開頭就煞有介事地聲明，這是真人真事，是朋友親自告訴他，並拜託他寫下來的：「我的朋友畢怡庵身體肥胖，是個大鬍子，為人豪爽灑脫、無拘無束。他每次讀〈青鳳〉，總是很嚮往，恨不能自己也遇到一位「青鳳」。他在畢刺史別墅暫住，聽說樓上有很多狐狸，便在樓上聚精會神地想念狐仙、盼望遇仙。」原文如下：

余友畢怡庵，倜儻不群，豪縱自喜。貌豐肥，多髭，士林知名。嘗以故，至叔刺史公之別業，休憩樓上。傳言樓中故多狐，畢每讀〈青鳳傳〉，心輒嚮往，恨不一遇。

畢怡庵「**倜儻不群，豪縱自喜。貌豐肥，多髭**」，這似乎是一般敘述語言，實際上卻和人物特點結合起來，預伏下後面的故事情節。這種語式來源於《史記》。蒲松齡在開宗明義的人物介紹裡，埋藏了故事發展的引線和人物個性的基調。正因為「**倜儻**」，畢怡庵才會在夢中先對「**風雅猶存**」的狐婦「**投以嘲謔**」，又對「**曠世無匹**」的狐女「**款曲備至**」；正因為「**豪縱**」，他才會在跟狐女的聚會中「**連舉數觥**」，醺醺大醉，也才會口沒遮攔地將自己的豔遇告訴他人。又因為畢怡庵「**貌豐肥，多髭**」，狐女們才會從他的形貌特徵上衍生出好幾段有趣的生活化情節。畢怡庵雖不是〈狐夢〉中最生動的人物，他的個

13 客里空：原是蘇聯劇作家柯涅楚克的話劇《前線》中的一個角色，意為「喜歡亂嚷的人」、「好吹噓的人」，後引申為虛假、耍花招。

性乃至體貌對小說的發展卻起著重要作用。

畢怡庵住在別墅樓上，暑熱很重，他回到書齋，天已黑了，就正對門口睡下了。睡夢中覺得有人搖晃自己，睜眼一看，床前站著一個優雅嫵媚、四十多歲的婦人。他吃驚地起身問：「您是哪位？」婦人笑道：「我是狐仙，承蒙您掛念我們，感激不盡。」畢怡庵聽後很高興，便對她說些調笑戲謔的話。婦人笑道：「我年紀大啦，縱然別人不討厭，自己先嫌棄自己了。我有個女兒剛成年，可以讓她服侍你。明天晚上，我把女兒送來。」

讀者可別被蒲松齡給騙了，他寫畢怡庵睡覺時覺得有人搖晃自己，睜開眼睛看到一個中年婦人，其實，這時他仍在夢裡，也可以說，他被中年狐狸精引進了夢裡。他在夢裡過了一個白天，到晚上，點上香靜候美女到來。中年婦人果然帶著女兒來了。我們後來知道女兒被稱為三娘，姿容曼妙，文靜賢淑，天下無雙。婦人對三娘說：「畢郎和你有緣分，今晚你就住在這兒，明天早點兒回去，不要貪睡。」畢怡庵和三娘進羅帳，恩愛備至。《聊齋》寫男女情文字雅潔，一般不做具體描寫，這裡又是如何描寫他們恩愛的呢？「**畢乃握手入幃，款曲備至。事已，笑曰：『肥郎癡重，使人不堪。』**」畢怡庵身體肥胖，引起了狐女的反應：新婚妻子和丈夫親熱很長時間後，嫌其太過笨重，帶點兒嬌嗔意味。

三娘天沒亮就走了。晚上她又來了，說：「姐妹們要為我祝賀新婚，明天請你一起去。」畢怡庵問：「在什麼地方？」三娘說：「大姐請客，離這兒不遠。」畢怡庵等三娘來請，很長時間不見她來，漸漸疲倦，剛趴在案上，三娘忽然來了，說：「讓您久等了。」這是怎麼回事？這是畢怡庵被三娘領進了夢中之夢。兩人握手同行，走進一個大院落，只見燈燭滿堂，燦若明星。主人迎出來，二十來歲，衣妝淡雅，美麗無比。她向畢怡庵祝賀新婚，將要入席時，丫鬟說：「二娘來了。」只見又一個美女走了進來，笑著向三娘說：「**妹子已破瓜矣，新郎頗如意否？**」這句話說得很俏皮。三娘用扇柄敲二娘的背，朝她翻白眼。二娘又口若懸河地說：「記得小時候我跟妹妹鬧著玩兒，妹妹最怕人數肋骨，遠遠地向手指呵氣，就笑得沒法忍受，生我的氣，說我將來要嫁給矮人國王子。我說你這個丫頭將來得嫁個大鬍子郎君，讓他的絡腮鬍紮破小嘴，今天果然應驗。」大娘笑著說：「無怪三娘生氣罵你，新郎就在一邊，竟這樣傻玩傻鬧。」

幾位狐女的對話，完全是小女子閨房戲謔，逼真生動，蒲松齡幾乎是把日常生活中少女、少婦的口頭語言不加修飾地放到小說裡了。蒲松齡終生鄉居，熟悉中下層社會民眾包括女性的語言，他又身居藏書萬卷的尚書府，所以能夠把人物的生動對話鑲嵌到嚴整的敘述語言中，人物對話和敘述語言都既準確、鮮明、生動，又表現出多樣性、豐富性和優美性。聽著狐女們伶牙俐齒的對話，她們的活潑形態好像就在眼前一樣。

大家入席，團團圍坐，吃吃喝喝，說說笑笑，非常高興。現在酒席上已有三個狐女，大娘二十多歲，二娘十八、九歲，三娘十六、七歲，各有特點，各具風采，還能再來一個不一樣的狐女嗎？能。忽然，有個十一、二歲的少女抱著一隻貓走了進來。少女稚氣未消，卻豔麗至極。大娘說：「四妹也要見姐夫嗎？這裡沒你的座位啦。」說著就把四妹

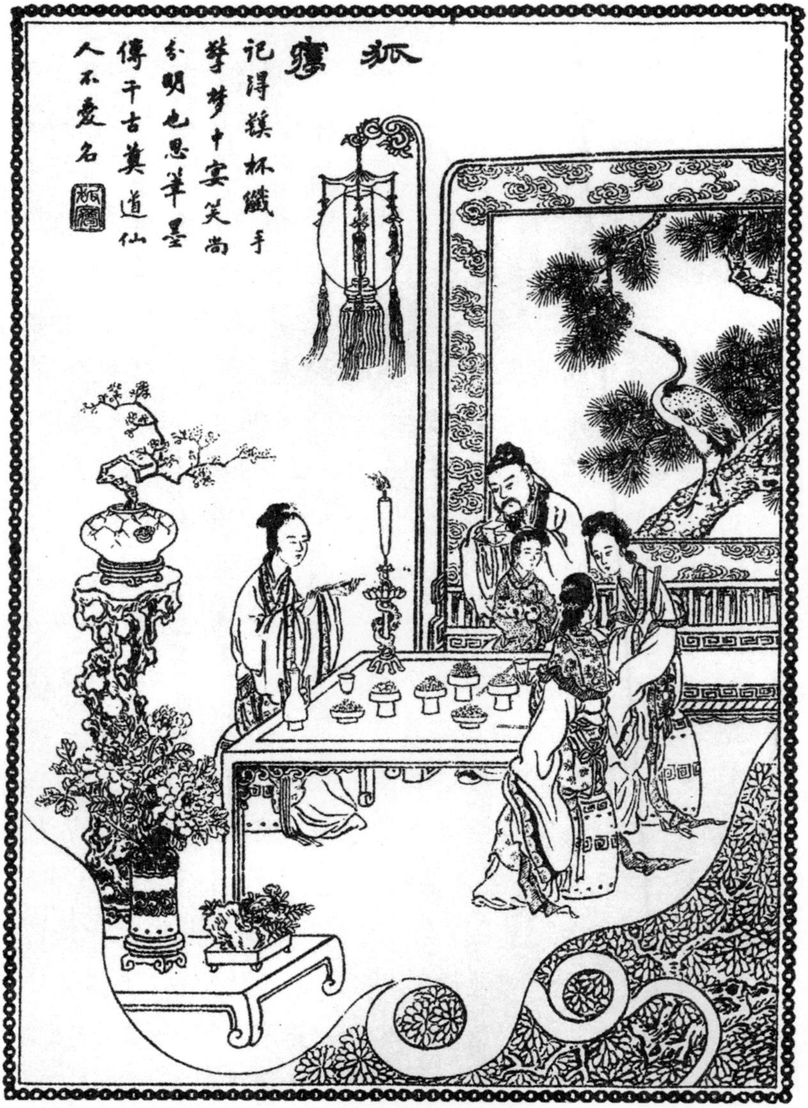

〈狐夢〉

抱到膝頭，取菜餚和果子給她吃。過了一會兒，大娘把四妹挪到二娘懷裡，說：「壓得我腿痛！」二娘說：「丫頭才這麼大，卻像有百斤重，我身體脆弱，抱不了她。既然想見姐夫，姐夫壯健雄偉，胖膝頭可以多坐一會兒。」說完便把四妹抱到畢怡庵懷裡。畢怡庵軀體肥胖的特點再一次起了作用，他的胖腿變成了小姨子的沙發。

畢怡庵覺得小四妹又香又軟，輕得像沒有骨頭一樣，便抱著她用同一只杯子喝酒。大娘說：「小丫頭不要多喝酒，醉了失禮，姐夫笑話。」四妹笑嘻嘻地撫摩小貓，小貓就「喵嗚喵嗚」地叫。大娘說：「還不趕快把牠丟了，身上要爬上跳蚤、蝨子啦。」二娘說：「請用貓來做酒令，拿著這根筷子往下傳，貓叫的時候，筷子在誰的手裡，誰就喝酒。」大家聽從二娘的提議，傳來傳去，筷子一傳到畢怡庵手上，貓就叫。畢怡庵本來是海量，連喝幾大杯後才發現，原來每當筷子傳到他手上，四妹就抓撓手中的貓兒讓牠叫。大家高興得哈哈大笑。二娘說：「小妹快回去吧，壓壞了姐夫，三姐要不高興了！」小四妹便抱著貓走了。

小狐女走了，更熱鬧的宴會故事卻來了。《紅樓夢》中「史太君兩宴大觀園」，劉姥姥捧著喝的大酒杯、櫳翠庵的茶盅等日常生活用品都可以變成有趣的故事。聊齋酒杯比紅樓酒杯早了好幾十年。蒲松齡寫物的本事同樣了得，他寫的物還不是尋常之物，而是神異之物。〈狐夢〉裡狐狸精喝酒的杯子經常被研究者津津樂道，認為首開宴會杯酒寄人情之先河。

大娘見畢怡庵善飲酒，便摘下頭上的束髮髻子盛酒，勸他喝。畢怡庵看那髻子僅能容一升酒，喝起來，卻覺得有好幾斗。喝完酒仔細一瞧，哪是髻子？分明是一張大荷葉。二娘拿出一個盛唇膏的小盒子，比彈丸稍微大一點兒，斟上酒說：「既然不勝酒力，就喝一小口意思意思吧。」畢怡庵看了看，小盒子裡的酒可一口喝盡，卻沒想到，連喝百口，也沒喝乾。三娘在旁邊用一隻小蓮花杯把小盒子換走，說：「不要被奸人捉弄了。」說完把小盒子放在案上，原來是一隻巨大的缽盂！二娘對三娘說：「跟你有什麼相干？才做了三天郎君，就這麼恩愛？」畢怡庵拿起三娘給的小蓮花杯，一口喝盡，把玩那杯子，只覺得滑膩柔軟，仔細一看，哪是酒杯？分明是一隻彎彎的繡花鞋，做工精巧無比。二娘見了，一把奪過去，罵三娘道：「狡猾的丫頭！什麼時候把別人的鞋子偷走的？怪不得我腳凍得冰涼！」說完站起來，進內室換鞋子。三娘拉著畢怡庵離席，跟大家告別，然後送他出村，讓他自己回家。

關於這段描寫，清代《聊齋》點評家馮鎮巒評道：「點綴小女子閨房戲謔，都成雋語，且逼真。」畢怡庵夢中遇狐仙，狐仙姐妹想跟他見面，又怕他舉動粗魯，便邀請他夢中相見，於是有了夢中之夢。夢中之夢裡，畢怡庵與狐女聚飲，像「史太君兩宴大觀園」中的酒宴一樣有趣。幾位狐女年相近，貌相似，同中存異，曲盡變化，個個逼真活跳。大娘是筵主，溫文爾雅，初露面，姿態嫻雅地表示祝賀。二娘取笑時，大娘提醒：「**新郎在側，直爾憨跳**。」四妹的貓兒戛然而鳴，也是她提醒：「**尚不抛卻，抱走蚤虱矣**。」時時處處顯示出當家理事、顧全體面的身分。二娘豪爽調皮，開口解頤，一見三娘就說「**妹子已破瓜矣**」、「**刺破小吻**」，又唐突地對第一次見面的妹夫說「**肥膝耐坐**」，有點兒尖刻地嘲笑妹妹：「**三日郎君，便如許親愛耶？**」二娘的話是調笑型的，帶有挑刺乃至挑釁意味。二娘與大娘，兩個同胞姐妹，一個處處為他人斡旋，一個時時揶揄他人；一個出語溫和，一個開口潑辣。兩人剛柔相濟，性格鮮明。四妹在筵中未發一語，卻用懷中抱著的貓兒畫龍點睛地展現了她聰慧頑皮的個性：貓至畢怡庵時輒鳴，害他「**連舉數觥**」。三娘的個性更是活靈活現，她露面時蒲松齡給加了個「**態度嫻婉**」的考語，形容女性嫻雅文靜，溫婉秀麗。三娘對畢怡庵和順溫柔，邀其赴宴時謙恭地說「**勞君久伺**」；對二娘的諧謔，只以沉默對待，以「**白眼視之**」；畢怡庵豪飲時，她忙提醒：「**勿為奸人所弄。**」二娘挖苦她「**三日郎君，便如許親愛耶**」，正是對三娘賢淑秉性的確切評價。〈狐夢〉寫的四個狐女，大娘嫻雅，二娘豪放，三娘溫順，四妹狡黠，都是嬌憨聰慧的年輕女性，外貌形容也與個性十分協調。二娘「**淡妝絕美**」，和她的灑脫十分合拍；四妹「**雛髮未燥**」，和她的孩子氣一致。四個狐女實際上是現實社會中少女的寫照。

小說評論家寫了大量文章討論《紅樓夢》中飲酒喝茶的器具，如妙玉的綠玉斗、成窯杯，在這一點上《聊齋》對其也是有借鑑作用的。〈狐夢〉中的飲酒器具不僅較《紅樓夢》毫不遜色，更有幻異奇妙的特殊意味。大娘用束髮的髻子貯酒，看著小，盛得多，原來是大荷葉變的。二娘「**出一口脂合子，大於彈丸**」，畢怡庵以為「**一吸可盡**」，結果「**接吸百口，更無乾時**」，原來那小如彈丸的盒子是一巨缽！畢怡庵的情人三娘用「**小蓮杯**」換走小盒子，小蓮花杯的外表大大超過小盒子，卻「**向口立盡**」，而且「**把之膩軟**」，原來是三娘偷的二娘的「**羅襪一鉤**」！三樣酒器，分別是婦人用假髮髻、口脂盒子、繡花鞋變成，而且大變小、小變大，最小的口脂盒子變成了連喝百口不盡的巨缽，繡花鞋變的蓮花杯卻可以一口飲盡。「**荷蓋蓮杯，相映新雅。**」狐女與畢怡庵聚飲，聽其絮絮叨叨的對話，都是生動逼真的家庭細事。我們似乎可以聽到狐女的鶯聲燕語，妙語如珠，感受到她們的青春氣息。夢像現實一樣真切。而酒器巧變，又奇幻迭生，真中有幻，幻中有真，新奇雅致。

畢怡庵回到刺史公的別墅，突然醒過來，明白是做了個夢。這是怎麼回事？其實畢怡庵只是從夢中之夢中醒過來，這時他仍然處於夢中。他知道自己和狐狸精姐妹的聚會是做夢，又覺得鼻子、嘴巴酒氣很濃，說明確實喝了很多酒，感到很奇怪，到底是真的和她們聚會，還是在做夢？到了晚上，三娘來了，說：「昨天晚上沒醉死吧？」畢怡庵說：「我正懷疑是做夢呢。」三娘說：「眾姐妹擔心你大驚小怪，高聲叫嚷，所以托夢和你相見，其實不是夢。」有不有趣？明明是夢，狐女偏說不是夢。

後面就是小說家收結畢怡庵的夢了。畢怡庵因為總跟三娘下棋，耳濡目染，棋藝大有進步，跟過去的棋友玩兒，他們都感到很奇怪。畢怡庵心裡藏不住事兒，就把跟狐仙交往的事洩露了。三娘知道後，責備他：「怪不得我們許多狐仙都說不可以跟狂生交往，我多次囑咐你要保守機密，你怎麼還這樣！」說完就要走。畢怡庵再三謝罪，三娘稍微緩解，但來的次數卻越來越少了。過了一年多，有天晚上，三娘又來了，呆呆地坐在畢怡庵對面。畢怡庵要跟她下棋，她不下；要跟她睡覺，也不肯。三娘悵然若失許久，才說：「你看我比不比得上青鳳？」畢怡庵說：「你可能要超過她了。」這是畢怡庵情人眼裡出西施，也是蒲松齡故意借原來創造的經典狐狸精形象抬高新創造的形象。青鳳是《聊齋》中的早期狐狸精形象，也是蒲松齡細心描繪的愛情女主角，而三娘不過是夢中四狐女之一。三娘說：「我卻覺得自己比青鳳差遠了。聊齋先生跟你是文字之交，我想煩他給我寫篇小傳，這樣一來，千年之後，未必沒有像你這樣想念我、愛憐我的人。」畢怡庵說：「我早就有這個想法了，只是過去因為你的囑咐，我就沒把咱們的事告訴聊齋先生。」三娘說：「過去我確實是那樣囑咐你的，現在我們就要分別啦，還有什麼可避諱的！」畢怡庵問：「你要到什麼地方去？」三娘說：「我跟四妹被西王母選中做花鳥使，不能再來了。」這裡蒲松齡順手將神仙和歷史典故混為了一體。所謂「**西王母征作花鳥使**」，西王母是神話形象，而花鳥使，原來是唐朝天寶年間挑選美麗的宮女照料宮中宴會，美其名曰「花鳥使」。蒲松齡把兩個典故結合起來，派畢怡庵的狐狸精戀人和妹妹做花鳥使，進一步說明她們的美麗和聰慧。接著，三娘又對畢怡庵說了這樣的話：「我有個同輩姐姐跟你家叔兄交往，臨別時已經生了兩個女兒，現在還沒出嫁。我跟你幸好沒有這方面的拖累。」

〈狐夢〉妙筆生花地寫夢，寫一群狐女，而用真真假假的人物、地點、時間寫小說，是蒲松齡常用的迷惑人的障眼法。那麼，畢怡庵是確有其人，還是蒲松齡託名呢？如果不是託名，畢怡庵又是誰？有不少研究者認為畢怡庵是虛構的，因為從畢氏族譜上查不到他，而章培恒先生早在《〈聊齋志異〉寫作年代考》一文裡就說畢怡庵不可能是虛構的，因為蒲松齡寫這篇小說時，他的東家畢際有還活著，畢家又是當地大族，畢怡庵若不是確有其人，蒲松齡絕不敢任意給畢際有捏造出一個侄子。因為在封建宗法觀念的支配下，這樣做會引起畢際有及畢氏宗族的公憤，鬧出亂子來。後來又有幾位研究者認真考察畢怡庵到底是誰，有的認為畢怡庵可能是畢際有的長兄畢際壯的兒子畢盛錫，有的認為可能是跟蒲松齡關係特別好的畢家子弟畢子帥。其實，不管畢怡庵是誰，不管他是不是虛構的，都不影響後人對〈狐夢〉的評價。

〈狐夢〉篇末註明「**康熙二十一年臘月十九日，畢子與余抵足綽然堂**」，講述遇狐仙之夢。說起來，我們後世讀者真得感謝西鋪畢家，他們不僅給蒲松齡提供了長達三十年的比較安逸的教書工作，還給他提供了中國北方相當著名的藏書樓——萬卷樓。更難能可貴的是，畢家文化氣息相當濃厚，全家乃至全族都喜歡鬼狐小說。蒲松齡在這裡找到了存在感，也找到了許多寫作素材。蒲松齡經常提到的「刺史公」就是其東家畢際有，字載積。《聊齋》有兩篇短作〈五羖大夫〉、〈鴝鵒〉，篇末即題「畢載積先生志（記）」。畢際有的夫人王氏是王士禛的從姑母[14]，更是小說愛好者。她喜歡晚上坐在廳房裡，沏上茶，讓孩子們念野史。畢家子弟，都喜歡談鬼說狐。〈狐夢〉最後幽了一默，狐女三娘對畢怡庵說：「**曩有姊行，與君家叔兄，臨別已產二女。**」有研究者認為，這是蒲松齡調侃他的少東家畢盛鉅。他們之間有超過親兄弟的情誼。這些我在《幻由人生：蒲松齡傳》中也做了描寫。真真假假的人物、地點、時間，常常是蒲松齡誘人深信其故事的迷霧。〈狐夢〉讓畢怡庵因慕狐仙而夢狐仙，又受狐仙之托，要求聊齋先生作傳，「**未必千載下無愛憶如君者**」，煞有介事，妙趣橫生，其實，這不過是作者給自己做「廣告」呢。

14 編者註：從姑母，指祖父堂兄弟之女。

21 夢狼
官虎吏狼處處有

〈夢狼〉是《聊齋》最有代表性的名作，「官虎吏狼」成為《聊齋》的標誌性話語。「苛政猛於虎」是孔子的名言，而在蒲松齡的天才想像裡，苛政執行者就是狼，就是虎，以百姓為食，吃得白骨如山。

〈夢狼〉構思巧妙、寓意深刻。蒲松齡借助夢境描寫，巧妙諷刺現實。直隸白翁的長子白甲到南方做官，白翁因兒子初次出去做官，又一直沒有兒子消息，很是掛念。白家有個遠房親戚丁某素來能「**走無常**」。所謂「**走無常**」，就是可以在陽世和陰世之間行走。

丁某來拜訪白翁。白翁問他陰世的事，丁某說得很荒誕。白翁不信，只微微一笑，露出譏諷神情。幾天後，白翁正在睡覺，看到丁某來了，邀請他一起去遊玩。白翁跟著丁某去了，進了一座城，丁某指著一個門說：「這是您外甥住的地方。」白翁驚訝地說：「他怎麼會在這裡？」丁某說：「進去看看就知道了。」白翁進去，果然看到了外甥，「**蟬冠豸繡坐堂上，戟幢行列**」。蟬冠是漢代侍從官戴的帽子，上有蟬飾，插著貂尾，也叫貂蟬冠，後世泛指高官；豸繡，御史穿的繡著獬豸圖案的官服；戟幢行列，指門戟和飾著毛羽的旗幟縱橫排列。白翁的外甥戴著裝有貂尾蟬紋的帽子，穿著繡有獬豸圖案的官服，堂下整齊地排列著儀仗隊，分明是御史大人的裝扮和氣派。當時白翁的外甥還在山西做縣令，怎麼忽然成了御史？白翁覺得奇怪，想進去問一問，卻沒人給他通報。

丁某拉白翁出來，說：「你家公子的府衙，離這兒不遠，願意去他那兒看一看嗎？」白翁答應了，走了一小會兒，來到一座府第，丁某說：「進去吧！」白翁的兒子正在南方做官，怎麼可能跟在山西做縣令或者在京城做御史的外甥緊挨著？因為這是夢境，所以不管是從山西到江南，還是從京城到江南，都可以瞬間到達。白翁往門裡一看，只見一隻巨狼擋在道上。他害怕，不敢進。丁某說：「進呀！」白翁進了門，看到堂上、堂下坐著的、臥著的都是狼，又看到堂前台階上白骨如山，越發害怕。丁某用自己的身體護著白翁往裡走。這時白甲恰好從府衙裡出來，看見父親來了，很高興，請父親坐下，並吩咐侍者準備飯菜。忽然，一隻巨狼叼著一個死人進來。白翁嚇得戰戰兢兢，站起來問：「這是做什麼呀？」白甲輕描淡寫地說：「暫且用來給廚房添點兒菜。」白翁急忙制止，心臟「撲通撲通」地跳個不停，跟兒子告辭要走，這時一群狼擋住了他的去路。正進退兩難間，忽然群狼大聲嗥叫著四散奔逃，有的竄到床下，有的藏到桌下。白翁驚呆了，不知是什麼緣故，過了一會兒就看到有兩個披著金甲的勇士怒目圓睜地衝了進來，拿出黑色繩索把白甲捆起來。白甲趴在地上，變成了一隻斑斕猛虎，露出又長又尖的牙齒。有個金甲勇士拿出一柄利劍，想砍掉老虎的頭。另一個勇士說：「先不要砍！這是明年四月間該發生的事，不如先把他的牙敲了去。」於是拿出巨大的鐵錘敲打老虎的牙齒，牙齒一顆顆掉到地上。

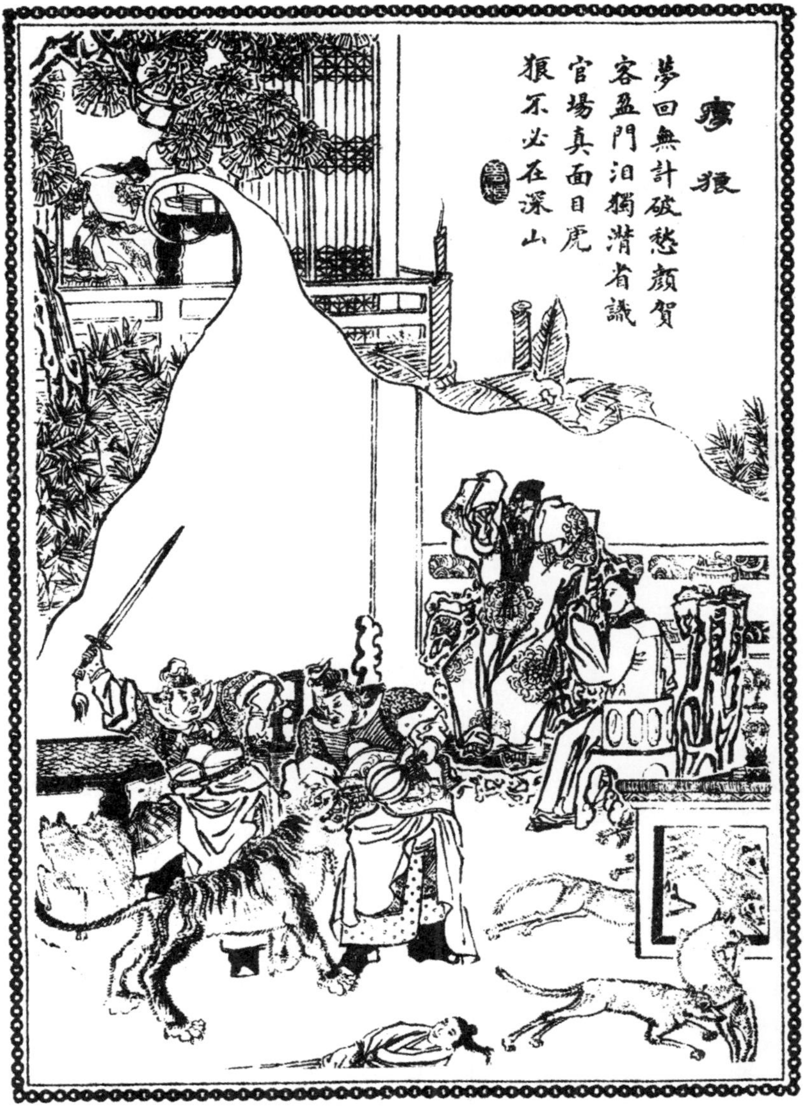
夢狼
夢回無計破愁顏賀
客盈門泪獨潸省識
官場真面目虎
狼不必在深山

〈夢狼〉

老虎大吼，聲震山嶽。白翁怕極了，忽然醒來，發現是一場夢。他很詫異，派人去請丁某，但丁某不肯來。

白翁記下做夢的日期及夢境，寫了封懇切的信，派次子送到白甲那兒去，百般勸誡、哀求、叮囑他一定要清廉做官，不要貪賄，不要殘害老百姓。白家次子到達白甲做官的地方時，看到哥哥的門牙都掉了，露著大傷口，聯想到父親的夢境，害怕地問：「你的牙怎麼啦？」白甲說：「喝醉酒從馬上掉下來碰掉了。」問是什麼時候，白甲說的時間，跟白翁做夢的時間一絲不差！白家次子更加害怕，把父親寫的信拿出來。白甲讀了父親的信，臉色大變，過了一會兒，說：「這是幻夢與現實的偶然巧合，有什麼可奇怪的！」

白甲當時剛剛向當權者行賄，得到優先舉薦的機會，根本不把父親的夢境放在心上。他的弟弟在官衙住了幾天，看到滿衙門都是坑害良民的衙役，行賄、說情、通關節、走後門的人，往來不絕，直到半夜。弟弟流著眼淚勸白甲不要再這樣做了。白甲說：

> 弟日居衡茅，故不知仕途之關竅耳。黜陟之權，在上臺不在百姓。上臺喜，便是好官；愛百姓，何術能令上臺喜也？

這段話太精彩了。這是貪官在黑暗社會中往上爬的訣竅：討好上司，向上司行賄，就能升官；愛護老百姓，老百姓能讓你升官嗎？這段話反映了許多封建官吏的心理。

弟弟知道哥哥是勸不過來的，就回了家，把看到的情景一一稟報父親。白翁聽了大哭。他對長子白甲無可奈何，只好把家產捐出來救濟貧民，天天向神明禱告，祈求逆子惡有惡報，但不要連累到妻兒老小。

第二年，有人來給白翁報信，說白甲被提升到吏部做官。前來祝賀的人擠破了白翁的家門。白翁卻只是一個勁兒地歎氣，躺在床上，假裝生病，不見任何客人。沒過多久，聽說白甲在衣錦還鄉的路上遇到強盜，主僕都被殺了。白翁聽了，才從床上爬起來說：「鬼神的憤怒，只報應到他一個人身上，護佑我們全家的恩德不能說不厚。」於是燒香拜佛，感謝上蒼。前來對白翁表示慰問的人，都對他說：「這可能是訛傳，不一定是真的。」而白翁卻深信不疑，立即定下日子給大兒子造墳。

原來，四月間，白甲離任赴京，他想著順道去家鄉炫耀一番，結果剛離開縣境，就遇到了強盜。白甲把所有錢財都交出來，強盜卻說：「我們這些人來，是給全縣受害百姓討還冤債的，難道是為了錢嗎？」說完一刀把白甲的頭砍下來。又問僕人：「有個叫司大成的，是哪個？」司大成是白甲的心腹，是個助紂為虐的壞蛋。僕人把司大成指出來，強盜把他也殺了。還有四個壞衙役，是白甲在縣裡搜刮錢財的重要幫手，白甲要把他們帶進京城。強盜把這四個人都殺了，然後才把白甲搜羅到的金銀財寶分了，各自裝到袋子裡，騎上馬飛快地跑了。

白甲的魂魄伏在道旁，看到一個官員經過，問：「被殺的是什麼人？」前面開道的人說：「是某縣知縣白甲。」官員說：「這是白翁的兒子，不該讓老頭看到這麼兇殘的景象，把他的腦袋給接上吧。」小說接著出現一個哲理性情節：「**即有一人掇頭置腔上，曰：『邪人不宜使正，以肩承領可也。』**」這句話的意思是有人把白甲的腦袋故意歪著摁到脖子上，說：「這樣的壞人不應該把他的頭安正了，讓他的肩膀托著下巴就行了。」「**以肩承領**」，用肩膀承接下巴，就是把頭側轉九十度安到脖子上。蒲松齡用的「掇」字是淄川土話，意思是把腦袋「啪」地摁到脖子上。

過了些時辰，白甲醒來，他的妻子給他收屍，見他還有點兒氣息，就把他裝上車拉走，慢慢給他灌點兒湯水，他也能咽下去。因為沒有路費，只好賴在旅店裡，窮得不能回家。

白翁半年後才得到大兒子的確切消息，就派二兒子去接他回家。白甲雖然活了，但他的腦袋歪了，眼睛只能看到自己的後背，人們都不把他當人看待，他也再不可能去吏部上任了。這個故事相當有哲理。山東俗話說，人應該長著前後眼，知道作惡會受到報應。白甲現在就有了「前後眼」。他原來的眼睛一直向前看，既是向前途看，也是向金錢看；復活後卻只能向後看，看自己作惡的後果。這個構思太巧妙了，太有諷刺意義了。而白翁姐姐的兒子本來只是縣官，後因為官清廉被提拔為御史，穿戴、排場完全跟白翁在夢裡看到的一樣。這和開頭白翁在夢中看到外甥做了御史相呼應。

「異史氏曰」：「我常私下感歎：天下官員像老虎而衙役像狼的事，到處都是。就是官員不做老虎，衙役也要做狼，何況還有比老虎更兇猛的呢！人最要命的是做什麼事自己看不到後果，而白甲甦醒後能瞧見自己的後背，鬼神的懲戒微妙得很啊！」原文如下：

> 竊歎天下之官虎而吏狼者，比比也。即官不為虎，而吏且將為狼，況有猛於虎者耶！夫人患不能自顧其後耳，甦而使之自顧，鬼神之教微矣哉！

官虎吏狼，一針見血。小說前面寫白甲變成一隻虎，那篇名為什麼不叫「夢虎」呢？估計是因為蒲松齡更喜歡整個官衙堂上堂下、坐著臥著都是狼的場面和構思。蒲松齡似乎覺得如何形象地叫讀者知道「吏狼」是他不可推卸的責任，所以在「異史氏曰」後面又補充了兩條關於「吏狼」的現實生動的例子。

第一個例子：鄒平縣的進士李匡九，做縣官以廉明自許。有個富民被人誣陷告到衙門，守門的衙役嚇唬富民說：「縣太爺要你交二百兩銀子，你得抓緊辦，不然你的官司肯定輸。」富民答應給一百兩銀子，衙役搖搖手說不行。富民苦苦哀求，衙役說：「我不是不盡力，就怕縣太爺不答應。等到要審問你的時候，你可親眼看著我到縣官跟前為你說情，看他是不是同意你只交一百兩銀子，就知道我沒有騙你的意思了。」過了一會兒，李縣令審問富民的案子，衙役知道他戒了煙，便走到近前問：「您抽煙嗎？」李縣令搖搖頭。衙役走下堂對富民說：「我剛才對縣太爺說你願意交一百兩銀子，他搖頭不答應，你可看到了？」富民相信了衙役的話，答應交二百兩銀子。衙役知道李縣令喜歡喝茶，就走近問：「您喝茶嗎？」李縣令點點頭。衙役說：「我現在就去給您泡茶！」說完急忙跑到堂下對富民說：

「行啦，剛才縣太爺點頭答應了。你看見了吧？」不久，案子審完了，因為富民本來就是被誣陷的，所以被釋放了。衙役去收那二百兩銀子，還索要了謝錢。蒲松齡說完這件真人真事，感歎道：「唉！官員自以為廉潔，而罵他是貪官的卻滿街都是。這又是縱容如狼的衙役而自己還不知道的。世上像這樣被蒙蔽的官員更多，可以作為當官者的一個借鑑。」

這個縱狼而不自知的官員，雖然以廉明自許，卻沒有知人之明，連一個狡猾的守門衙役都能把他玩弄於股掌之上，其他更有手段、更有心計的屬下會怎樣瞞天過海，就可以想見了。這算是進士出身的父母官的一種類型吧。

第二個例子更有心理學的意味。這個例子也是真人真事。「**邑宰楊公性剛鯁**」，意思是淄川縣令楊公性情剛烈耿直。這位楊公確有其人，是明崇禎十年至十三年（一六三七－一六四〇）在淄川擔任縣令的楊蕙芳。蒲松齡接著說：觸犯他的人必死無疑；他尤其痛恨行為不端的衙役，即便有小過失也不寬恕。只要他威風凜凜地往大堂上一坐，下面的小官和衙役就連咳嗽一聲都不敢。這些小官如果給他出主意，他必定反其道而行之。正好淄川城裡有個人犯了重罪，怕被判處死刑，一名小官就向這個城裡人索要一大筆錢，說可以為他說情。城裡人不相信他能在楊公面前說情，並說：「如果能行，我怎麼會吝惜酬金？」小官就跟城裡人訂下盟約。不久，楊公提審城裡人，說到他的罪行時，城裡人不服。小官就在一旁呵斥他說：「你如果不趕快如實招供，楊大人就要動用大刑弄死你啦！」楊縣令怒了，說：「你怎麼知道我要動用大刑？肯定是他沒給你送錢吧！」於是就處罰小官，釋放了城裡人。城裡人給小官送了一百兩銀子作為報答。蒲松齡接著評論說：「要知道豺狼狡詐多端，稍微失去覺察，就會被他們所利用。這種人不只憑藉其爪牙在鄉下吃人，還會敗壞我們的陰德，甚至使我們身敗名裂、家破人亡。不知道當官的是何居心，偏要用小孩子去餵這些惡魔！」

楊縣令的優點是耿直，缺點恰好也是耿直，而且剛愎自用，以致不知道身邊的狡猾屬下會「對症下藥」，利用他的自以為是和逆反心理。

上面兩個例子都是精彩的人物素描，畫出了所謂清官的顢頇和猾吏的狡詐。清代有位點評家說：「〈夢狼〉一則，寫官虎吏狼，固足以警覺貪墨，此二附錄，居官者尤不可不知也。字字金丹，能勿寶諸！且繪吏役狡詐之情，筆筆飛舞變幻。」

官吏化虎吃老百姓，最早見於南朝任昉《述異記》。宣城太守封邵忽化為虎，吃治下之民，當時流傳：「無作封使君，生不治民死食民。」〈夢狼〉受此作影響很明顯。

22 續黃粱

對貪官的絕妙懲罰

〈續黃粱〉續的是唐傳奇的黃粱夢。黃粱一夢、南柯一夢是唐代知識份子喜歡琢磨的命題，夢中得榮華富貴，醒後悟道。什麼是人生理想，是滔天權勢、高官厚祿、美妙佳人嗎？權勢有煙消雲散時，高官厚祿有丟掉之時，美妙佳人有死去之時，富貴繁華之後還能留下什麼？

唐代文學家沈既濟的《枕中記》寫衣衫破敗的盧生對道士呂翁表露他生活中的不如意，「大丈夫生世不諧，困如是也」，認為讀書人活在世上，應建立功名，獲取高官厚祿，享受人生快樂，同時讓家族有錢有勢，「士之生世，當建功樹名，出將入相，列鼎而食，選聲而聽，使族益昌而家益肥」。道士給盧生一個青瓷枕叫他入夢。盧生在夢中經歷官場沉浮，一路做到宰相，八十歲時在富貴榮耀中死去。盧生夢醒，惆悵良久，感歎：「寵辱之道，窮達之運，得喪之理，死生之情，盡知之矣。」做多大官、發多大財都沒什麼意思，人生就像一場夢。他放棄了追求功名利祿的欲望。

《枕中記》描寫盧生夢中官場得意時被人陷害下獄，嚮往著像普通老百姓一樣穿著平凡的衣服，騎著普通的馬，在山路上看風景，所謂「衣短褐，乘青駒，行邯鄲道中」，可就是這樣平凡的願望，在獲罪後也享受不到。這是小說中的經典情節。

李公佐《南柯太守傳》比《枕中記》的思想價值更高一籌。淳于棼夢中在大槐安國娶了公主，一步登天，做上南柯太守，權勢赫赫；可是公主一死，他就被皇室遺棄，灰溜溜地回了家——然後就醒了。他這才發現，自己夢中去的「大槐安國」，不過是槐樹邊一個螞蟻窩；他埋葬妻子的豪華墳墓不過是極小的小土堆，從此「感南柯之浮虛，悟人世之倏忽，遂棲心道門，絕棄酒色」。最後，李公佐借李肇評語，再次深化這樣的思想：「貴極祿位，權傾國都，達人視此，蟻聚何殊。」

蒲松齡仿唐傳奇或改唐傳奇之作不少，〈續黃粱〉是他非常看重的作品。他在「異史氏曰」處提出〈續黃粱〉可跟《枕中記》、《南柯太守傳》相媲美：「**福善禍淫，天之常道。……黃粱將熟，此夢在所必有。當以附之《邯鄲》之後。**」蒲松齡以超越前輩作家塑造的人物為藝術追求，以能夠在傳統題材上寫出新思想為追求。那麼，他寫的〈續黃粱〉跟唐傳奇有可比性嗎？有超越嗎？我認為，不管是思想意蘊還是人物描寫，〈續黃粱〉對《枕中記》、《南柯太守傳》都有所超越。《枕中記》《南柯太守傳》的主人公，即使不是賢相、名相，至少不是壞人，縱然高官厚祿，卻沒禍害百姓、禍害社稷。〈續黃粱〉的主人公曾某卻是地地道道的壞蛋，他的夢中劣行又由他的現實個性發展而來，也就是說，小說幻想的情節是現實人物的性格發展的延續。

我們來具體看看蒲松齡筆下知識份子的黃粱夢。

福建曾孝廉考中進士，跟幾個新貴到郊外遊玩，聽說禪院有個會算命的人，就去算卦。算命先生看到曾某趾高氣揚，便說了幾句奉承話。曾某搖著扇子微笑，問：「你看我有穿蟒袍、束玉帶的福分嗎？」算命先生一本正經地說：「你將來要做二十年太平宰相。」曾某聽了，越發心高氣傲。恰好下起小雨，曾某和同遊者到寺院禪房休息。有個老和尚正在蒲團上打坐，見到曾某等人，也不怎麼理睬。眾人便朝老和尚拱拱手，坐到矮榻上聊起來。大家紛紛祝賀曾某將成為未來的宰相。曾某情緒高漲，指著同遊者說：「我做宰相後，推舉張年丈做應天府巡撫，我家中表兄弟都做高級將領，我家的老僕人也弄個帶兵小頭目幹幹。這樣我就心滿意足啦。」這段原文，《聊齋》研究者經常引用：「指同遊曰：**『某為宰相時，推張年丈作南撫，家中表為參、遊，我家老蒼頭亦得小千把，於願足矣。』**」還沒做官就視公器為私物，連僕人都可當千總、把總，當真是一人得道，雞犬升天。這時曾某僅是剛考中的進士，以後能做多大官還是未知數，宰相更是遙不可及。但根據他的表現卻已可斷定，這樣的人做宰相，絕對不是黎民社稷之福。

《聊齋》故事常有對狂妄份子當頭棒喝的高人。當曾某因將做「宰相」而得意忘形時，寺院「**深目高鼻**」的高僧卻對其不理不睬，只是冷眼旁觀，決定教育這個狂徒：讓他入夢，瞬息間盡享宰相威福，然後痛切感受惡相的慘烈下場。

不一會兒，門外大雨傾盆，曾某疲倦了，便趴在榻上打起盹兒來。他入夢了——

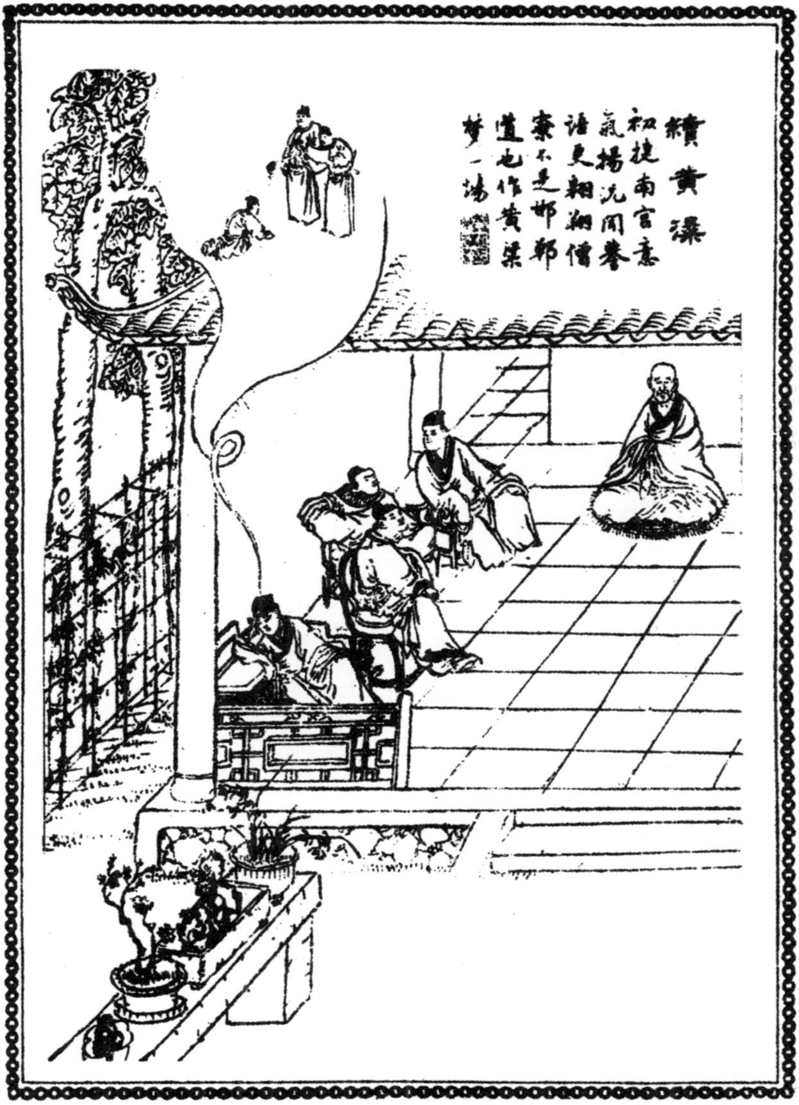

〈續黃粱〉

忽見兩名太監，手捧皇帝詔書，召曾太師入朝商定國家大事。太師是封建社會三公之首，官位最高。曾某因皇帝寵愛，極為得意，一溜小跑，急忙上朝。皇帝移座向前，跟他聊了好長時間，並下令：三品以下官吏任免，均由曾太師決定；賞賜蟒袍、玉帶、名馬。曾太師穿蟒袍、束玉帶，向皇帝磕頭拜謝，告辭出來。

寫夢的妙，在於既像是真，又像是假；表層是真，深層是假；乍看是真，琢磨是假。寫夢的妙，還在於夢境雖如萬花筒，卻與現實人物的性格特點相符。〈續黃粱〉中的曾某，既沒有宰相常有的拯焚救溺、經綸在抱，也沒有宰相應有的雍容大度、氣宇軒昂。曾某夢中聽說皇帝有請，表現是：「得意，疾趨入朝。」這「得意」，是小人乍富的得意，是剛中皇榜就當上太師的得意。「疾趨」是形容腦袋前傾、飛快小跑的姿態，活畫出名曰「太師」，實際卻沐猴而冠的本質，缺乏宰相應有的氣度。如果真是太師，皇帝來請是家常便飯，一定會寵辱不驚，坐著八抬大轎，前呼後擁，下轎後再邁著四方步上金殿，絕不會像曾某這樣，一聽皇帝有請，就受寵若驚、得意忘形，急急忙忙地小跑著入朝，好像北京人挖苦的「催巴兒[15]」。

曾某回到家，已是煥然一新的太師府，高大的房樑畫著彩繪，房椽上雕著美麗花紋。曾某有些困惑：「我家怎麼突然這樣華麗？」曾某忽然成為宰相，將信將疑，符合從現實漸入夢境的細微心理變化。然後，曾某進入「宰相」角色，且是秦檜、賈似道式的宰相：

15 北京方言，指聽人使喚，替人打雜、跑腿兒的人。

「**撚髯微呼，則應諾雷動。**」他手捋鬍鬚，輕輕招呼一聲，立即有許多人雷鳴似的答應。接著，三公六卿、達官貴人紛紛來送海外的奇珍異寶。躬身彎腰拍馬屁的人，你出我進，絡繹不絕。山西巡撫送來十名歌姬，都是妙齡美女，其中最漂亮的嫋嫋和仙仙，深受曾某寵愛。曾某在家裡脫掉官服，摘掉官帽，自在休息，觀看美女輕歌曼舞，真是氣焰熏天，美色聲樂，應有盡有，一副宰相做派。但勢利小人的脾氣卻像孫悟空怎麼也變不掉的尾巴，曾某對各級官員的態度完全沒有宰相水準。在稍有水準的宰相眼中，六卿也好，侍郎也好，更低一級的官員也好，都是下級，應該一視同仁，以示寬厚仁愛，只有勢利小人才會看人下菜碟。曾某則對來訪者區別對待：六部大臣來到，熱情出迎，急得鞋都穿反了；各部侍郎前來，拱拱手作個揖；官位再低點兒的來，點個頭就算了。

一天，曾某忽然想起，當年不得志時，同縣王子良曾幫過自己，如今自己青雲直上，他還在求官路上跌跟頭，幹麼不拉他一把？於是，第二天一早就給皇帝上疏，推薦王子良做諫議大夫，負責稽查六部。皇帝恩准，馬上任用。他又想到，九卿之一的郭太僕曾跟自己有點兒小矛盾，得整整他，便馬上向親信密授機宜。第二天，彈劾郭太僕的奏章紛紛交上去，皇帝於是把郭太僕削職為民。有恩報恩，有怨報怨，有權真好！俗話說：宰相肚裡能撐船。曾某卻睚眥必報，還覺得「**恩怨了了，頗快心意**」，這正是市井小人的心性特點。

曾某偶爾到郊外遊玩，一個醉漢衝撞了太師的儀仗隊，他便派人將醉漢捆起來交給京城府尹，二話不說，亂棍打死。跟曾某宅院或田地相連的人，都害怕他的權勢，主動把好房、好地無償獻給他。從此，曾某的富裕簡直可以和國庫相媲美。不久，嫋嫋和仙仙先後病死。曾某忽然想起，當年東鄰女非常美麗，常想買來做妾，只因財微力薄，無法如願，現在總算可以稱心如意了，於是派去幾個能幹的僕人，硬把錢塞給東鄰，然後用一座藤轎把美人抬來，一看，哎呀，怎麼比過去還漂亮？嘿，曾某這輩子，要什麼有什麼，心滿意足啦。這一段，極寫宰相權威，又隱寫勢利小人本色。

又過了一年，曾某發現文武百官都在偷偷地議論他，但誰也不敢把不滿的話說出來，就像朝廷宮門外儀仗隊的馬，吃著精草料，卻只管呆呆地站著，不叫一聲。曾某根本不把這些人放在心上，卻沒想到，有人站出來了——龍圖閣包大學士。他給皇帝上了彈劾的奏疏。奏疏中說：

臣認為，曾某原是一個酗酒賭博的無賴，一個市井小人，只因一句話合於聖意，便得到聖上眷顧，父親穿紫蟒，兒子穿紅袍，所受恩寵達到極點。可是他非但不全心全意為國辦事，以報答聖上深恩，反而隨心所欲，作威作福。他犯下的死罪，像頭髮一樣數不清。朝廷的重要官位，他當成牟取暴利的貨物，按照油水的多少，決定要價多少，隨意賣給別人。所以，從高官到將士，都在他門下奔走，鑽營巴結，討價還價，像沿街叫賣的小商小販；看他臉色、仰他鼻息辦事，見了他望塵而拜的，不計其數。那些有才能、有氣節的豪傑之士和賢良之士，不肯對曾某阿諛奉承，輕則被貶官降職，重則被削職為民。更有甚者，只要不對曾某順從攀附、不跟曾某同流合污，就觸犯了他這指鹿為馬的權奸；只要片言有所冒犯，就被發配到豺狼虎豹出沒的邊遠地區。朝廷百官因曾某而寒心，聖上也因曾某而被孤立。還有百姓的良田，他任意侵占；良家女子，他強行聘奪。烏煙瘴氣，暗無天日！他的奴僕一到，太守、縣令，哪個不看他們的臉色辦事？他的書信一到，布政司、都察院，哪家不得徇情枉法？他那些奴僕的乾兒子、關係疏遠的親戚，一出門就公然使用朝廷驛站上的車馬，車馳如風，蹄響如雷。地方上的供應稍微慢一點兒，馬鞭子就立即劈頭蓋臉地打下來。他們荼毒人民，奴役官府，隨從所到之處，搜刮民財，敲骨吸髓，連田野上的青草都留不下來。曾某大權在手，聲勢顯赫，憑藉聖上寵愛，不思改悔。每當奉聖上之詔入金殿議事，他便馬上趁機在聖上跟前誹謗、誣陷政敵；剛裝出奉公守法的樣子離開朝堂，轉眼間就在自家後花園聽歌觀舞。聲色犬馬，日夜荒淫；國計民生，一點兒都不放在心上。世上難道有這樣的宰相嗎？朝廷裡裡外外，為有這樣的宰相而驚懼不安；舉國上上下下，為有這樣的宰相而人心動盪。如果不趕快斬殺曾某，勢必造成曹操、王莽那樣的災禍。臣為此事日夜擔心，不敢安居，冒死列出曾某罪狀，上奏聖明天子。敬祈聖上殺了奸賊的頭，抄沒他貪贓枉法得來的家產。上可挽回上天震怒，下可大快人心。如果臣的奏疏有假，願受刀斧油鍋之刑，萬死不辭。

奏疏是模範文言文，我們來欣賞其中一段：

朝廷名器，居為奇貨，量缺肥瘠，為價重輕。因而公卿將士，盡奔走於門下，估計夤緣，儼如負販；仰息望塵，不可算數。或有傑士賢臣，不肯阿附，輕則置之閒散，重則褫以編氓。甚且一臂不袒，輒迕鹿馬之奸；片語方干，遠竄豺狼之地。朝士為之寒心，朝廷因而孤立。又且平民膏腴，任肆蠶食；良家女子，強委禽妝。沴氣冤氛，暗無天日。奴僕一到，則守、令承顏；書函一投，則司、院枉法。

蒲松齡保留的手稿中有好多擬表，都是為科舉考試做準備，而模擬寫給皇帝的奏表。擬表的寫作要求是雍容華貴，高雅凝重，文采飛揚。可惜蒲松齡寫的那麼多擬表沒有一份能真正送到皇帝手上，倒出現在小說裡，安到包學士頭上，可見學問沒有白學的。

包學士上疏，是正直官員對不法宰相的彈劾，反映了蒲松齡對黑暗官場，特別是高級官吏的綜合認識。他用簡練、生動、鏗鏘有力的語言，把封建社會臺閣重臣賣官鬻爵、結黨營私、魚肉人民、聲色犬馬、荒淫無恥的醜惡嘴臉揭露無遺。包龍圖本是宋代著名清官，這裡借指剛正不阿的朝臣，彈劾曾某，帶有奇崛幻想色彩，符合「忠臣」身分。

曾某的美夢轉入噩夢，是從包學士向皇帝上奏疏開始的。包學士的奏疏交上去，曾某聽說後，魂飛天外。皇帝對曾某還算寬容，把奏疏留在宮中，沒做處理。不過，包學士的奏疏成了「雪崩時的第一片雪花」。接著，六部尚書、六科給事中、十五道御史等身居高位的朝臣也紛紛上表，彈劾曾某，過去投靠曾某門下的門生、認他為乾爹的乾兒子們也落井下石，可謂牆倒眾人推，破鼓亂人捶。皇帝終於下令：曾某抄家，充軍雲南。擔任平陽知府的曾某的兒子，也被捉拿審問。曾某正驚恐之際，幾十名帶劍執戈的武士，衝進太師府，直撲寢室，一把扯掉他的烏紗帽和蟒袍玉帶，把他和妻子捆綁起來。不一會兒，衙役把抄出的財寶搬出來，金銀錢鈔幾百萬，珠寶、翠玉、瑪瑙幾千斗，帷幕、窗簾、床帳幾千件，至於嬰兒的襁褓、繡花鞋，都散落在台階上。曾某的寵妾被拖出來，披頭散髮，花容失色，嬌滴滴地哭著。曾某悲火燒心，卻敢怒不敢言。

曾家的樓閣倉庫都被貼上封條。武士呵斥曾某滾出太師府，看守者把他們從府裡拖出來。曾某夫婦低聲下氣，求武士給輛破馬車代步，武士不同意。走了十里路，曾某妻子腳小，走不動，曾某不得不扶著她。又走了十幾里，曾某疲憊到極點，忽見一座高山，直插雲霄，曾某擔心爬不過去，挽著妻子，相對哭泣。看守者橫眉豎眼，說：「一步也不許停！一刻也不許停！」曾某看看太陽落山，前不著村，後不著店，不得已，只能一瘸一拐、踉踉蹌蹌地往前走。爬到半山腰，曾某妻子精疲力竭，哭著坐到路邊，再也不走了。曾某也坐下來休息，任憑看守者大聲怒罵。忽然，聽到上百人高聲喊叫，有一大群鄉民拿著明晃晃的鋼刀，連蹦帶跳地跑過來。看守者大駭，丟下曾某夫婦逃走了。曾某直挺挺地跪到地上，對鄉民說：「我孤身被流放到邊遠地方，口袋裡沒有財物，請各位壯士饒恕。」鄉民怒目圓睜，大聲說：「我們都是被你殘害的良民，只要你這惡賊的腦袋，別的什麼都不要！」曾某還想逞威風，說：「我雖然有罪，但還是朝廷命官，你們這群亂賊怎敢如此！」鄉民也憤怒了，一柄柄刀斧揮向曾某……

在唐傳奇中，夢中高升者罷官，就是夢的結束，〈續黃粱〉卻不是這樣。曾某罷官後，在流放途中為深受其害的鄉民所殺，進了閻王殿，又遇到面目獰惡的鬼王，此時他正靠在案前斟酌對某個鬼魄是判罪還是賜福。曾某匍匐在地，求鬼王寬恕。鬼王審閱曾某檔案，才看了幾行，就大為震怒，說：「欺君誤國大罪，下油鍋！」一群鬼大聲應和，聲如巨雷，隨即有個巨大的鬼卒一把揪住曾某的頭髮，將他拖到台階下。只見油鼎七尺多高，四周燒著火紅的炭，鼎足都燒紅了。曾某渾身發抖，邊哭邊求饒，可是跑沒處跑，藏沒處藏。鬼卒用左手抓著曾某的頭髮，右手握住他的腳踝，將他丟到油鍋裡。曾某隨沸騰的油上下起伏，疼得鑽心。他想不如馬上死掉算了，卻怎麼也死不了。大約一頓飯時間，鬼卒才用巨大的叉子把他挑出來，重新回到堂下。

鬼王又查閱記錄簿，說：「倚勢凌人，該上刀山！」鬼卒又把曾某抓去。曾某看到一座山，上面插滿鋒利的尖刀，密密麻麻。已有幾人在爬刀山，這個在哭爹，那個在叫娘，痛不欲生，慘絕人寰。鬼卒催促曾某：「快上山！」曾某大哭著往後退縮，鬼卒就用毒錐狠狠地刺他的腦袋。曾某忍痛向鬼卒求情，鬼卒越發憤怒，抓起曾某，使勁向空中拋去。曾某只覺得自己被丟到了雲霄之上，頭昏腦脹地掉下來，利刃正好刺穿胸膛，痛苦得沒法形容。再過一會兒，因為沉重的身體往下墜，刀割開的地方越發寬了。忽然，他又從刀山上掉下來，四肢像蟲子似的縮成一團。鬼卒趕著他去見鬼王。鬼王命令：統計一下曾某生前賣官鬻爵、貪贓枉法、侵吞他人田地家產所得金錢總數。大鬍子判官拿著算盤和籌碼計算，說：「三百二十一萬兩銀子。」鬼王說：「他既然搜刮了這麼多錢，那就讓他全部喝下去！」不一會兒，三百二十一萬兩銀子取來，堆在台階前，像座小山丘，丟到大鐵鍋裡，熔成金汁銀漿。幾個小鬼用勺子往曾某嘴裡灌，真是活著時只嫌這東西少，現在只嫌這東西多！灌了半天，才把曾某生前貪污的金錢灌盡。

曾某因「**欺君誤國**」下油鍋，皮肉焦灼，痛徹於心；因「**倚勢凌人**」上刀山，「**刃交於胸，痛苦不可言狀**」。下油鍋、上刀山，是傳說中惡人在陰司的常規懲罰，可能不是多麼特殊的構思。小說中最精彩、最大快人心、最合乎老百姓心理需要的懲罰，是把貪污的金錢化為沸騰的「錢汁」，灌進曾某嘴裡，使其「**生時患此物之少，是時患此物之多也**」。原本令貪官愛不釋手的金銀在人生「總結算」時讓他皮肉焦灼、臟腑沸騰，是蒲松齡想像出來的特殊懲戒，奇特而深刻。

曾某最後轉世成了貧苦人家的女嬰，父母身著破衣爛衫，土房子裡放著討飯的瓢和杖。曾某變成了乞丐的女兒，每天跟隨父母沿街乞討，肚子餓得咕咕叫。她身穿破衣，冷風刺骨。十四歲時，父母把她賣給顧秀才做小老婆。顧秀才的大老婆特別兇悍，常用鞭子打得她遍體鱗傷，甚至用燒紅的烙鐵來烙她的胸部。幸虧丈夫還心疼她，使她稍微得到一點兒安慰。顧秀才晚上住到她的房間，她正在枕邊喋喋不休地訴說自己的冤屈和苦楚，忽然，「嘭」的一聲巨響，房門大開，有兩個賊持刀闖進來，竟把秀才的頭砍了下來，然後搜刮財物走了。她嚇得縮成一團伏在床下，不敢出聲。賊走之後，她才喊叫著跑去報告大老婆。大老婆懷疑是她跟姦夫私通謀殺親夫，於是告到官府。官府嚴刑逼供，給她定了個通姦殺夫的罪名，按律凌遲處死。她被捆起來押赴刑場，冤氣塞滿胸膛，跳著腳一聲聲大叫「冤枉」，覺得十八層地獄也沒這樣黑暗。

曾某正在那兒悲慘地叫著，忽聽同遊人問：「年兄，你在做噩夢嗎？」曾某豁然醒來，只見老和尚還在盤腿打坐。同遊人紛紛過來問：「天晚了，肚子餓了，你怎麼睡了這麼長時間？」曾某沒精打采的，神色慘然地坐起來。老和尚笑著問他：「你那二十年太平宰相的吉卦應驗了嗎？」曾某聽了，更加驚異，急忙向老和尚施禮請教。老和尚說：「只要修德行仁，火坑中也能長出青蓮花。我一個山村老和尚能知道什麼！」曾某興致勃勃而來，垂頭喪氣而歸，出將入相、位居臺閣的想法從此淡薄。後來他入山隱居，不知所終。

很好！世間少了個可能的惡相，山中多了個靜修的高人。

〈續黃粱〉寫的是夢，但現實性顯而易見。它給《聊齋》神鬼狐妖的藝術世界增添了一個鮮活的儒林人物——夢中宰相。曾某沒入夢前是剛剛得志的進士，吹大牛、要恭維；入夢後頭戴宰相官帽，享盡榮華富貴，卻做盡壞事，是一個「**飲賭無賴**」、睚眥必報的市井小人，後來果然在地獄受到了應有的懲罰。相比於人世間對貪官最厲害的懲罰，如砍頭、腰斬、上絞架等，將他貪污的金錢化為沸汁，灌入口中，更加大快人心。貪官每喝一口都會想到貪污的害處，倘有來生，絕不敢再伸手。

中國古代小說中，《幽明錄．焦湖廟祝》開後世文學「夢文章」之先河：

焦湖廟祝有柏枕，三十餘年，枕後一小坼孔，縣民湯林行賈，經廟祈福。祝曰：「君婚姻未？可就枕坼邊。」令林入坼內，見朱門、瓊宮、瑤台勝於世，見趙太尉，為林婚，育子六人，四男二女，選林秘書郎，俄遷黃門郎。林在枕中，永無思歸之懷，遂遭違忤之事。祝令林出外間，遂見向枕。謂枕內歷年載，而實俄頃之間矣。

《幽明錄．焦湖廟祝》影響了一代又一代的小說家。唐傳奇出現了《枕中記》、《南柯太守傳》、《櫻桃青衣》，明代大戲劇家湯顯祖創造了《邯鄲夢》，蒲松齡則把自己的小說命名為〈續黃粱〉，用曾某的一個夢揭露了整個封建官場的黑暗。最後異史氏對小說寓意做了一番說明：「降福給行善的人，降禍給作惡的人，這是上天的法則。曾某聽說自己可以做宰相就沾沾自喜，一定不是因為此職務可以為國家、為黎民鞠躬盡瘁，這是可想而知的。這時，他的心裡，華麗的宮室、嬌妻美妾，無所不有。但是夢境固然虛妄，幻想也不真實。曾某因為一句恭維的空話就起了不良的念頭，神仙就用夢幻來回報他。黃粱飯快熟了，這樣的夢是一定會有的，該把這個故事附在《邯鄲記》後面。原文如下：

福善禍淫，天之常道。聞作宰相而忻然於中者，必非喜其鞠躬盡瘁可知矣。是時方寸中，宮室妻妾，無所不有。然而夢固為妄，想亦非真。彼以虛作，神以幻報。黃粱將熟，此夢在所必有，當以附之《邯鄲》之後。

23 阿寶

男兒離魂的千古情癡

阿寶是女主人公的名字，小說卻圍繞著發瘋一樣癡愛阿寶的孫子楚來寫，這可以說是《聊齋》的一個特點：用女主人公的名字做篇名，故事主角卻常常是男主人公。〈紅玉〉如此，〈阿寶〉也是如此。

中國古代婚姻講究「門當戶對」，男女雙方要地位相當、財力相當、品貌相當，或者男方高於女方，才有聯姻可能。這篇小說的男女主人公卻門不當戶不對：女的叫阿寶，家財萬貫，是典型富二代，而且還美如天仙、聰慧過人；男的叫孫子楚，窮書生，死了妻子，肢體還有點兒小小殘疾，為人不知變通，似乎傻呵呵的。兩個天差地別的人卻成了美滿眷屬，靠的是什麼？癡情。正如小說最後所說的「**性癡則其志凝**」，因為癡情，孫子楚志向凝聚、執著，也就精誠所至，金石為開，最後娶得美人歸了。孫子楚為追求心上人阿寶，先是砍去手上的「枝指」，接著離魂跟隨阿寶，最後乾脆變成小鳥兒飛到阿寶身邊。堂堂男子漢大丈夫為愛情做這麼「沒出息」的事，在古代小說戲劇中都可算空前絕後獨一份兒。這傻小子算得上「千古情癡」，而他最終也實現了「雙贏」，既和富二代美女洞房花燭夜，還金榜題名，中進士，做翰林，得到皇帝的獎勵。這一切，都因為一個「癡」字。

《聊齋》慣例是開頭交代人物的標誌性特點：廣西有位名士孫子楚。名士是指文化修養高，且沒做官、沒發財的社會知名人士。他「**生有枝指**」，就是所謂「六指」，大拇指旁邊多出一根小指頭，算小小殘疾。孫子楚「**生有枝指**」，看似閒筆，卻大有深意，是小說情節發展的重要因素。他為人憨厚，不大會說話，人們騙他，他總是信以為真。和朋友相聚，如果看到妓女，他必定遠遠躲開。朋友故意騙他來，叫妓女靠近他，逗他玩兒，他就臉紅到脖子，汗珠「啪嗒啪嗒」直往下掉。朋友樂壞了，到處傳揚他的呆相，還給他起了個外號——「孫癡」。

孫子楚出場後，女主角阿寶接著出場，家裡「**與王侯埒富**」，像王公貴族那樣富有，和她家聯姻的非富即官。阿寶「**絕色也**」，近來要選擇好女婿，很多名門公子都來求婚，阿寶爹卻一個都沒看上。看來老頭打算給女兒挑個貌似潘安、富比石崇的女婿，或者少年進士、前途無量的官員。

男女主角都出場了，男主角的「**枝指**」和癡決定了故事的走向。和男主角的「癡」相對應，女主角的突出特點是絕色。男癡女美，是操縱小說情節發展的雙刃劍。兩個天差地別的人物怎麼發生聯繫呢？「**與王侯埒富**」的絕色少女擇婿，怎麼會落到孫子楚身上呢？這是好事者造成的。《聊齋》故事中常有唯恐天下不亂的角色鬧動靜，要不然生活豈不太枯燥。孫子楚的朋友捉弄他，叫他向阿寶求婚。孫子楚不自量力，真的聽從別人的教唆，請媒人登門說親。阿寶父親「**耳其名，而貧之**」，知道孫子楚是名士，但嫌他太窮了。

媒人理所當然地碰了一鼻子灰，離開時恰好碰到阿寶。阿寶聽說條件極差的孫子楚也來求婚，就拿他開玩笑，對媒人說：「孫子楚要是能砍掉多餘的指頭，我就嫁給他。」這是阿寶的真心話嗎？不是。她是「**戲曰**」，開玩笑般地說，這是富小姐調侃窮書生呢。拿損害血肉之軀開玩笑，任何人都不會當真，可孫子楚卻偏偏當真了。他冒著生命危險砍去「**枝指**」，血流不止，差點兒就死了。過了幾天，他才能起床，便鄭重其事地「**往見媒而示之**」。按照這位癡哥的想法，我按阿寶的要求做了，她就得按她說的嫁給我。

這是孫子楚情癡的第一步，為了阿寶不用麻藥就砍去「**枝指**」。孫子楚幹這種傻事，阿寶很吃驚，但她仍沒打算對他託付終身，而是再次開玩笑般地對媒人說：「如果孫子楚能夠去掉他的癡，我就嫁給他。」孫子楚大聲地爭辯：「我哪兒癡？我一點兒也不癡！」其實，明眼人都知道，他是癡到家了。對孫子楚的貿然求婚和斷然去「**枝指**」，阿寶都採取戲耍態度。這時的情癡，是孫子楚單相思。孫子楚心灰意冷，認為阿寶未必美如天仙，憑什麼把自己抬得那麼高？於是向阿寶求親的念頭一下子冷了下來。孫子楚對阿寶的愛戀再度點燃，而且不可遏止，還是和他那群唯恐天下不亂的朋友有關，他們讓孫子楚春遊時親眼看到阿寶了。

古代清明有特殊風俗，平時不出門的千金小姐可以游春，輕薄少年也結隊隨行，「**恣其月旦**」，對她們肆意評論。「**月旦**」，源於《後漢書》典故「月旦評」，意為品評、議論人物。孫子楚的朋友又捉弄他說：「你為什麼不去看看心上人阿寶呢？」孫子楚被朋友拉到郊外，這時小說來了一段簡練精彩的描寫：

遙見有女子憩樹下，惡少年環如牆堵。眾曰：「此必阿寶也。」趨之，果寶。審諦之，娟麗無雙。少頃，人益稠，女起，遽去。眾情顛倒，品頭題足，紛紛若狂。

遠遠看到有女子在樹下休息，輕薄少年圍得像堵牆。大家說：「這麼美的女子，必定是阿寶。」阿寶什麼樣兒呢？「**娟麗無雙**」，只有四個字。到底美到什麼地步呢？蒲松齡巧妙化用《陌上桑》和《西廂記》中的寫人技巧，以他人的感受寫阿寶之美。

樂府詩《陌上桑》寫美女羅敷出現，「耕者忘其犁，鋤者忘其鋤」，大家什麼也不幹，看羅敷看呆了。對羅敷外貌的描寫不著一字，盡得風流。

《西廂記》「鬧齋」寫崔鶯鶯出現，本來清心寡欲的高僧目不轉睛地看她，其他和尚更不用說了，「老的小的，村的俏的，沒顛沒倒，勝似鬧元宵」。透過包括高僧在內的眾人對鶯鶯外貌的讚賞和驚歎，寫崔鶯鶯之美，比直接寫其如何漂亮更具有說服力。

蒲松齡也採用這種烘雲托月的方法寫阿寶之美。眾人「**環如牆堵**」「**紛紛若狂**」，比「**娟麗無雙**」四字還有說服力。但蒲松齡的描寫中心並非美麗的阿寶，而是癡情的孫子楚。當「**眾情顛倒，品頭題足，紛紛若狂**」時，孫子楚「**獨默然**」，一句話也不說。眾人散去，他還呆呆地站在那裡。

孫子楚離魂了，他的魂漸漸依傍在阿寶的衣帶上。孫子楚的朋友一邊說著「**魂隨阿寶去耶**」，一邊把離魂的孫子楚推回家。從此，孫子楚的魂魄和身體一分為二：魂魄追隨阿寶，身體待在家裡，真是想像奇崛。蒲松齡煞有介事地對人的魂魄和肉體做了分體描繪：孫子楚的魂魄跟著阿寶回家，與她坐臥相依，男歡女愛，很是融洽，但又覺得肚子很餓，好像跟常人一樣需要吃飯。他的軀體待在家中，明明可以解決飢餓問題，卻偏偏不吃，還時不時造造「**我在阿寶家**」的輿論。結果是孫家請巫師拿著孫子楚平時穿的衣服、用的席子，大張旗鼓地到阿寶家招魂。阿寶父親說：「我們跟孫子楚從沒來往，他怎麼會把魂掉到我們家？」不允許孫家人進自己家招魂。孫家人苦苦哀求，老頭還算善良，最後勉強同意了。

巫師進了阿寶家，阿寶心裡有數，立即把巫師領進自己閨房，聽任巫師給一個陌生書生招魂。這事自然馬上傳得滿城風雨。巫師回到孫家，躺在床上奄奄一息的孫子楚馬上呻吟起來，起床了，並且把阿寶屋裡有什麼擺設，床上鋪什麼被子，用什麼樣的化妝品，衣服、頭繩什麼顏色，都說得清清楚楚。這些話傳到阿寶耳朵裡，她才知道，自己做夢時歡愛的對象就是孫子楚的魂魄，他確實是離魂追隨，不禁暗暗感念孫子楚用情至深。

孫子楚能下床後，繼續刻骨思念阿寶，坐著也想，站著也想，好像世上只有一個阿寶，連他自己都不存在了。他經常打聽阿寶的消息，希望能再次遇到她。聽說浴佛節，即釋迦牟尼生日那天，阿寶要去水月寺燒香，孫子楚便早早起來，眼巴巴地等在路旁，盯得兩眼發直，頭暈目眩。將近中午，阿寶才出現。阿寶看到孫子楚，用纖美的小手掀開車

〈阿寶〉

簾子，目不轉睛地看著他。孫子楚更加激動，緊緊地跟在阿寶的車子後面。阿寶派丫鬟去問：「先生您尊姓大名？」孫子楚急忙報上姓名，興奮得魂都飛到了九霄雲外。這時，原來只是夢中相愛的孫子楚和阿寶在人世間有了交往，互相傳遞了情愫，但是兩人要形成婚姻，還缺火候，因為雙方差距太大。阿寶的車子走了，孫子楚失魂落魄地回到家，又病了，昏昏沉沉地躺著絕食，奄奄一息地喚「阿寶」，恨不能再次離魂。

如果孫子楚二次離魂去追阿寶，當然也能說明其用情之深，但小說家豈不成了缺少變化的笨伯？聊齋先生給癡情的孫子楚設計了新招數。這時，孫家的一隻鸚鵡死了，昏昏沉沉的孫子楚想：如果我能變成鸚鵡，豈不就可以飛到阿寶身邊了？他全神貫注、異想天開地企望變成飛鳥，覺得自己果然長出翅膀，翩翩然是一隻小鸚鵡了。他急忙飛上天空，往阿寶家飛去。「願作比翼鳥，化為鸚鵡飛」，真是妙手天成！構思水到渠成，文章也寫得栩栩欲飛。清代《聊齋》點評家馮鎮巒評：「若仍前魂隨之去，便少趣，忽附一鸚鵡，又開異境，文情之妙，不可名狀。」癡情人的魂魄附在飛鳥身上，展開翅膀即可到達心上人身邊，真是天馬行空任往來。不過倘化為一般飛鳥，不會說話，又有何用？孫子楚偏偏化為了會說話的鸚鵡，可以跟戀人同解相思之苦。聊齋先生為孫子楚設想得多麼周到細緻，又何等合情合理！

阿寶突然看到一隻美麗的小鸚鵡飛進閨房，高高興興地捉住牠，拴住牠的腿，餵牠吃芝麻。鸚鵡忽然開口說：「**姐姐勿鎖！我孫子楚也！**」阿寶嚇得幾乎暈倒，急忙解開繩子，鸚鵡也不飛走。阿寶趕緊對已變成鸚鵡的孫子楚說：「你的深情已銘刻在我心中，現在我們已人禽異類，有什麼辦法可以完成美滿姻緣？」阿寶主動提出要和孫子楚完成姻緣，孫子楚卻回答：「能待在你的身邊，我的心願就滿足啦。」鸚鵡依偎著阿寶不肯離開，別人餵牠，牠絕不吃一口，只有阿寶餵，牠才肯吃。阿寶坐著，鸚鵡就落在她的膝蓋上；阿寶躺下，鸚鵡就依偎在她的床邊。這個構思太妙了。一介窮書生孫子楚絕對不可能到富家小姐阿寶家登堂入室，他化身為鸚鵡，卻可以隨時依偎阿寶，跟阿寶一訴衷腸。小小一隻鸚鵡，是鳥，是人？既是鳥，也是人；外形是鳥，內心是人；外人眼中是鳥，阿寶眼中是戀人。在他人眼中，是小姐愛鸚鵡；對一對戀人來說，是魂夢相依、形影相從。妙不妙？

在這之前，孫子楚離魂，阿寶夢中與人結交，兩人感情的表達，是以孫子楚為主，阿寶處於被動接受狀態。要說本質，兩人的感情尚處於懵懵懂懂的性愛低層次。孫子楚變成鸚鵡後，兩人的感情才從單純膚淺的性愛昇華為濃重深沉的情愛。兩人之間縱然人禽有別，卻更諧和無間。阿寶向鸚鵡祈禱：「你如果重新變回人，我一定誓死相隨。」鸚鵡說：「你騙我。」阿寶賭咒發誓。鸚鵡歪著腦袋想了一會兒。不一會兒，阿寶的鞋子脫在床前，鸚鵡銜起一隻繡花鞋飛走了。一隻紅嘴綠鸚鵡銜隻繡鞋飛上藍天，如果拍成影視劇，該是一幅多麼明麗好看又富有韻味的圖畫啊！

鸚鵡飛回孫家，昏迷多天的孫子楚立即醒了，索要阿寶的鞋子。阿寶派老媽子到孫家探望，並問：「我家小姐的繡鞋呢？」孫子楚說：「繡鞋是阿寶小姐給我的愛情信物，請轉告小姐：我不會忘記她的金口玉言。」老媽子回去稟報，阿寶驚歎不已，現在她要變被動為主動，掌握自己的婚姻，嫁給這個雖然貧窮卻有才氣，並且對自己一往情深的男人。她聰明地不去找父親，而是找母親遊說。母女連心，更好交流。而且阿寶自己不出面和母親說，而是叫丫鬟去說。說什麼呢？只有一行字：「**故使婢泄其情於母**。」故意叫丫鬟把他們兩人的感情洩露給母親。看來孫子楚的魂魄確實在阿寶這兒待了很久，他變成的鸚鵡也跟阿寶說了些什麼。母親把事情問明白後表態了：「**此子才名亦不惡，但有相如之貧，擇數年得婿若此，恐將為顯者笑**。」這態度已經不是一口回絕，只是考慮挑了個像司馬相如那樣的窮女婿，會被有錢有勢的人笑話。阿寶機智地對症下藥，「**女以履故，矢不他**」，我的繡花鞋都在孫子楚手裡啦，怎麼能不嫁給他呢？阿寶拿鞋子做文章，特別聰明。如果千金小姐的鞋子在孫子楚手裡的事傳了出去，豈不更要被有錢有勢的人笑話？阿寶父母只好同意了他們的婚事，飛快派人告訴孫子楚。孫子楚的病立即好了。阿寶父親心疼女兒，想要孫子楚入贅，阿寶堅決不同意，說：「女婿不可以長住岳父家，孫郎又窮，住在岳父家會受人輕視。我既然答應嫁給他，住茅草房、吃糠咽菜都甘心。」孫子楚把阿寶娶進門，「**相逢如隔世歡**」。當然宛如隔世，孫子楚已經為阿寶丟過一次魂，變過一次鳥。兩人不僅隔世，簡直隔了兩世。

一男一女進了洞房，愛情故事該結束了吧？沒有，還有戲。為什麼？蒲松齡構思這篇小說著眼一個「癡」字：孫子楚癡愛阿寶，為她斷指、離魂、化鳥，他的情癡由淺入深，由表入裡；阿寶漸漸被孫子楚感動，她的情癡後來居上。「**生以癡感，女以癡應**」，也就是孫子楚用癡情感動阿寶，阿寶以癡情回應孫子楚，這是小說的重要內容。阿寶愛情的覺醒和日益堅定，是小說的另一個線索。阿寶本來是將孫子楚的追求當作玩笑來看的，隨著孫子楚魂從阿寶，過去高高在上的她開始對愛情採取主動、積極的態度，兩人感情取得共鳴，形成平等和默契。孫子楚化鳥後，阿寶明確表示誓死相隨，「**處蓬茆而甘，藜藿不怨**」的決心。兩人結婚後，孫子楚又「**癡於書**」了，一門心思讀書，不理家務。阿寶善於理家，家庭漸漸富裕。孫子楚卻因為消渴病[16]死了，阿寶竟試圖自殺殉情。這感天動地的癡情打動了陰冷冥世的閻王爺，於是放這對夫婦同回人間。

一對男女情癡，相輔相成，相得益彰。小說該結束了吧？仍沒結束，而且不是狗尾續貂。孫子楚「癡」的個性給他的人生帶來了喜劇般的結果。鄉試，秀才都是提前寫好文章以做準備，就像高考猜作文題。孫子楚那唯恐天下不亂的朋友又跟他搗亂，他們想出七道偏僻的題目，把孫子楚帶到偏僻的地方，故作神秘地對他說：「這幾道題是走通某主考官門路，提前要出來的考題，現在悄悄地恭送給你。」孫子楚相信了這幫人的詭計，日日夜夜琢磨這七道考題，寫成七篇文章。那幫壞小子私下笑「孫癡」又上當了。當時官考慮出熟悉的考題，往往有抄襲的弊端，便徹底改變出題路數，出冷門題！考卷發下，孫子楚發現，自己日夜揣摩寫成的七篇文章，完全符合考題要求，於是中了頭名。第二年又考中進

16　消渴病：是中國傳統醫學病名，指以多飲、多尿、多食及消瘦、疲乏、尿甜為主要特徵的綜合病證。

士，到翰林院任職。孫子楚身上發生的這些怪事，皇帝也知道了，便召他來詢問。孫子楚老老實實地向皇帝稟報，皇帝很高興，嘉獎了他。後來又召見阿寶，賞賜給她好多東西。

金榜題名、皇帝賞賜，未免有點兒酸腐，「異史氏曰」卻一點兒也不酸腐，反而相當有哲理：「性情專注的人，志向就會凝聚，所以，專心讀書的人，文章必定工整而有章法；專注鑽研技藝的人，技術必定精良。社會上那些落拓無成的人，都是自作聰明，自認不癡不傻的。例如，為了嫖妓蕩產，為了賭博敗家，難道是癡傻的人幹的事嗎？由此看來，聰明過頭、算計過分的人，才是真正的癡傻，那個孫子楚有哪一點兒癡傻呢？」《法國大百科全書》不是說《聊齋》達到了「中國古典散文的高峰」嗎？我們看看這段原文，就知道其文字是多麼精粹了：

> 性癡則其志凝，故書癡者文必工，藝癡者技必良。世之落拓而無成者，皆自謂不癡者也。且如粉花蕩產，盧雉傾家，顧癡人事哉！以是知慧黠而過，乃是真癡，彼孫子何癡乎！

蒲松齡提出對「癡」的理解。「癡」是古代文人喜歡的話題。許多名家認為，具有「癡」或「癖」這種強烈特質的人，比圓滑或所謂「完美」的人更令人喜愛，其實質不是「癡」，而是絕頂聰明。張潮《幽夢影》：「情必近於癡而始真，才必兼乎趣而始化。」張岱《陶庵夢憶》：「人無癖，不可與交，以其無深情也。」袁宏道《瓶史》：「余觀世上語言無味面目可憎之人，皆無癖之人耳。」這些觀點和「性癡則其志凝」是一致的。

〈阿寶〉在《聊齋》乃至整個古代小說中都值得重視，因為蒲松齡寫的是男子離魂。「離魂」是古代小說戲劇的特殊構思模式，是文壇高手妙筆生花的競技場。六朝小說《搜神記．龐阿》寫石氏女因慕美男龐阿而魂游，成為「離魂」的構思源頭。此後，唐傳奇《離魂記》（陳玄祐）、元雜劇《迷青瑣倩女離魂》（鄭光祖）、明雜劇《倩女離魂》（王驥德）、明擬話本《大姊魂游完宿願，小姨病起續前緣》等，都是「離魂」名作。湯顯祖根據擬話本《杜麗娘慕色還魂》創作的《牡丹亭》更是家傳戶誦。耐人尋味的是，這些名作中因情癡而離魂者，都是女性。

為什麼「離魂」有單一性別趨向呢？根源是封建宗法制度中三綱五常、「男女有別」的世情。男性在社會上占據官場、戰場、文場，臺閣應對、戍邊殺敵、文采飛揚等是其生活的主要部分，家庭婚姻僅是次要部分。那些「紅袖添香夜讀書」的文人逸事，對於男人來說僅是微不足道的逸聞。女性是「第二性」，是弱勢群體，受制於男權，被關在灶台、妝台、鍋台前，相夫教子是她們唯一的「事業」，除了向男人託付終身，別無選擇。而私奔、苟合、離魂是勇敢女性在追求自我與自由受到父母阻撓時的主要選擇。女性以愛情為生命的唯一，以所愛男子為愛的唯一。男性卻既不以愛情為生命的唯一，也不以某一女性為愛的唯一。司馬相如和卓文君當初多麼相愛，後來卓文君也不得不賦《白頭吟》來挽回司馬相如另求新歡之心；唐傳奇裡，詩人李益那樣愛霍小玉，還是嫌她身世低微，拋棄了她；張生跟崔鶯鶯多麼浪漫的「待月西廂下」，他卻在偷吃禁果後一走了之，追逐功名利祿，還強詞奪理地把崔鶯鶯與誤國的妖孽畫等號，給自己辯解。楊巨源《崔娘詩》說得好：「風流才子多春思，腸斷蕭娘一紙書。」風流的是男人，斷腸的是女子。愛情故事中的男主人公連山盟海誓的戀人都不願意相守，還會因為一見鍾情而放棄功名事業去魂遊嗎？〈阿寶〉寫男子因情癡而魂遊，把千百年來的封建傳統顛倒了過來。清代《聊齋》點評家馮鎮巒說：「此與杜麗娘之於柳夢梅，一女悅男，一男悅女，皆以夢感，俱千古一對情癡。」所以我們說，蒲松齡以「男悅女」的天才妙想，把千百年來「女悅男」的傳統改了過來，使「離魂」類小說進入了新境界。

而〈阿寶〉之所以能對女性離魂的傳統模式做出「男悅女」、「人化鳥」的雙重拓展，使小說呈現出特異風情，還是因為蒲松齡是博覽群書的學者型作家，他對前輩作家在散文和詩歌中關於「情癡」的臆想，兼收並蓄，融會貫通。第一，他借鑑《莊子》中的「駢拇枝指，出乎性哉」，把孫子楚的「**枝指**」，作為和情癡個性相聯繫的特點寫成小說情節；第二，他模仿陶淵明《閒情賦》中的「願在絲而為履，附素足以周旋」，把詩人追隨心上人的神思變成孫子楚靈魂出竅的行為；第三，他化用李商隱《無題》中的「身無彩鳳雙飛翼，心有靈犀一點通」，想像出孫子楚心有靈犀而身生雙翼，變鳥飛到戀人身旁。孫子楚未出場時，就先由作者定性為「孫癡」，然後按照「癡」的基本性格衍化出一系列妙趣橫生的情癡故事，最終和阿寶成為「千古一對情癡」。在中國古代小說中，這樣優美有趣的故事，即使不能說絕無僅有，也應該說鳳毛麟角。

後記
《聊齋志異》和諾貝爾文學獎

受《聊齋》作者蒲松齡影響的當代作家莫言二〇一二年獲得了世界最高級別的文學獎——諾貝爾文學獎。莫言在斯德哥爾摩授獎儀式上自稱「講故事的人」，說自己深受故鄉講故事的前輩蒲松齡的影響，「是他的傳人」。莫言的獲獎致辭講了幾個故事，其中丟草帽的故事直接改寫自《聊齋》中的〈孫必振〉。

莫言為什麼自稱是蒲松齡的傳人？這麼多中國作家，為什麼獨獨莫言獲得了諾貝爾文學獎？他獲獎的秘訣是什麼？他的獲獎對中國傳統文化意味著什麼？可以說，莫言如果不是自幼酷愛《聊齋》，如果不是學習了《聊齋》的構思手段，汲取了《聊齋》女性人物的塑造經驗，他可能就不會獲得諾貝爾文學獎。這樣說是不是有些誇張？還真不是。其實，早於莫言獲得諾貝爾文學獎的拉丁美洲魔幻現實主義大師馬奎斯，就是蒲松齡的鐵桿粉絲，《百年孤寂》就是學習《聊齋》把現實和魔幻結合的典範。

我們看看《聊齋》和莫言得獎的關係。

二〇一二年國人的「諾獎情結」大升溫，有人打賭諾貝爾文學獎得主到底是日本的村上春樹還是中國的莫言。網上傳言日本諾貝爾文學獎得主大江健三郎看好莫言，我們家也在討論哪個作家能得諾貝爾文學獎。自從二〇〇六年看過《生死疲勞》，我就看好莫言。諾貝爾文學獎公布那天，央視《新聞聯播》一開始，我就對我家那位當代文學博士生導師班門弄斧地說：「你信不信？莫言肯定獲獎！他的作品有民族性，而民族性就是世界性；他像福克納一樣有一片自己的『郵票』大小的故鄉——高密東北鄉；他想像力豐富，而且關鍵是他傳承了《聊齋》。二〇〇七年咱們一起跟莫言吃飯時我就對他說過，莫言，你的問題不是能不能得茅盾文學獎，而是你具備得諾貝爾文學獎的潛質。不過莫言真獲獎了，我得先把手機關了，不然記者不讓睡覺了。」於是電視台一宣布莫言獲獎，我就趕緊把手機關了，第二天打開手機，發現有好多未接電話和資訊，要求我談一下莫言。我躲過了第一波「莫言熱」，卻沒躲過下一波，而且居然是莫言無意之中把我牽扯進來的。常州市委講座主辦人打電話請我去講《諾貝爾文學獎和〈聊齋志異〉》，他查到，幾年前莫言在淄博做報告時說：「我的《生死疲勞》開頭寫一個人在地獄鳴冤叫屈，我寫時就想用這樣的方式向祖師爺蒲松齡致敬。北京的批評家看不出來，馬瑞芳老師一眼就看出來了。她說：莫言，你這是向蒲老先生致敬呢。山東有位作家批評我裝神弄鬼，我寫了首打油詩回應：『裝神勝過裝洋蔥，弄鬼勝似玩深沉。問我師從哪一個，淄川爺爺蒲松齡。』」

莫言終成正果，和敬畏蒲松齡關係密切。莫言與《聊齋》有很深的淵源，童年鑄造的聊齋情結對他影響尤其巨大。莫言不識字時，就聽爺爺講《聊齋》中狐狸精的故事，講高密老鼠精的故事。他讀的最早的書就是《聊齋》，他家有本線裝本《聊齋》，都被他翻爛了。莫言十幾歲停學在家放牛，寫過一首憶往昔的打油詩：「少小輟學業，放牧在荒原。

藍天如碧海，牛眼似深潭。河底摸螃蟹，枝頭掏鳥卵。最愛狐狸精，至今未曾見。」莫言的創作和《聊齋》有著千絲萬縷的關係。他說：「我不自覺地遵循了蒲松齡先生所一直實踐的創作道路，從生活出發，從個人感觸出發，但是要把個人生活融入廣大的社會生活當中去，把個人的感受昇華成能夠被廣大群眾接受的普遍的感情。我從蒲松齡先生身上學習的，就是從古典文獻裡面汲取創作的營養。」

莫言獲獎後，西方記者請他向讀者推薦自己的一部作品，他推薦的是《生死疲勞》。這非常合乎我的看法。莫言獲茅盾文學獎時，我在電話裡對中國作家協會主席、茅盾文學獎評委會主任鐵凝直言不諱：「莫言該獲獎的不是《蛙》，而是《生死疲勞》。你們評《蛙》，是評給該得獎的作家，不是評給該得獎的作品。」

《生死疲勞》是莫言的扛鼎之作，藝術手法卻似乎相當落後。當很多當代作家模仿西方作家時，莫言採用了中國傳統構思，如輪迴轉世、人獸交替、亦人亦獸等寫法，這些都是直接從《聊齋》中搬過來的。

《生死疲勞》寫地主西門鬧土改期間被槍斃，先後轉世為西門驢、西門牛、西門豬、西門狗，可不管是驢、牛、豬還是狗，都一直保持著西門鬧的思維，特別是他刻骨的「階級仇恨」。西門驢一降生，就看到西門鬧的小老婆迎春成了雇農藍臉的妻子，透過透視觀察到迎春肚裡的嬰兒臉上有塊藍痣。西門驢憤憤不平地想：「我的屍骨未寒，你就與長工睡在了一起……」眼看自己的小老婆和長工搞在一起，變成驢的西門鬧痛苦地用腦袋碰撞驢棚，而笸籮裡新炒的黑豆攪拌著鍘碎的穀草進入驢嘴，「在吞咽中又使我體驗到了一種純驢的歡樂」。這是人還是驢？既是人，也是驢——驢的生存方式，人的思維定式。因為西門鬧有驢、牛、豬、狗等形態，高密東北鄉的芸芸眾生毫不掩飾地在牠面前生活、折騰，把人性的複雜表現了出來。這種輪迴轉世加亦人亦獸的寫法，蒲松齡經常採用。《聊齋》中有多個輪迴轉世的故事。〈陝右某公〉寫讀書人死後進入閻王殿，閻王殿上掛著牛、馬、狗、羊等各種動物的毛皮，閻王根據人的生前表現決定他下一輩子是繼續做人還是給他披上動物皮，轉世為畜生。閻王殿簡直成了時裝店！〈三生〉則寫一個作惡多端的人被閻王先後罰做馬、狗、蛇。他輪迴為畜類後仍保持著人的思維，不管是做馬、狗還是蛇，都惦記著恢復人身。〈向杲〉中，壯士向杲的哥哥被惡霸害死，他不管告狀還是行刺都沒法報仇。這時，有個道士給他披上一件袍子，實際是一張虎皮，向杲就變成了猛虎，但仍按照人的思維行事，把仇人的頭咬了下來。這種亦人亦獸的寫法給了莫言很大的啟發。更重要的是，莫言在一次講座中介紹說他的《生死疲勞》受《聊齋》故事〈席方平〉影響最深。

除《生死疲勞》外，莫言的《檀香刑》同樣有《聊齋》故事的痕跡。小說以「狗肉西施」眉娘和縣令情人錢丁的糾葛為重要視角，以大清第一劊子手趙甲為支點，描寫與幾種清代酷刑——閻王閂、凌遲、檀香刑——緊密相連的悲歡離合，既有慈禧亂政、刺殺袁世凱、戊戌六君子等歷史事實的影子，又有高密東北鄉村民反對德國修鐵路的故事，情節奇詭、人物鮮活。小說的次要人物趙小甲有特異功能，能看出人物「原形」：妻子眉娘是吐著紫色信子的白蟒；坐在慈禧所賜太師椅上的父親趙甲是隻瘦瘦的黑豹；戴藍頂官帽、穿紅色官袍的縣令錢丁是隻胖胖的白虎；領導義和團抗擊德國兵的岳父孫丙是隻大黑熊；自願代孫丙受刑的小山子是隻大黑豬；山東巡撫袁世凱是隻巨鱉；德國駐青島總督是狼頭人身……這樣的構思與《聊齋》中的著名故事〈夢狼〉非常相似。白翁在夢中看到兒子官衙裡站著、坐著的都是狼，兒子則變成一隻伏地大吼的老虎。在莫言筆下，大清朝廷的封疆大吏是鱉，俗稱「王八」；七品父母官是虎；金髮碧眼的侵略者則是狼頭人身，說著德語。《聊齋》的傳統花樣，莫言不僅玩得很熟練，而且玩出了國界，玩到了斯德哥爾摩。

莫言獲得諾貝爾文學獎更重要的影響，恐怕是他為「小說家是講故事的人」正名，使擅長寫故事、寫人物的中國小說家揚眉吐氣。一九八〇年代以來，很多中國小說家模仿西方現代派、後現代派，重觀念、重方法，反傳統、反情節、反故事。其實西方主流小說多半還是像《復活》、《悲慘世界》、《老人與海》這樣有故事、有情節、有人物的作品。英國小說家兼小說理論家福斯特在《小說面面觀》中總結小說的第一要素是故事，第二要素是人物，第三要素是情節。我給青年作家講課時說過：你們很樂意學習拉丁美洲魔幻現實主義、意識流、潛意識等，其實，所謂魔幻現實主義、意識流、潛意識，《聊齋》早用過了，又由《紅樓夢》發揚光大。有人認為莫言的作品是「魔幻現實主義」，且受馬奎斯影響。其實一九八二年獲得諾貝爾文學獎的哥倫比亞作家馬奎斯就是蒲松齡的崇拜者。他的《百年孤寂》用魔幻現實主義的手法再現拉丁美洲的百年歷史，小說描寫波恩地亞家族一代不如一代，最後一代奧雷里亞諾居然長了條豬尾巴。馬奎斯不過是讓人長條豬尾巴，《聊齋》故事〈杜小雷〉則將虐待婆婆的兒媳直接變成豬。蒲松齡借人豬互換寄寓了道德教益。與馬奎斯齊名的拉美文學巨匠波赫士也是蒲松齡的鐵桿粉絲。他給阿根廷版《聊齋》寫的序說：「《聊齋》在中國的地位，猶如《一千零一夜》之在西方……便會感到幽默與諷刺的潑辣以及強大的想像力……其跌宕起伏如流水，千姿百態似行雲。這是夢幻的王國，或者更確切地說，是夢魔的畫廊和迷宮……一個國家的特徵在其想像中表現得最為充分。」像馬奎斯、波赫士這樣深受《聊齋》影響的世界級作家不在少數，而《聊齋》也終於導致了中國第一位諾貝爾文學獎得主莫言的產生。莫言致辭時講了一個故事：八個外出打工的泥瓦匠為避一場暴風雨，躲進了一座破廟。外面雷聲緊、火球滾，似乎還有龍叫。大家說：我們八人中肯定有人做了虧心事，咱們把草帽丟出去，誰的草帽被吹走，誰就出去接受懲罰。草帽丟出去之後，只有一個人的草帽被吹走了，其他人就把他抬起來丟到廟門外。結果那個人剛被扔出去，破廟就轟然坍塌。這個故事的範本就是《聊齋》中的〈孫必振〉：

孫必振渡江，值大風雷，舟船蕩搖，同舟大恐。忽見金甲神立雲中，手持金字牌下示；諸人共仰視之，上書「孫必振」三字，甚真。眾謂孫：「必汝有犯天譴，請自為一舟，勿相累。」孫尚無言，眾不待其肯可，視旁有小舟，共推置其上。孫既登舟，回首，則前舟覆矣。

金甲神是傳說中佛教和道教的護法神，又稱「金剛力士」。〈孫必振〉提醒世人：做人不能損人，損人可能害己。大家在金甲神出現時，如果不那麼自私，只想著自保，還可能沾孫必振的福氣逃過一劫。孫必振是山東諸城人，蒲松齡的老師孫瑚的從弟，清康熙十六年（一六七七）為河南道御史。〈孫必振〉是《聊齋》中一篇不起眼的短文，被莫言改頭換面講給瑞典國王和全世界聽。莫言在二十一世紀把《聊齋》的魔幻理念推向世界，他的成功在於向經典致敬。《聊齋》是中華傳統文化的寶貴財富，值得永遠頂禮膜拜。

【有意思的聊齋】

當代大師馬瑞芳品讀聊齋志異__神卷

作　　者　馬瑞芳
美術設計　莊謹銘
校　　對　魏秋綢
內頁排版　高巧怡
行銷企劃　蕭浩仰、羅聿軒
行銷統籌　駱漢琦
業務發行　邱紹溢
營運顧問　郭其彬
責任編輯　林芳吟
總 編 輯　李亞南
出　　版　漫遊者文化事業股份有限公司
地　　址　台北市103大同區重慶北路二段88號2樓之6
電　　話　(02) 2715-2022
傳　　真　(02) 2715-2021
服務信箱　service@azothbooks.com
網路書店　www.azothbooks.com
臉　　書　www.facebook.com/azothbooks.read

發　　行　大雁出版基地
地　　址　新北市231新店區北新路三段207-3號5樓
電　　話　(02) 8913-1005
訂單傳真　(02) 8913-1056
初版一刷　2025年8月
定　　價　台幣360元

ISBN　978-626-409-128-2

國家圖書館出版品預行編目 (CIP) 資料

當代大師馬瑞芳品讀聊齋志異．神卷 / 馬瑞芳著．-- 初版．-- 臺北市：漫遊者文化事業股份有限公司出版；新北市：大雁出版基地發行，2025.08
　面；　公分．--（有意思的聊齋）
原簡體版題名：马瑞芳品读聊斋志异．神卷
ISBN 978-626-409-128-2(平裝)
1.CST: 聊齋誌異 2.CST: 研究考訂
857.27　　114008853

清工筆彩繪插圖《聊齋圖說》之〈織成〉（一）

清工筆彩繪插圖《聊齋圖說》之〈織成〉（二）

清工筆彩繪插圖《聊齋圖說》之〈織成〉（三）

清工筆彩繪插圖《聊齋圖說》之〈瑞雲〉（一）

清工筆彩繪插圖《聊齋圖說》之〈瑞雲〉（二）

清工筆彩繪插圖《聊齋圖說》之〈夢狼〉